Ernst von Wildenbruch

Eifernde Liebe

Roman

D1719257

Literaricon

Ernst von Wildenbruch

Eifernde Liebe

Roman

ISBN/EAN: 9783959135498

Auflage: 1

Erscheinungsjahr: 2017

Erscheinungsort: Treuchtlingen, Deutschland

Literaricon Verlag UG (haftungsgeschränkt), Uhlbergstr. 18, 91757
Treuchtlingen. Geschäftsführer: Günther Reiter-Werdin, www.literaricon.de.
Dieser Titel ist ein Nachdruck eines historischen Buches. Es musste auf alte
Vorlagen zurückgegriffen werden; hieraus zwangsläufig resultierende
Qualitätsverluste bitten wir zu entschuldigen.

Printed in Germany

Cover: Julius LeBlanc Stewart, Reading, 1884, Abb. gemeinfrei

Eifernde Liebe.

Roman

von

Ernst von Wildenbruch.

Neunte Auflage.

Berlin, 1893.

Verlag von Freund & Jeckel.

(Carl Freund.)

Gedruckt bei Robert Schroth in Berlin S.

Inhalts-Verzeichniß.

Seite

Erstes Kapitel 1

Zweites Kapitel 24

Drittes Kapitel 44

Viertes Kapitel 69

Fünftes Kapitel 89

Sechstes Kapitel 98

Siebentes Kapitel 117

Achtes Kapitel 137

Neuntes Kapitel 167

Zehntes Kapitel 187

Elftes Kapitel 210

Zwölftes Kapitel 215

Dreizehntes Kapitel 236

Vierzehntes Kapitel 253

Fünfzehntes Kapitel 273

Sechszehntes Kapitel 284

Siebzehntes Kapitel 301

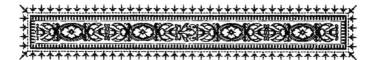

Erstes Kapitel.

„Das hat Kügler in Berlin nicht. Sein Thiergarten mag ja ganz schön sein; die Charlottenburger Chaussee, will ich zugeben, ist in ihrer Art sogar recht schön. Aber solche Aussicht und solche Luft — nein, lieber Kügler, das haben Sie in Ihrem Berlin nun einmal nicht."

Der solches sprach, war der Etatsrath Pfeiffenberg, der gestern Abend spät mit dem Schnellzuge von Berlin zurückgekommen war und jetzt auf der Terrasse seiner Villa am gedeckten Frühstückstische saß.

Die Villa war auf dem hohen rechten Elb-Ufer, zwischen Nienstedten und Blankenese, oberhalb Mühlenberg, gelegen; über die marmorne Balustrade sah man auf den Elbstrom hinunter und über diesen hinweg in das weite flache Land auf dem jenseitigen Ufer.

Der Etatsrath, der sich auf seinem Stuhle halb nach links herumgedreht hatte, ging mit den Blicken in dieser Richtung; man sah ihm die Freude über das herrliche Bild an, das sich vor ihm aufthat.

v. Wildenbruch, Eifernde Liebe. 1

Und er hatte Recht: vor ihm die Flußlandschaft mit all' ihrer Gewalt, hinter ihm die rauschenden Baumkronen eines ausgedehnten Parks, der noch mit den letzten Blüthen des Frühlings bedeckt war und zwischen dessen Baum= stämmen hindurch man auf Blumenbeete sah, die wie funkensprühende Edelsteine über den Boden gestreut waren.

„Sie sind ja höllisch stolz auf ihre Spree," fuhr der Etatsrath fort, indem er die seidene Kappe, die seinen runden Kopf bedeckte, streitlustig in den Nacken rückte, so daß das kurzgeschorene graue Haar sichtbar wurde, „und kalkuliren sogar schon von dem großen Kanal, der von der Ostsee herunterkommen und Berlin zur Seestadt machen soll — na, das wird wohl noch ein Weilchen dauern — was meinst Du, Moritz?"

Der, an welchen diese Worte sich richteten, war der Sohn des Etatsraths, der, in die „Hamburger Nachrichten" vertieft, dem Vater am Frühstückstische gegenüber saß. Es war ein lang gewachsener, peinlich sauber gekleideter junger Mann von einigen zwanzig Jahren, dessen länglich geformtes Gesicht dem des Vaters nicht sehr ähnlich sah. Wenn man von der Terrasse in den anstoßenden Salon getreten wäre, in dem das lebensgroße Bild der ver= storbenen Frau Etatsrath hing, würde man bemerkt haben, daß Moritz Pfeiffenberg mehr der Mutter als dem Vater nachgeartet war.

Auf die Anrede des Vaters erhob er das Gesicht von der Zeitung und sagte mit vorsichtigem, ruhigem Tone: „Die Oberspree hat ihre Reize, und eine Fahrt auf dem Müggelsee oder nach Schmöckwitz ist so übel nicht."

„Na — Du vertheidigst Dein Berlin — das thut Ihr

jungen Leute ja Alle," versetzte der Etatsrath, „aber das
wirst Du mir doch zugestehen, eine Elbe ist die Spree
denn doch nicht? Das ist denn wohl etwas Anderes?"

Moritz Pfeiffenberg folgte mit den Augen der Richtung,
in welcher der Vater blickte; ein großer Dreimaster zog
eben mit geschwellten Segeln majestätisch langsam den
breiten Strom herauf.

„Gewiß," sagte er mit einem leisen Lächeln, „See-
schiffe kommen vorläufig noch nicht vor die Markthallen
von Berlin gefahren."

Vater und Sohn waren an die Brüstung der Terrasse
getreten und hatten, die Arme aufgestützt, das ziehende
Schiff eine Zeit lang mit den Augen verfolgt; dann
wandte sich der Etatsrath nach der Parkseite hinüber.

„Und Blumen wie unsere," sagte er, indem er beide
Hände in den Hosentaschen vergrub, „dazu müssen die
Berliner auch erst nach Potsdam hinüberfahren, wenn sie
so etwas zu sehen bekommen wollen."

Moritz Pfeiffenberg war langsam hinter dem Vater
drein gekommen und indem er in den Garten hinunter-
blickte, wiegte er bedächtig das Haupt.

„Dorothea," sagte er. Es war, als ob es genügte,
den Namen auszusprechen, als ob damit etwas gesagt sei,
was Jeder ohne Weiteres begreifen und würdigen mußte.

Der Etatsrath schien ihn zu verstehen; ein leichtes
Schmunzeln ging über sein glattrasirtes, bartloses Gesicht.

„Na ja," sagte er, „seitdem sie den Blumengarten
unter sich hat — sie hat eine höllisch glückliche Hand."

Dem Sohne schien diese Ausdrucksweise zu wenig

Hochachtung gegenüber feiner Schwester zu enthalten; er machte ein ernsthaftes Gesicht.

„O — sie betreibt ja das Alles auf das Rationellste und ganz wissenschaftlich," sagte er. „Eine Blumenzüchterin ersten Ranges ist Dorothea. Neulich hat sie von den Gebrüdern Rovelli in Pallanza am Lago Maggiore eine Sendung italienischer Nelken bekommen — ganz herrliche Exemplare — es ist geradezu erstaunlich, wo sie alles Verbindungen hat; und Olea fragrans hat sie sich auch schicken lassen."

„Wie heißt das Zeug?" fragte der Etatsrath.

„Olea fragrans," erwiderte Moritz Pfeiffenberg mit einer gewissen Würde. „Eine Pflanze, die ebenfalls am Lago Maggiore heimisch ist und einen wundervollen Duft ausströmt, wenn sie blüht. Dorothea will versuchen, ob sie die Mauern der neuen Halle damit beranken kann, die Du hast bauen lassen; sie meint, daß die Pflanze dort gute Sonne haben würde."

Der Etatsrath, die Hände immer in den Hosentaschen, ging um den Frühstückstisch herum, ein vergnügliches Spotten im Gesicht.

„Dich hat sie ja geradezu zum Botaniker gemacht," murmelte er, „aber sie bleibt heute lang, das Frühstück wird kalt werden."

Der Frühstückstisch stand noch unangerührt; Vater und Sohn Pfeiffenberg hatten offenbar auf Dorothea ge- wartet.

„Sie sorgt schon, daß das nicht geschieht," fuhr Moritz Pfeiffenberg in der Vertheidigung der Schwester fort. Er zeigte auf die silbernen, verdeckten Platten, die auf dem

Tische standen und deren schwere, fest aufschließende Deckel
die Gewähr boten, daß die darunter befindlichen warmen
Speisen sich eine geraume Zeit lang warm erhalten
würden.

„Das ist ja Alles so rationell," sagte er, „so außerordentlich rationell."

Mit einer Art von Bewunderung blickte er auf den
Tisch nieder, dann erhob er das Haupt.

„Sie okulirt jetzt Rosen," sagte er, „und da hat sie
des Morgens immer viel mit dem Gärtner zu thun, den
sie anleiten muß."

In diesem Augenblick tauchte aus dem Hintergrunde
des Parks etwas Schneeweißes auf.

„Da kommt Dorothea," sagte Moritz Pfeiffenberg.

Den langen Gang, der zwischen Blumenrabatten
entlang gerade auf die Terrasse zu führte, kam eine hoch-
gewachsene Frauengestalt langsam daher geschlendert. In
respektvoller Haltung ging der Gärtner neben ihr.

Von Zeit zu Zeit trat sie rechts und links an die
Blumen, richtete hier eine auf, entfernte dort ein trocken
gewordenes Blatt, und die Weisungen, die sie dabei dem
Gärtner ertheilte, nahm dieser mit eifriger Beflissenheit
entgegen.

Alles an dieser Gestalt war hell und licht.

Ein Kleid von feinem weißem Wollenstoff schloß sich
eng um den schlanken Leib und ließ die Füße frei, die
länglich und edel geformt, in gelbledernen Schuhen
daruter hervorkamen. Handschuhe von schwedischem
Leder gingen hoch an den Armen hinauf: über dem

Kopfe trug sie einen weißseidenen Sonnenschirm. Der Kopf war unbedeckt; das schwere blonde Haar, das in dicken Flechten, wie zu einer Art von Krone auf dem Haupte zusammengeflochten war, bildete dessen einzigen Schmuck.

Sie war jetzt bis unter die Terrasse gelangt, so daß man ihre Züge unterscheiden und die Aehnlichkeit mit dem Bruder erkennen konnte.

Es war dasselbe längliche Gesicht, dieselben großen Züge, nur mit dem Unterschiede, daß Alles, was bei dem Bruder ängstlich, unfrei und unbedeutend erschien, bei der Schwester kühn entwickelt und bedeutend war. Moritz Pfeiffenberg hatte den Strohhut vom Kopf genommen und war die Terrassenstufen hinunter der Schwester entgegen-geeilt.

„Guten Morgen, Dorothea," sagte er, indem er ihre freie Hand ergriff, um sie zu küssen.

Sie entzog ihm die Hand.

„Mach' Dich nicht schmutzig, Kind," sagte sie, „ich komme eben von der Gartenarbeit."

Die Stimme hatte einen lässigen Klang. Sie wandte sich nach dem Gärtner um und nickte ihm, wie eine Königin, Entlassung. Der Gärtner zog sich mit einer Verbeugung zurück; Dorothea schob den Arm unter den des Bruders und stieg mit ihm zur Terrasse hinauf.

Hier kam ihr der Etatsrath schon entgegen.

„Na, Haus- und Garten-Minister," sagte er, „bist Du fertig? Das hat ja heute lange gedauert."

„Der Gärtner muß so sehr angeleitet werden," erwiderte sie. Sie ließ sich vom Vater umarmen und duldete, daß er sie auf die Stirn küßte.

„War's hübsch in Berlin?" fragte sie, indem sie an den Frühstückstisch trat, den Thee in die Kanne schüttete und das kochende Wasser darauf goß.

„Na, es war ja nun so —" versetzte der Etatsrath; „Minister Kügler läßt Dich grüßen."

„Danke," sagte Dorothea, „geht es ihm gut?" Der Ton ihrer Antwort verrieth, wie gewöhnt sie daran war, daß man ihr Grüße und Huldigungen zu Füßen legte.

„O nun," antwortete der Etatsrath, „der ist ja wohl nirgends lieber als in Berlin."

Derjenige, von dem er sprach, war der Hanseatische Gesandte in Berlin, ein in den Kreisen der Berliner Gesellschaft wegen seiner Liebenswürdigkeit und seines Kunstsinnes allgemein geschätzter und beliebter Mann.

Inzwischen hatte man am Frühstückstische Platz genommen, Vater und Sohn Pfeiffenberg einander gegenüber, Dorothea zwischen Beiden, an der Breitseite des Tisches. Sie hatte die Gartenhandschuhe ausgezogen und die schlanken, peinlich gepflegten Hände besorgten nun ihr Werk. Sie schenkte den Männern ihren Thee ein und setzte ihnen die Tassen vor.

„Papa bekommt heute etwas stärkeren," sagte sie, „weil er Reise-Strapazen hinter sich hat — das Kind bekommt ihn schwächer."

Sie hatte das vollkommen ernsthaft gesagt und weder der Vater noch das mehr als zwanzig Jahre alte „Kind" Moritz hatten auch nur eine Miene verzogen.

Von den silbernen Platten, auf die sie rasch, um sich

zu überzeugen, ob sie auch noch warm wären, die Hände
gelegt hatte, hob sie alsdann die schweren Deckel ab und
füllte dem Vater und dem Bruder angemessene Portionen
auf die Teller.

„Vergiß Dich nur nicht selbst, Dorothea," sagte Moritz
Pfeiffenberg, indem er sein Theil in Empfang nahm.

„Keine Sorge, Kind," erwiderte sie, und ihr mütterlich
herablassender Ton stach drollig gegen das gemessene
„Dorothea" ab, mit dem der Bruder sie unverbrüchlich
anredete. Im Uebrigen machte sie ihr Wort wahr, daß
er sich nicht zu sorgen brauchte, denn mit dem gesundesten
Appetit griff sie Speise und Trank an.

Alle Gespräche verstummten für eine Zeit, und man
hörte nur das Klirren der Bestecke, das Klappern der
Tassen und das Knuspern des butterbeschmierten gerösteten
Brodes, das von den Zähnen der Frühstückenden zermalmt
wurde.

Wenn ein Fremder in diesem Augenblick hätte zuschauen und die drei, in ihre Thätigkeit versunkenen
Menschen beobachten können, so wären seine Blicke
sicherlich an dem schönen, eigenartigen Mädchen hangen
geblieben, das zwischen den beiden Männern saß.

Eine weiße Natur — nicht nur, daß ihr Kleid weiß
und Alles, was zu ihrer Kleidung gehörte hellfarbig und
licht war — nicht nur, daß ihr Gesicht, ihr Hals, die
Arme und die Hände und Alles, was man von der Haut
ihres Leibes sah, das zarteste, aber durchaus nicht bleich-
süchtige Weiß zeigte — man hatte das Gefühl, daß auch
die inneren und innersten Organe dieses merkwürdigen
Geschöpfes, daß Herz und Seele in ihr weiß sein mußten,

weiß, wie frisch gefallener Schnee. — Ob auch leiden-
schaftslos? — Es sah so aus, als hätte diese schöne
Menschenblume bisher nur hinter den Glaswänden des
väterlichen Warmhauses gestanden. — Wer wollte sagen,
wie sie sich entwickeln würde, wenn Sturm und Sonnen-
schein der großen wilden Welt sie umspielte? Vorläufig,
so schien es, hatte Dorothea Pfeiffenberg nur eine Leidenschaft kennen gelernt: zu herrschen; diese zu befriedigen, bot
sich ihr gute Gelegenheit, da sie ihre männliche Umgebung
körperlich und geistig überragte, und sie nahm die Gelegenheit wahr.

Dem Vater konnte sie natürlich in seine Geschäfte
nicht dreinreden, sie mußte sich damit begnügen, ihn in
kleineren, häuslichen Angelegenheiten zu gängeln. In dem
Bruder aber, der zwei Jahre jünger war als sie, sah
sie noch immer nichts anderes als „das Kind", wie
sie ihn kurzweg nannte. Er arbeitete im Geschäfte des
Vaters, und in soweit mußte sie ihn dem Vater überlassen;
in allen übrigen Fragen des Lebens aber, großen und
kleinen, war sie ihm Beratherin, Lehrmeisterin und, wenn
es darauf ankam, Befehlshaberin. Moritz Pfeiffenberg
ließ sich das gern gefallen. Er war keine auffässige und
keine phantasievolle, sondern eine bequeme und nüchterne
Natur. Nichts imponirte ihm mehr, als thatsächlicher
Erfolg; und wenn er sah, wie unter den nimmer rastenden
Händen der klugen Schwester der Garten gedieh, das
ganze Anwesen zunahm, das Haus, einer regelrechten
Maschine gleich, am Schnürchen ging, dann wäre ihm
nichts unvernünftiger erschienen, als einer solchen Schwester
gegenüber sich nicht zu beugen.

So saß sie nun also da, die weiße Dorethea, und lehnte sich behaglich in den Gartenstuhl von japanischem Rohr zurück, nachdem sie den letzten Schluck aus ihrer Tasse genommen hatte. Wie das wohlthat, sich einen Augenblick dem Behagen hingeben zu dürfen, nachdem man den Morgen hindurch schon so thätig gewesen war! Und wie dieses wohlthuende Gefühl durch den Gedanken verstärkt wurde, daß die beiden Männer heute noch nichts gethan hatten, daß sie, wie immer, die früheste und fleißigste im Hause gewesen war! Das Bewußtsein der Pflichterfüllung leuchtete selbstzufrieden aus ihren Augen und milderte ein wenig den strengen Ausdruck, der für gewöhnlich auf dem schönen aber etwas herben Gesichte lag.

Ihre Hand senkte sich auf eine Standglocke, die vor ihr auf dem Tische sich befand, und sobald der Schlag erscholl, tauchte aus dem Salon des Hauses ein Diener auf, den sie mit einem Blicke bedeutete, den Tisch abzuräumen. Man hätte beinah darüber lachen können, wie pünktlich der Diener auf den Glockenschlag hervorgeschossen kam; es war wie in einer Schützenbude, wo mit Bolzenbüchsen auf Scheiben geschossen wird und wo eine Figur hinter der Scheibe hervorspringt, sobald das Centrum getroffen ist.

Das Abräumen des Tisches ging eins — zwei — drei — dabei vernahm man kaum ein Geräusch, und nachdem das Tischtuch abgenommen war, erschien auf dem Tische eine Cigarrenkiste mit Aschbecher und Feuerzeug.

„Erlaubst Du, Dorothea, daß wir uns eine Cigarre anzünden?" fragte der Etatsrath, indem er in die Kiste griff. Statt aller Antwort schob ihm Dorothea selbst

die Streichhölzer zu. Dann machte auch Moritz Pfeiffenberg
von ihrer Erlaubniß Gebrauch, und im nächsten Augenblick ringelten sich blaue Dampfwolken in die stille warme
Morgenluft.

„Ja, ja, ja,‟ sagte der Etatsrath, indem er vom
Tische abrückte und ein Bein über das andere schlug,
„ich habe Minister Kügler viel von Dir erzählen müssen,
Dorothea. Als ich ihm von unserer Halle sagte, die wir
uns gebaut haben, fragte er gleich: ‚na, — die Idee geht
doch gewiß wieder von Fräulein Dorothea aus.‘ Er hat
eine höllische Meinung von Dir.‟

Dorothea sah den Vater ruhig an.

„Die Idee schien mir so naheliegend,‟ sagte sie in
ihrem lässigen Tone, „wir gewinnen eine gute Gelegenheit,
die Orangerie im Winter aufzustellen; das alte Warmhaus
war schon viel zu klein geworden. Außerdem wird die
Halle ihr Gutes für Dich selbst haben, Papa.‟

Der Etatsrath blickte fragend auf.

„Du machst Dir zu wenig Bewegung,‟ fuhr sie fort.
„Immer im Wagen nach Altona hinein, dann Stunden
lang im Bureau sitzen und dann wieder im Wagen heraus
— darum habe ich darauf bestanden, siehst Du, daß die
Halle so lang gebaut wurde; nun hast Du im Winter und
auch sonst bei schlechtem Wetter eine gedeckte Wandelbahn,
wo Du nach Tische spazieren gehen und Deine Cigarre
rauchen kannst.‟

„Höchst rationell,‟ sagte bewundernd Moritz Pfeiffenberg.

„Ja, ja, Kind,‟ wandte sich Dorothea zu ihm, „Dir

wird es auch nichts schaden, wenn Du Dich Papa bei
seinen Spaziergängen anschließest."

Der Etatsrath schmunzelte.

„Na — es ist eben wahr," sagte er, „Du denkst an
Alles, Dorothea. Das hab' ich Kügler auch gesagt, als
er mich gefragt hat. Meine Tochter, hab' ich gesagt, hat
die ganze Geschichte, sozusagen, in Entreprise genommen."

„Hast Du ihm auch von meiner Idee gesagt," fragte
Dorothea, „daß wir die Halle künstlerisch ausschmücken
wollen?"

„Natürlich!" rief der Etatsrath, „und das war ja
Wasser auf seine Mühle. Minister Kügler, das weißt Du
ja, ist ein Enthusiast für die Kunst und mit allen Spitzen
der Berliner Künstlerschaft gut bekannt. Kannst Dir also
denken, wie er darauf einging, als ich ihm erzählte, daß
wir uns ein großes Bild auf die Wand der Halle malen
lassen wollen! Erst hatte er mich ja so verstanden, als
sollte das nichts Anderes werden, als so das Gewöhnliche,
mit Frucht- und Blumen-Guirlanden, womit man so die
Ecken ausfüllt —"

„Und wozu man schließlich nicht viel Anderes braucht,
als einen Stuben-Maler," fiel Dorothea etwas verächtlich ein.

„Natürlich — wie er aber hörte, daß es ein wirkliches
Bild werden sollte, mit wirklichen großen Figuren — denn
so hast Du es doch gedacht —" unterbrach er sich, indem
er seine Tochter ansah.

„Jawohl," entgegnete diese, „irgend einen Vorgang
aus der Weltgeschichte; so ein großes Fresko-Bild in der

Art der Kaulbach'schen im Museum zu Berlin, so habe ich es mir gedacht."

„Na siehst Du," sagte der Etatsrath ganz vergnügt, „dann habe ich meinen Auftrag also richtig ausgerichtet, denn eben mit den Worten habe ich es ihm gesagt: so in der Art der Kaulbach'schen. Wie er denn also das gehört hat, na, da war es ja nun mit einmal eine ganz andere Geschichte. ‚Ach so,‘ hat er gesagt, ‚ein Kaulbach'sches — Sie sind wohl eifersüchtig auf die Villa Donner, mit ihren berühmten Kaulbachs?‘ Du weißt," unterbrach er sich wieder, „im Speisesaal in der Villa Donner?"

Dorothea nickte.

„‚Aber solchen Wetteifer,‘ hat er gesagt, ‚kann ich nur loben, da kommt etwas dabei heraus für die Kunst; und unsere reichen Herren da oben könnten so wie so etwas mehr für die Kunst thun‘ — na kurz, er war höllisch zufrieden mit mir oder richtiger, mit Dir, Dorothea."

Dorothea nahm die erneute Lobeserhebung schweigend in Empfang.

„Na — und nun hat er ja denn auch wissen wollen, was ungefähr das Bild vorstellen sollte," fuhr der Etats-rath fort, „aber da konnt' ich ihm leider keine Auskunft geben. Hast Du Dir schon etwas Bestimmtes gedacht?"

Dorothea blickte sinnend vor sich hin.

„Etwas aus der Geschichte," erwiderte sie, „ich habe es ja schon gesagt. Den Gegenstand selbst, denk' ich, muß der Maler auswählen. Er wird uns dann seine Vorschläge machen. Habt Ihr denn einen Maler aufgetrieben?"

Der Etatsrath stieß eine dicke Rauchwolke von sich.

„Alles fix und fertig abgemacht," sagte er. „Kügler

ist mit dem Direktor der Akademie, dem Herrn von Werner, der sozusagen der Oberste von der ganzen Berliner Malerei ist, sehr gut bekannt, grade an dem Abende ist er mit ihm zusammen gekommen und hat ihm die ganze Geschichte auseinandergesetzt und der Herr von Werner hat uns dann auch gleich unseren Mann besorgt."

Dorothea wurde aufmerksam..

„Also —" fragte sie.

„Ja, siehst Du, mein Kind," sagte der Etatsrath, einigermaßen verlegen, „einer von den Berühmten ist es nun eben nicht — aber das darf Dich nicht wundern, Kügler hat mir die Sache erklärt. Was so die Berühmten sind, siehst Du, die haben ihre Bestellungen, daß sie nicht Hand und Fuß mehr rühren können: von denen ist keiner so leicht zu haben. Und dann, siehst Du, kommt noch eins hinzu: solche großen Fresko-Bilder und namentlich, wenn sie solche alte Geschichten darstellen, sind heutzutage eigentlich nicht so recht in der Mode mehr. Höchstens in öffentlichen Gebäuden wird so etwas noch gemacht, in Museen oder zum Beispiel in der Ruhmeshalle in Berlin, aber in Privathäusern —"

„Privathäuser —" unterbrach ihn Dorothea. „In unsere Wohnzimmer soll das Bild doch nicht, sondern in die große Halle — das scheint mir doch ganz dasselbe, wie die Gebäude, von denen Du sprichst?"

„Natürlich, natürlich," erwiderte der Etatsrath, „ich — meinte ja nur, sie sind eigentlich höllisch unmodern heut-zutage, solche Bilder; heutzutage machen die Maler Porträts, siehst Du, oder Landschaften, oder etwas Realistisches, wie man es so nennt, wo man so ein Kartoffelfeld sieht,

oder eine Sand-Düne, wo dann so wenig wie möglich
drauf ist, nur so ein paar Figuren, die einem die sogenannte
Stimmung geben."

Dorothea kräuselte die Lippen.

„Das verstehe ich Alles nicht," sagte sie, über „ihre
Kunst nachzudenken, das überlaß' ich den Malern selbst.
Ich bin nur der Ansicht, daß wenn man sich etwas für sein
eigenes Haus malen läßt, man dann Sachen nimmt, die
einem gefallen. Und ich liebe nun einmal historische
Bilder."

„Den Thurmbau zu Babel," mengte sich Moritz Pfeiffenberg in das Gespräch, „den liebst Du ja besonders, nicht
wahr, Dorothea?"

„Ja gewiß," antwortete sie, „das Bild finde ich
wunderschön."

„Na ja, na ja," sagte der Etatsrath, „soll ja auch
Alles werden, wie Du es haben willst. Ich habe das
Alles ja nur erzählt, um zu zeigen, warum wir eben einen
auftreiben mußten, der nun einmal solche Geschichten arbeitet,
einen ganz besonderen Kerl."

Dorothea machte ein spöttisches Gesicht.

„Also habt Ihr einen gefunden, der sich herablassen
will?" fragte sie.

„Ja, der Herr von Werner hatte einen auf Lager,"
lachte der Etatsrath, „einen sehr talentvollen Menschen,
hat er gesagt, der es aber trotz aller Mühe noch immer
nicht zu etwas hat bringen können; den wird er uns
schicken."

„Talentvoll — fleißig — und hat es zu nichts bringen
können —" fragte Dorothea langsam zweifelnd.

„Gott, weißt Du, Dorothea," nahm Moritz Pfeiffenberg
wieder das Wort, „die Konkurrenz unter den Malern ist
heutzutage doch eine große; namentlich da in Berlin."

Er faßte die Sache vom kaufmännischen Standpunkte
auf.

Dorothea wiegte ungläubig das Haupt.

„Es wird wohl mit dem Fleiße nicht so weit her sein,"
sagte sie in geringschätzigem Tone. „Ueberhaupt, wenn
ich immer davon reden höre, wie die Künstler arbeiten
— ich kann mir, ehrlich gestanden, dabei gar nichts recht
denken."

„Na, aber, nimm mir's nicht übel," wandte der Etatsrath lachend ein, „wie stellst Du Dir denn vor, daß so
eine große Schilderei zu Stande kommt? Da muß doch
eine Menge gezeichnet und gemalt werden und manchmal
muß auch dies und jenes geändert werden, ist denn das
keine Arbeit?"

Dorothea erröthete ein wenig. Sie hatte sich offenbar
noch niemals rechte Gedanken darüber gemacht, und es
ärgerte sie, daß sie keine überlegene Antwort fand.

„Immerhin," sagte sie ungeduldig, „eine Arbeit in
dem Sinne, was ich sonst im menschlichen Leben Arbeit
nenne, kann ich das nicht nennen."

Der Bruder trat wieder für sie ein. „Du meinst,
eine ernsthafte Arbeit, wie Du sie in der Verwaltung des
Hauses oder der Papa und ich im Geschäft haben, das
ist es nicht; nicht wahr?"

„Allerdings," erwiderte sie, „es scheint mir ein großer
Unterschied zwischen dem beiden zu sein."

„Wir brauchen uns darüber ja nicht zu streiten,"

sagte der Etatsrath, „wir werden sehen, wie er seine
Sache macht. Taugt es nichts — na, dann Kalk darüber,
und die Sache ist verschmerzt; denn das ist der Vortheil
bei der Geschichte, siehst Du, daß so ein Unbekannter viel
billiger ist. So einer von den Berühmten, das kostet ja
wohl ein höllisches Geld — aber so Einer, da thun's ein
paar hundert Mark, das ist nicht die Welt."

„Und freie Station während der Arbeit," fügte Moritz
Pfeiffenberg, der Kaufmann, hinzu.

„Na, das versteht sich," erwiderte der Etatsrath, „wir
können ihn doch nicht alle Abend nach Altona hineinlaufen
und des Morgens wieder herauskommen lassen. So
lange er hier malt, muß er hier wohnen und Essen und
Trinken bekommen."

Dorothea sah nachdenklich vor sich hin.

„Weißt Du, Papa," sagte sie, „ich überlege — im
Gärtnerhause sind über der Wohnung des Gärtners ein
paar Räume, die wir schon immer zu Fremdenzimmern
einrichten wollten. Ich werde ein Bett hineinstellen lassen
und ein paar Möbel — kommt der Maler bald?"

„Er kann jeden Tag angerückt kommen," versetzte
der Etatsrath.

„Also werde ich das gleich nachher besorgen."

Nun trat eine Pause ein, dann fragte Dorothea:
„Wie hast Du denn gedacht, daß es mit dem Essen sein
soll? Ob er mit uns zusammen essen soll?"

Der Etatsrath schwieg, Moritz Pfeiffenberg schwieg
ebenfalls — man war wieder einmal an einen Punkt gelangt, wo nur der Spiritus familiaris Dorothea entscheiden
konnte. Endlich äußerte der Etatsrath: „Gott — siehst

Du — es ist ja wohl eigentlich ein gebildeter Mensch —
aber wie hast Du denn über den Punkt gedacht?"

Dorothea war auch etwas verlegen, aber sie fand
sich zurecht.

„Wir essen so spät zu Mittag," sagte sie, „vermuthlich
ist er eine viel frühere Stunde gewöhnt."

„Sehr richtig!" riefen Pfeiffenberg Vater und Sohn,
wie aus einem Munde.

„Und dann," fuhr sie sicherer fort, „so ein fremder
Mensch — man kann ja doch nicht wissen — und wenn
er uns zusagt, können wir ihn ja später immer noch ein-
laden."

„Versteht sich, versteht sich!" rief der Etatsrath,
während Moritz Pfeiffenberg energisch zustimmend nickte.
Sie hatte Beiden wieder einmal aus der Seele gesprochen.
Ihnen Beiden und sich selbst; denn vor ihrer weißen
Seele stand der ungekannte Fremde wie etwas Un-
heimliches da.   Der Begriff des „Künstlers" verband sich
für sie mit der Vorstellung von etwas höchst Inkorrektem,
Liederlichem.   Sie hatte nie mit Künstlern verkehrt; Alles,
was sie von ihnen wußte, hatte sie aus der Kunstgeschichte,
die sie im normalen Entwicklungsgange ihrer Bildung
gelesen hatte.   Von daher waren ihr denn manche Er-
zählungen von Malern in der Erinnerung geblieben, die
schlimme Brüder gewesen waren, Nonnen entführt, Fa-
milientöchter bestrickt und andere Unthaten vollbracht
hatten.   Dazu waren dann noch moderne Künstlerromane
gekommen, in denen die Maler oftmals auch eine gefähr-
liche Rolle spielten — kurz und gut — es graute ihr ein
wenig vor dem wilden Vogel aus der fremden Welt, den

fie in ihren fauber gehaltenen, zierlichen Drahtkäfig herein=
laffen und dem fie auch noch täglich einen Waffer= und
Futternapf hinftellen follte.

Der Etatsrath schien von diesen Sorgen nichts zu
empfinden; die Sache war in bequeme Wege geleitet, er
war zufrieden.

„Also die Sache kann losgeh'n," fagte er, indem er
einen letzten Zug aus der Cigarre that und den Stummel
dann in den Afchbecher warf, „und wenn's Glück gut ist,
steht nächstes Jahr schon in den Reisebüchern die Villa
Pfeiffenberg mit dem berühmten Fresko von Heinrich
Verheißer als Sehenswürdigkeit neben der Villa Donner
verzeichnet."

„Wer?" fragte Dorothea. „Heinrich —"

„Ja fo," entgegnete er, „ich habe Dir noch gar nicht
gefagt, wie unfer Maler heißt."

„Verheißer?" fragte fie, „habe ich fo recht ver=
standen?"

Der Etatsrath lachte. „Ja, ja," fagte er, „ein
ziemlich putziger Name, nicht wahr? So etwas Ver=
heißungsvolles darin. Na, wer weiß; vielleicht ist's eine
gute Vorbedeutung, und er begründet feinen Ruhm bei
uns. Dann haben wir ein fchönes Bild im Hause und
kommen noch obendrein als Förderer der Kunst in die
Kunstgeschichte; zwei Fliegen mit einer Klappe!"

Der Etatsrath war fehr aufgeräumt über feine eigene
Scherzhaftigkeit. Er erhob fich vom Stuhle, denn es
wurde Zeit, in das Geschäft zu gehen.

„Weißt Du, was Minister Kügler gefagt hat?"

2*

wandte er sich noch einmal an seine Tochter. Dorothea
blickte schweigend zu ihm auf.

„‚Fräulein Dorothea,‘ hat er gesagt, ‚sollte den jungen
Mann in Entreprise nehmen, damit etwas aus ihm
wird.‘"

„Was ist denn damit gemeint?" fragte sie.

„Na, was man eben damit meint, wenn man etwas
in Entreprise nimmt — man sorgt dafür, man bemüht
sich dafür, und wenn's ein Mensch ist, giebt man Acht,
daß er keine Dummheiten macht."

Er lachte aus vollem Halse.

„Was meinst Du dazu? Hättest Du Lust?"

Dorothea erwiderte nichts und blickte nachdenklich
vor sich hin. Dann, nach einiger Zeit, erhob sie sich;
eine Röthe war in ihrem Gesichte aufgestiegen.

„Sonderbar," sagte sie, „was Ihr Herren, wenn Ihr
unter Euch seid, manchmal für Gespräche führt."

Der Etatsrath küßte sie auf die Falte, die sich zwischen
ihren Augenbrauen gebildet hatte.

„Nicht gleich böse sein, Kultus-Ministerchen," sagte
er „das Berlin ist nun einmal ein gefährlicher Ort."

Damit wandte er sich in das Innere des Hauses,
um mit Moritz in die Stadt, ins Geschäft zu fahren. —

Dorothea blieb allein und machte sich an ihre Aufgabe, die Wohnung für den Maler einzurichten. Immerfort kam ihr dabei das Wort in Erinnerung, daß sie ihn
in Entreprise nehmen sollte. Sie sträubte sich dagegen
und konnte es nicht los werden. Es war, als wenn ihr
ein Verhältniß zu dem fremden Manne aufgezwungen
werden sollte, der sie doch gar nichts anging.

Das war ihr unangenehm, ja beinah widerwärtig. Bis zum heutigen Tage hatte sie sich nur als Tochter ihres Vaters, als Schwester ihres Bruders empfunden — daß es neben diesen noch andere Männer gab, hatte sie gesehen, aber nicht gefühlt.

Auch nicht die Spur einer Zuneigung zu einem Manne war in ihr gewesen; im Gegentheil, der Gedanke an die körperliche Berührung mit dem anderen Geschlecht verursachte ihr einen unheimlichen Schauder.

Und nun mußte sie einem wildfremden Manne die Wohnung einrichten, ein Bett für ihn aufstellen, an seines Leibes Nothdurft denken und dafür sorgen. Das war fatal, und nur ihr starkes Pflichtgefühl vermochte sie über die unangenehme Aufgabe hinwegzubringen. Im Inneren aber fühlte sie einen Widerwillen gegen den unbekannten Mann aufsteigen, der ihr solchen Zwang auferlegte; er war ihr schon jetzt geradezu antipathisch und sie beeilte sich, mit der Arbeit fertig zu werden.

Uebermäßig behaglich wurde die Ausstattung der beiden Zimmer unter solchen Umständen natürlich nicht. Ein Bett mit einem Nachttische und einem Waschtische in dem einen Raume, ein Sopha, ein Tisch und einige Stühle in dem anderen — das war Alles.

Solch ein armer Teufel, der es in seinem Berufe zu nichts brachte, würde es auch wohl nicht besser von Hause gewöhnt sein.

Erleichtert athmete sie auf, als die Einrichtung beendigt war, dann beeilte sie sich, in das Wohnhaus zurückzukehren; sie wollte sich der Atmosphäre des Fremden entziehen. Vorher aber wandte sie sich noch einmal nach der neu-

erbauten Halle, wo der Gärtner damit beschäftigt war,
die Olea fragrans einzupflanzen, um sie an den Außen-
wänden emporzuziehen.

Sie trat hinein. Die Halle war ein langgestreckter,
rechtwinkliger Bau, dessen eine Längsseite von sieben großen
Bogenfenstern durchbrochen wurde. Die gegenüberliegende
Wand war durch zwei, halb aus der Mauer hervortretende
Säulen in drei gleich große Flächen abgetheilt, die oben
durch Rundbogen abgeschlossen wurden.

Der Raum war ganz kahl und leer; unter den Fenstern,
dem Mittelstück der anderen Wand gegenüber, stand eine
einfache Gartenbank. Hier setzte sich Dorothea nieder und
schaute nachdenklich auf die Stelle hinüber, welche dem-
nächst das Bild einnehmen sollte.

Unwillkürlich versuchte sie sich vorzustellen, daß ihr die
Aufgabe zu Theil geworden sei, das Bild zu erfinden und
auszuführen. Es konnte schließlich so schwer nicht sein; die
Weltgeschichte war ja groß genug. Auch wäre es doch
eigentlich besser gewesen, wenn man dem Maler den
Gegenstand hätte vorschreiben können, statt ihn nach Gut-
dünken wählen zu lassen; sie hätte dann gleich auch ihm,
wie allen Hausbewohnern gegenüber, ihre geistige Ueber-
legenheit gezeigt.

Aber es war merkwürdig, sie fand nichts. Sie dachte
an diesen und jenen geschichtlichen Vorgang, aber sie konnte
sich gar nicht vorstellen, wie sie daraus ein Bild hätte
machen sollen. Die nackte Wand gegenüber grinste sie,
wie höhnisch an und schien sie aufzufordern: „versuch's
doch einmal" — sie fühlte sich rathlos. Es mochten also
doch wohl Aufgaben im Leben sein, zu denen noch etwas

Befonderes, etwas mehr gehörte, als daß man die Sachen „rationell" durchdachte und „korrekt" ausführte.

Sie erhob sich mit einem Ruck; unwillkürlich war ihr die Röthe wieder ins Gesicht gestiegen; sie war ganz ärgerlich. Indem sie der Thür zuschritt, blickte sie noch einmal zu der kahlen Wand hinauf, dabei nickte sie, verächtlich herausfordernd. „Wollen doch erst einmal abwarten, wie er sich aus der Geschichte herausziehen wird," es war wie eine Art von Eifersucht in ihr.

Wenn sie nicht Wichtigeres zu thun gehabt hätte, so würde sie sich jetzt gleich einmal hinter Webers Weltgeschichte gesetzt haben, denn daran lag es ja natürlich nur, daß sie das Bild nicht fand, daß sie nicht bewandert genug in der Geschichte war. Dieser Gedanke beruhigte sie; lernen kann schließlich Jeder Alles. Die Frage, ob es ihr vielleicht an Phantasie fehlen mochte, kam ihr nicht.

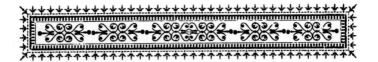

Zweites Kapitel.

Zwei Tage nach diesem, am Nachmittag, kam der Etatsrath mit großem Hallo aus der Stadt zurück. Vom Wagen springend, rief er mit schallender Stimme nach seiner Tochter.

„Dorothea," sagte er, als diese ihm, weiß, kühl und vornehm lässig wie gewöhnlich, aus dem Hause entgegen kam, „Dorothea, er ist da!"

„Der Maler?" fragte sie ruhig.

„Na, wer sonst?" gab er zur Antwort. „Ist das ein komischer Kerl! Du wirst was erleben!"

„Hast Du ihn auch gesehen?" wandte sich Dorothea an den Bruder, der mit dem Vater gekommen war.

Moritz Pfeiffenberg nickte.

„Ja," sagte er trocken.

„Na, den frag' man lieber nicht," rief der Etatsrath, und er prustete vor Lachen, „der Moritz, als er ihn sah und hörte, hat ja wohl ein Gesicht gemacht, als wenn er einen Igel streicheln sollte!"

Moritz Pfeiffenberg zeigte allerdings ein wenig befriedigtes Gesicht. „Gott, weißt Du, Dorothea," sagte er, „diese Künstler haben ja wohl Manieren, die von den unsrigen etwas abweichen."

„Das weiß der Kuckuck, ja!" sagte der Etatsrath vergnügt, „aber nun wollen wir zu Tisch gehen, da kannst Du Alles hören."

Im Speisesaale stand, wie immer, die Tafel bereits gedeckt; durch das dichte grüne Laub der Bäume vor den Fenstern drangen die letzten Strahlen der untergehenden Sonne und verbreiteten in dem kühlen, behaglichen Raume ein köstliches, goldiges Licht.

„Stell Dir also vor," erzählte der Etatsrath, nachdem er ein großes Glas Rothwein hinuntergestürzt hatte, „heute Mittag, wie ich mit dem Moritz im Büreau sitze, wird mir eine Karte 'reingeschickt, ich denke gar nichts, und mit einem Mal sehe ich das." Indem er das sagte, warf er eine Visitenkarte, die er aus der Brieftasche gezogen hatte, vor Dorothea auf den Tisch. Auf der Karte stand mit gothischen Buchstaben gedruckt: „Heinrich Verheißer". Dorothea sah die Karte an, ohne sie mit den Händen zu berühren.

„Steht ja nicht einmal drauf, daß er Maler ist?" sagte sie.

„Na eben — hör' nur weiter," fuhr der Etatsrath fort. „Ich lasse also bitten, und da kommt nun unser Mann herein. Stell' Dir vor — ganz kaffeebraun im Gesicht."

„Braun im Gesicht?" fragte Dorothea, deren gewöhnliche Kühle beinahe etwas Eisiges angenommen hatte.

„Ja, er hat uns das nachher erklärt," erwiderte der

Etatsrath, „er hat sich das ganze Frühjahr in Italien herumgetrieben."

„Ich denke, er hat kein Geld?" meinte Dorothea.

„Hat er auch nicht," bestätigte der Etatsrath, „er hätte — Du, Moritz, wie sagte er gleich, daß er's gemacht hätte?"

„Es war ein ganz unglaublicher Ausdruck," entgegnete Moritz Pfeiffenberg, der schweigend den Gerichten zugesprochen hatte, „er hätte seine letzten paar Kröten zusammengerafft und wäre vierter Klasse nach Italien gefahren."

„Ja, seine letzten paar Kröten," lachte der Etatsrath, „so war's! Was sagst Du, Dorothea? Im Uebrigen aber ganz manierlich von außen, nicht zu groß, nicht zu klein und ganz propper angezogen — natürlich, Alles so ein bischen locker, Du verstehst. Na — er kommt also 'rein, und nun denk' ich, wird da so ein Verlegenheits-Thierchen erscheinen, mit Bücklingen und leisem Sprechen und so weiter — aber — i Gott bewahre — macht einen Diener, ganz kurz, beinahe nur mit dem Kopf, und fängt gleich selber an: ‚Habe die Ehre mit Herrn Etatsrath Pfeiffenberg?'

Na — nun, siehst Du, war ich doch so perplex, daß ich wahrhaftig nichts Anderes 'rauskriegte als ‚ja allerdings' zu sagen und dann stellte ich ihm noch den Moritz vor."

„Es war eigentlich beinah etwas viel," brummelte Moritz Pfeiffenberg, der eben mit kunstgerechten Griffen eine Forelle zerlegte.

„Laß nur Deinen Fisch nicht kalt werden," ermahnte

Dorothea den Vater, indem sie für ihre Person dem Beispiele des Bruders folgte.

Den Etatsrath aber amüsirte seine Geschichte so, daß er nur in großen Absätzen die Bissen zum Munde führen konnte.

„Macht also wieder," erzählte er weiter, „so einen Nicker zu Moritz hin, dann buckt er sich um im Büreau, als ob ihn das viel mehr interessirte, als wir Beide. ‚Und ich also‘, frag’ ich, ‚habe die Ehre mit Herrn Maler Verheißer?‘ So nickt er wieder ganz kurz: ‚Ja, ja, der bin ich.‘

‚Ich frage nur,‘ sag’ ich, ‚weil auf Ihrer Karte nichts davon steht, daß Sie Maler sind?‘

So reißt das die Augen auf und buckt mir groß ins Gesicht. ‚Haben Sie’s denn schon erlebt, daß Jemand auf seine Karte ‚Dichter‘ drucken läßt?‘ fragt er.

‚Na — aber erlauben Sie,‘ sage ich, ‚Sie sind doch der Herr, den der Herr von Werner zu mir geschickt hat?‘

‚Ja natürlich,‘ sagt er.

‚Na — also malen Sie doch?‘

‚Ja natürlich,‘ sagt er, ‚aber darum weiß ich doch noch nicht, ob ich auch ein Maler bin?‘

Darauf denke ich doch nun nicht anders, als, er ist nicht so recht richtig im Kopf, und bringe wieder nichts ’raus, als daß ich sage: ‚Wollen Sie nicht Platz nehmen?‘

Und damit hat er auch schon seinen Strohhut auf den Tisch geworfen und einen Stuhl genommen und sich drauf gesetzt, ganz hintenüber gelehnt, und buckt so vor sich hin und spricht keine Silbe, daß wir Beide auch gar

nicht wissen, was wir reden sollen und ein allgemeines
Stillschweigen in verschiedenen Sprachen eintritt.

Und wie das nu so eine Weile gedauert hat, so wird
der Moritz anfangen und sagt: ‚Es wird Ihnen bekannt
sein, Herr Verheißer, daß mein Vater auf ein Bild von
Ihnen reflektirt.‘"

Moritz Pfeiffenberg richtete den Kopf vom Teller
auf; sein Gesicht war ganz roth.

„Ich weiß auch noch jetzt nicht," sagte er, „was an
dem Ausdruck so Komisches war."

„Fand er es denn komisch?" fragte Dorothea, indem
sie sich aus der krystallenen Karaffe ein Glas Wein ein-
schenkte.

„Na, aber ich denke doch gleich, er thut sich einen
Schaden," sagte der Etatsrath, „so prustet das vor Lachen
’raus, wie der Moritz das gesagt hat. Schlägt sich aufs
Knie und lacht, daß die Wände wackeln. Endlich, wie
er aufhört, sagt er: ‚Ist denn das wirklich Ernst mit der
ganzen Geschichte?‘

‚Ja,‘ sag’ ich, ‚hat Ihnen denn aber der Herr von
Werner nicht gesagt —‘

‚Ja, ja‘ — fährt er mir dazwischen — ‚aber‘ — und
nun siehst Du, Dorothea, nun macht Dir der Mensch,
kaum daß er eben gelacht hat, wie ein Lachaffe, ein Gesicht wie lauter Mord und Tod. ‚Ich hab’s gar nicht
glauben wollen,‘ sagt er.

‚Na — aber erlauben Sie,‘ sage ich, ‚warum denn
nicht?‘

So luckt das erst eine ganze Weile vor sich in die

Luft und sagt gar nichts und dann knurrt er so heraus:
‚Weil ich Pech habe.‘“

„Was sagte er, daß er hätte?“ fragte Dorothea.

„Pech“, wiederholte Moritz Pfeiffenberg das Wort
des Vaters. „Du weißt — das ist so ein ordinärer Ausdruck für Unglück.“

Dorothea verzog den Mund. „Ach so,“ sagte sie.

„Nun sage ich,“ fuhr der Etatsrath fort, „‚also wollen
wir hoffen, daß das die Gelegenheit sein wird, Herr Verheißer, wo Ihr Pech aufhört‘ und so erzähle ich ihm also
die ganze Geschichte, wie Du sie mir gesagt hast, Dorothea,
wo er das Bild hinmalen soll und was und wie. Und
während ich ihm das erzähle, kuckt das immer vor sich
hin, auf die Wand, als ob er mit den Augen ein Loch
in die Wand bohren wollte, und wie ich fertig bin, holt
er tief Athem und sagt nichts als: ‚Donnerwetter!‘

So sag’ ich: ‚Na paßt Ihnen das Alles nicht?‘

Und in dem Moment, siehst Du, springt das vom
Stuhl auf und auf mich los und faßt mir die Hand und
drückt mir die Hand, daß ich denke, alle Finger sollen
mir entzwei gehen und der Arm aus dem Gelenk, und
brüllt mir ins Gesicht: ‚Sie sollen das Bild haben, Herr
Pfeiffenberg!‘ und dann dreht er sich auf den Hacken um
und steckt beide Hände in die Hosentaschen uud geht im
Zimmer auf und ab und auf und ab und sagt immer
vor sich hin: ‚Sie sollen das Bild haben, Herr Pfeiffenberg, Sie sollen das Bild haben, Herr Pfeiffenberg!‘“

„Wohl ein halb Dutzend Mal,“ bestätigte Moritz
Pfeiffenberg, indem er sich mit der Serviette Mund und
Schnurrbart abwischte.

„Nun — so ist's ja gut," bemerkte Dorothea.

„Ja, das sagst Du wohl," erwiderte der Etatsrath, „aber nun ging's ja gleich los mit dem Gefrage, ob denn die Wand auch geeignet sei für so ein Bild, ob sie auch trocken sei? ob wir Kalk hätten, und so weiter und so weiter — na weißt Du, Dorothea, da habe ich erst gemerkt, daß so ein Freskobild gar keine einfache Sache ist; da gehört ja eine ganze Masse dazu."

„Trocken ist die Mauer doch gewiß," meinte Dorothea, „und Kalk werden wir vom Bau her noch genug übrig haben."

„Ja, aber der gewöhnliche Kalk, siehst Du, der reicht dazu nicht aus, wenn man was drauf malen will. Dazu braucht man Kalk, der vorher mindestens ein Jahr lang abgelöscht unter Dach und Fach gestanden hat, daß nichts hineingekommen ist von sogenannten atmosphärischen Niederschlägen, und dann den Kalk auf die Mauer bringen, na hör' mal, Dorothea, dazu muß man ja halb ein gelernter Maurermeister sein."

„Hat er Dir das Alles erklärt?" fragte sie.

„Ja versteht sich," erwiderte der Etatsrath.

„Und weiß er denn Bescheid, wie das Alles gemacht werden muß?"

„Ob er Bescheid weiß! Wie ein General, der Befehle ertheilt, so war das! ,Den Bewurf, der jetzt auf der Mauer ist, müssen Sie rein abkratzen lassen! Dann Kalk mit Kiesel gemischt darauf! Und daß der Maurer das ordentlich macht! Ganz glatt streichen, ganz fest streichen! Dann wieder trocknen lassen und dann wieder

eine Lage darauf! Dann wieder trocken werden lassen
und nochmal eine Lage —'"

Dorothea hielt sich die Ohren zu.

„Um Gotteswillen," rief sie, „wann hört denn das
einmal auf?"

Der Etatsrath lachte laut. „Siehst Du, was hab'
ich Dir gesagt; Du hast's nicht glauben wollen, es ist
Arbeit an solch einer Geschichte, Arbeit."

„Wann kommt er denn nun?" fragte Dorothea.

„Nächster Tage," erwiderte der Etatsrath. „Vorläufig ist er nach Hamburg hinein, um den Kalk und
Alles, was sonst nöthig ist, selber zu besorgen. Denn hier
draußen, meinte er, fände er das doch nicht."

„Will er wohl selbst den Kalk aufstreichen?" fragte
sie von oben herab.

„Na," sagte der Etatsrath, „die Maurer von Blankenese sind ja ganz geschickt; aber er wird die Aufsicht
führen."

„Nun, so kann er ja kommen," meinte Dorothea, indem sie aufstand und die Tafel aufhob.

Zwei Tage später kam mit der Eisenbahn, die von
Hamburg-Altona über Blankenese nach Wedel führt, eine
große Ladung Kalk für das Haus des Etatsraths Pfeiffenberg an, und noch zwei Tage darauf, als die Familie
Pfeiffenberg des Morgens beim Frühstück auf der Terrasse
saß, meldete der Diener Herrn Maler Verheißer an.

Moritz Pfeiffenberg erhob sich mit etwas sauer-
töpfischer Miene; Dorothea schlug unwillkürlich das Herz
ein wenig, als sie den Mann, mit dem ihre Gedanken

sich bereits in so eigenthümlicher Weise beschäftigt hatten, leibhaftig die Terrassenstufen heraufsteigen sah.

Der Etatsrath war ihm entgegengetreten und reichte ihm die Hand. „Darf ich Sie meiner Tochter Dorothea vorstellen?"

Heinrich Verheißer zog den Hut vom Kopfe und verneigte sich gegen Dorothea, die vom Sitze aus, etwas obenhin, seinen Gruß erwiderte.

Sie sah vor sich einen Mann von mittlerer Größe, mit gebräuntem Gesichte, aus dem eine stark gebaute Nase geradlinig hervorsprang. Eine tief eingeschnittene Falte zog sich von der Nasenwurzel bis in die Stirn hin- auf und verlieh dem Gesichte einen etwas finsteren Aus- druck, der durch die dunklen, heißblickenden Augen vermehrt wurde. Die Augäpfel hatten eine leise gelbliche Färbung, wie man es bei Menschen sieht, die unter südlicher Sonne gelebt haben, und dadurch erhielten sie etwas Leidenschaft- liches, beinah Wildes. Ein kleiner, dunkler Schnurrbart saß zwischen der Nase und dem großen Munde und unter dem Munde schloß ein Kinn an, dessen Gestalt beinah viereckig erschien.

Sein Aussehen entsprach ungefähr dem Bilde, das sie sich von ihm gemacht hatte, und indem sie jetzt nach flüchtigem Ueberblicke die Augen senkte, fühlte sie, wie ihr Inneres sich mit unheimlichem Schauer vor diesem Menschen verschloß; er war ihr antipathisch.

Der Maler hatte Dorothea, indem er seine Ver- beugung vor ihr machte, mit einem ganz flüchtigen Blick gestreift und sich dann einfach umgewandt; sie hatte offen- bar nicht den geringsten Eindruck auf ihn gemacht. Jetzt

stand er, der Familie Pfeiffenberg nicht gerade rücksichts-
voll den Rücken kehrend, mitten auf der Terrasse und
blickte mit weit aufgerissenen Augen in die Landschaft
hinaus. „Ist das schön!" murmelte er vor sich hin.

„Wollen Sie nicht Platz nehmen?" fragte der Etatsrath. Aus den bestaubten Stiefeln des Ankömmlings
hatte er den Schluß gezogen, daß er zu Fuß von Altona
herausgekommen war.

Heinrich Verheißer stand wie angewurzelt.

„Sie sind wohl noch nie in der Gegend hier gewesen?" fragte der Etatsrath weiter.

„Nein," erwiderte der Maler, „das ist wahnsinnig
schön!" Er riß sich von dem Bilde, das ihn so gefesselt
hatte, los und setzte sich auf den Stuhl, der ihm gerade
zur Hand war, Dorotheen gegenüber. Dabei blickte er
aber weder Dorothea noch einen der Anderen an; seine
Augen gingen ins Weite und Leere.

„Frühstücken Sie vielleicht noch etwas?" fragte der
Etatsrath.

„Nein, nein" — er hatte bereits gefrühstückt.

„Aber eine Cigarre nehmen Sie vielleicht?"

„O ja — gern", ohne Weiteres griff er in die
Cigarrenkiste. Moritz Pfeiffenberg that ein Uebriges und
schob ihm die Streichhölzer hin. Im nächsten Augenblick
rauchte er wie ein Schlot, ganz anders als die beiden
Pfeiffenbergs, die mäßige Rauchringel in sparsamen Zügen
in die Luft schickten.

Er schien keinerlei Bedürfniß zum Sprechen zu haben;
es entstand daher ein längeres Schweigen. Endlich fing
der Etatsrath an:

„Nun, Dorothea, ich denke, es würde Dich interessiren,
zu erfahren, was für 'nen Gegenstand Herr Verheißer sich
für sein Bild gedacht hat?"

Dorothea, die sichtlich befangen war, hatte die ganze
Zeit mit seitwärts gewandtem Haupte gesessen, um den
gegenübersitzenden Maler nicht ansehen zu müssen.

„Wenn Herr — Verheißer schon einen Gegenstand
hat," sagte sie, „so — könnten wir ja sehen —"

Sie hatte das Letzte langsam hinzugesetzt, um anzudeuten, daß sie sich Wahl und Entscheidung vorbehielte.

Heinrich Verheißer schien das gar nicht gehört zu
haben. Er nahm die Cigarre aus dem Munde, fuhr
damit durch die Luft und sagte: „Ich werde Ihnen die
letzte Gothenschlacht malen."

Das Wort kam kurz abgerissen heraus, beinah wie
ein Befehl. Er hatte die Augen starr in die Luft gerichtet,
darum konnte er nicht sehen, was die Familie Pfeiffenberg
für verdutzte Gesichter zu seiner Aeußerung machte. Dem
Etatsrath zuckte das Gesicht, als wenn er sogleich in ein
brüllendes Lachen ausbrechen würde; Moritz Pfeiffenberg
machte eine Miene, als wenn er Leberthran geschluckt
hätte, und Beide blickten auf Dorothea, als wollten sie
fragen, was sie dazu sagte. Dorothea sagte zunächst gar
nichts, schien aber nicht weniger betroffen als die beiden
Anderen.

„Die — letzte Gothenschlacht —?" fragte sie dann
mit einem deutlich ausgesprochenen Zweifel in der Stimme.

Der Maler merkte nichts von Verdutztheit und Zweifel,
er hörte nur die Frage.

„Ja," erwiderte er, „den Untergang der Ostgothen,
den Tod des Tejas, da unten am Vesuv — na, Sie
wissen ja."

Das verlegene Schweigen, das seinen Worten folgte,
ließ es zweifelhaft erscheinen, ob man in der Familie
Pfeiffenberg so genau mit dem Tode des Tejas vertraut
war, wie er voraussetzte.

„Die Ostgothen," sagte der Etatsrath, indem er die
Kappe auf dem Kopfe zurückschob und sich über das kurzgeschorene Haar strich, „mir ist doch so in der Erinnerung,
als hieß der letzte König von ihnen To — To —"

„Totilas," fiel Dorothea hastig ein. Sie war stolz,
daß sie ihre geschichtlichen Kenntnisse zeigen konnte.

Der Maler aber zeigte wenig Respekt vor ihrer Be-
lesenheit.

„I wo," sagte er, „Totilas, der war ja schon todt;
bei Taginä bekanntlich, in der Schlacht gegen den Eunuchen Narses gefallen. Und nach seinem Tode hoben
die Gothen seinen Feldherrn, den Tejas, auf den Schild
und wählten ihn zum König. Und das war auch das
Gescheidteste, was sie thun konnten, denn der Totilas, so
tapfer er persönlich war, hat den Gothen eigentlich die
Karre in den Dreck gefahren, dem imponirte die Kultur
der Römer und Byzantiner, das war ein Bildungsmensch.
Der Tejas — hm — das war ein anderes Kaliber!"

Er hatte die Cigarre zwischen die Zähne geklemmt,
die Hände in die Hosentaschen gesteckt und blickte mit
einem grimmigen Lächeln vor sich hin. Das Schicksal der
Gothen schien ihn zu interessiren, als wenn er selbst dabei
gewesen wäre.

3*

„Das Erste, was er that," fuhr er fort, „war bekanntlich, daß er mit den dreihundert römischen Patriziersöhnen, die als Geißeln bei den Gothen waren, Schicht machte. ‚Kopf ’runter‘ hieß es — alle dreihundert wurden geköpft!"

Er hatte die rechte Hand aus der Tasche gezogen und fuhr mit der flachen Hand durch die Luft, als wollte er das Kopfabschneiden versinnbildlichen.

Moritz Pfeiffenberg war ganz entsetzt an die Stuhllehne zurückgesunken.

„Soll das auch auf das Bild?" fragte er mit erlöschender Stimme. Er sah im Geiste einen Ozean von rothem Blut, der die Wand der Halle bedeckte.

Dem Maler zuckte das Gesicht; Moritz Pfeiffenberg schien für ihn etwas unwiderstehlich Komisches zu haben.

„Keine Idee," sagte er, „damit fing es ja nur an. Nachdem er das gethan, zog er bekanntlich mit den ganzen Trümmern seines Volks, Männern, Weibern und Kindern, am Adriatischen Meere entlang nach Süden, nach dem Vesuv, und am Fuße des Vesuv verschanzte er sich, bis Narses mit seinem Herr herankam und da war dann die letzte Schlacht."

„Aha — der Vesuv im Hintergrunde?" meinte der Etatsrath.

„Jawohl, so hab’ ich’s mir gedacht," erwiderte Heinrich Verheißer, indem er die blitzenden Augen auf den Etatsrath richtete. „Kennen Sie den Vesuv? Hm — ist ein Hintergrund für ein Bild? Was? Mit den breiten Linien des Abhangs — ganz lilafarben Alles — und oben drauf, braun wie Chokolade, die Kappe, und

aus der Kappe, wie aus einem Dampfschlot, immerfort
die weiße Rauchwolke, bald kerzengerade, bald wie ein
ungeheurer Schweif den ganzen Berg hinunter —"

„Das kann eine sehr schöne Landschaft werden," sagte
der Etatsrath.

„Und — die Gothen," wagte sich Moritz Pfeiffenberg
wieder hervor, „sind so gewissermaßen als — Staffage
gedacht?"

Der Maler warf den Kopf herum; diesmal konnte
er nicht an sich halten, er lachte Moritz Pfeiffenberg direkt
ins Gesicht.

„Staffage?" schrie er. „In halber Lebensgröße
kommen die Gothen auf die Wand!"

Er wandte sich wieder zu dem Etatsrath zurück, der
ihm der Einzige zu sein schien, an den er sich mit seinen
Erklärungen halten konnte.

„Im Vordergrunde," sagte er, „ist ein kleinerer Hügel,
und am Fuße von dem Hügel, ganz vorn, steht also der
Tejas. Das ist nämlich historisch, daß er ganz vorn gestanden und an die hundert Byzantiner mit eigener Hand
niedergemacht hat. Vorn also steht der Tejas — und
das ist nun ein Kerl, sehen Sie — baumlang, fast wie
ein Riese — die gelbe Mähne fließt ihm vom Kopf, ellen-
lang, beinah bis auf den Rücken; vor sich hat er den
Schild auf die Erde gepflanzt, und der Schild reicht ihm
bis ans Kinn, und in dem Schilde sieht man die Spieße
der Byzantiner stecken, die sie nach ihm geschossen haben,
und zu seinen Füßen liegt ein ganzer Haufen von todten
Feinden, und über den Schild hinweg geht das immer
krach — krach — in die Byzantiner hinein, daß es nur

so purzelt — und nun das Gesicht von dem Kerl, sehen
Sie — er weiß natürlich, daß nichts mehr zu retten ist,
er will nur noch Rache, will sich dem Narses nicht ergeben, dem scheußlichen Eunuchen. In dem Gesicht, seh'n
Sie, da erkennt man, daß er vergessen hat, daß die
Gothen Christen geworden sind und in Italien Jahre
lang gelebt haben und verschlappt und vermanscht geworden sind, da ist wieder der Gothe in ihm lebendig
geworden, wie seine Vorfahren gewesen sind, als sie noch
hier oben im Urwald saßen, vielleicht gerade an der
Stelle, wo wir hier sind, denn man weiß bekanntlich noch
immer nicht genau, wo sie eigentlich gesessen haben."

Heinrich Verheißer war aufgesprungen, stand neben
seinem Stuhle und zeigte mit der flachen Hand in die
Weite hinaus. Seine Augen brannten wie im Feuer und
in seiner Handbewegung lag eine ungemachte, ungesuchte
Größe. Der Etatsrath schaute mit verblüfften Augen zu
ihm hin; Moritz Pfeiffenberg hielt den Blick gesenkt; eine
grämliche Falte um den Mund ließ sein Gesicht ganz ält-
lich erscheinen; Dorothea aber hatte unwillkürlich ihren
Sessel näher an den Tisch gerückt, den Ellbogen auf den
Tisch gestützt, so daß ihr Kinn auf der Hand ruhte, und
blickte zu dem leidenschaftlichen Menschen hinüber, von
dessen Lippen die Worte wie ein Katarakt strömten.

Die Villa Pfeiffenberg am Ufer der Elbe — und
der Vesuv — die rationelle, korrekte Familie Pfeiffenberg
— und die Ostgothen — gab es Dinge auf der Welt,
die weiter auseinander lagen, weniger zusammengehörten,
einander gleichgültiger waren, als diese? Und plötzlich
stand da ein Mensch vor ihnen, in dessen Seele diese ver-

funkene Welt lebendig war wie ein Vorgang vom gestrigen
Tage, und die verschollene Zeit stieg vor ihnen empor
wie ein Gewitter-bergendes Gewölk, aus dessen Schooße,
gleich dem Nachhall eines ungeheuren, fernen Ereignisses, das
Klirren der Waffen, das Brüllen des Kampfes, die Stimme
von Menschen ertönte, von deren Dasein sie nie etwas gewußt.

Es war, als ob ein fremdartiger Vogel durch die
Luft dahergeflogen gekommen wäre und sich bei ihnen
niedergelassen hätte, der aus einem Lande kam, von dem
man in der Villa Pfeiffenberg nie etwas gewußt, der auf
seinen Schwingen einen Duft mit sich brachte, den man
in der Villa Pfeiffenberg nie gekannt hatte — das Land,
aus dem der Vogel kam, war die Kunst, und der Duft,
den er mit sich brachte, die Phantasie.

Heinrich Verheißer hatte sich wieder gesetzt; er sog
an der Cigarre und schien gar nicht zu bemerken, daß sie
erloschen war; dann riß er sie wieder aus dem Munde
und fuhr damit in der Luft umher, als malte er bereits
an seinem Carton.

„Am Fuße also von dem Hügel," fuhr er fort, „da
kämpft nun also der Tejas — und auf dem Hügel, hinter
ihm, über ihm, da steht Eine —"

Seine Augen wurden stierend, es sah aus, als verfiele
er bei wachendem Zustande in einen Traum und er
murmelte ein paar mal vor sich hin: „da steht Eine —
da steht Eine —"

Dann war es, als käme er plötzlich zu sich; er warf
den Kopf empor und sah den Etatsrath an.

„Wie gesagt also," schrie er ihn an, „auf dem Hügel
steht ein Weib!"

Der Etatsrath fuhr erschreckt zusammen.

„So so," erwiderte er, „also da steht — ein Weib."

„Jawohl," sagte der Maler, mit einem Tone, als hätte man Zweifel in seine Worte gesetzt.

Der Etatsrath beeilte sich, ihm diesen Glauben zu nehmen.

„Wer ist denn die — das Weib, wollt' ich fragen?"

„Das weiß ich nicht," antwortete Heinrich Verheißer, „vielleicht das Weib des Tejas, vielleicht seine Geliebte, oder sonst jemand — aber wie sie aussieht, das weiß ich! Das weiß ich!" versicherte er noch einmal.

Man schwieg und schien seine Erklärung zu erwarten.

„Es ist eine Gothin," fuhr er fort, „in ihrer Art als Weib, so wie der Tejas als Mann, verstehen Sie? Die auch das Christenthum vergessen hat, jetzt da es ans Sterben geht und zu Wodan und Asa-Thor zurück- gekommen ist, so eine Art Velleda, verstehen Sie, von der Tacitus erzählt, daß sie den Germanen im Urwald prophezeihte. Mit einem Gesicht, wie eine Königin; wie ein goldener Mantel flattert ihr das Haar vom Haupt und deckt ihr den Rücken und die Brust, von der das Kleid halb zerrissen niederhängt, denn natürlich haben die Kanaillen von Byzantinern schon die gierigen Hände nach ihr ausgestreckt und versucht, solch ein Beutestück an sich zu bringen. —" Der Maler lächelte wieder vor sich hin, ingrimmig, als stände er mitten im Kampfgetümmel und beschützte die schöne Gothin vor den verhaßten Byzantinern.

„Aber noch haben sie sie nicht," fuhr er fort, indem er mit dem Kopfe dazu nickte, „wie eine Königin steht sie über ihrem Volke, wie eine Göttin. Die nackten Arme hat sie über das Haupt erhoben und in den Händen hält sie

eine goldene Harfe, und in die greift sie mit den Fingern hinein
und singt — das sieht man, verstehen Sie, wie sie das
thut — und singt ihrem Volke den letzten Gesang, den
Sterbegesang, nicht so eine christliche Litanei, verstehen Sie,
sondern ein uraltes Lied von Walhalla und den Asen
und Helden, zu denen sie nun eingehen werden, die tapferen
Gothen, alle, im nächsten Augenblick. Und die Sterbenden
blicken zu ihr auf, und man sieht ihnen an, wie sie auf
den Wellen des alten Liedes hinüberschwimmen in die
Ewigkeit, und über die Lebendigen, die Kämpfenden
rauscht der Gesang dahin, und da wendet der Tejas das
Haupt nach dem Weibe hin — und das eben ist das
Ende." — Der Maler verstummte, es war, als wenn er
vom Tode eines Verwandten erzählte, der gestern gestorben
war — „denn in dem Augenblick sehen Sie, wie er sich
herumdreht, rückt er den Schild, der ihn bis dahin gedeckt
hat, und da wird sein Hals frei, und den Augenblick benutzt
natürlich so eine Byzantinische Kanaille, und hurr — jagt
er ihm den Spieß in die Kehle — und aus ist's."

Er nickte nachdenklich mit dem Kopfe; dann strich er
langsam ein Zündholz an und setzte seine Cigarre wieder
in Brand; Tejas war todt, die Erzählung beendet. Alles
schwieg.

Dorothea unterbrach die Stille. „Wie grausam," sagte
sie. Das Wort kam schwer von ihren Lippen, wie der
Ausdruck eines gepreßten Herzens.

Heinrich Verheißer warf den Kopf zu ihr herum; es
war eigentlich das erste Mal, daß er sie ansah.

„Wieso?" fragte er kurz, beinahe rauh.

„Daß er doch eigentlich durch die Frau umkommt."

Langsam wandte der Maler das Haupt ab. „Das hat eigentlich was Wahres," sagte er; die düstere Falte in seiner Stirn vertiefte sich. „Aber sie wird ja auch sterben, und wenn sie sich drüben in Walhalla begegnen, glaub' ich nicht, daß er ihr böse sein wird."

Er hatte dies Letztere halblaut vor sich hin gesprochen; dadurch erhielten die seltsamen Worte einen doppelt seltsamen Klang.

„Wissen Sie, Herr Verheißer," sagte jetzt der Etatsrath, „ich habe ein Gefühl bekommen, als ob das Alles ein magnifikes Bild werden könnte! Wollen Sie nun gleich daran gehen?"

Der Maler fuhr kerzengerade vom Stuhle auf.

„Natürlich," sagte er, „kann ich die Gelegenheit zu sehen bekommen?"

Man erhob sich und alle Vier gingen nach der Halle hinüber, wo man ihm die Wand zeigte, die das Bild aufnehmen sollte.

Heinrich Verheißer stellte sich mitten davor, trat dann zur Rechten, zur Linken, prüfte das Licht, das auf die Fläche fiel, dann blieb er wieder vor der Mitte stehen.

„Das ist wahnsinnig schön, um darauf zu malen," sagte er.

„Na, um so besser," lachte der Etatsrath; „der Kalk, wie Sie sehen, ist auch schon da; morgen früh kommt der Maurer aus Blankenese, dem werden Sie ja wohl selbst die Anleitung geben? Er wird ein Gerüst aufbauen müssen? He?"

„Na natürlich," versetzte der Maler, „aber das werde ich ihm Alles sagen und zeigen, wie er's machen muß.

Ich kann den Raum doch ganz für mich haben? Ganz ausschließlich?"

„Versteht sich."

„Das ist ja das famoseste Atelier," erwiderte er. „Heute Nachmittag kommt meine Staffelei und alles Uebrige an; ich setze mich hier her nnd mache hier die Farben-skizze, aber nicht so in dem gewöhnlichen Miniatur-Format, verstehen Sie, gleich in ganzer Größe, so wie es nachher auf die Wand kommt — man wird doch ungestört hier arbeiten können?"

„Sie sollen ganz ungestört sein," beruhigte ihn der Etatsrath. „Die Halle soll sein, als ob sie Ihnen gehörte, Dorothea wird schon dafür sorgen, daß Niemand hinein-kommt, wenn Sie es nicht wünschen. Nicht wahr, Dorothea?"

Diese war an eines der hohen Bogenfenster getreten und blickte in den Garten hinaus.

„Gewiß, gewiß," erwiderte sie mit einem flüchtigen Kopfnicken, „aber ich glaube, Papa, es wird Zeit für Euch?"

„Ja, wir müssen Ihnen für heute Adieu sagen," meinte der Etatsrath. „Ich schicke Ihnen gleich den Diener, der wird Ihnen zeigen, wo Sie wohnen, und wenn Sie irgend etwas sonst noch wünschen, brauchen Sie es ihm nur zu sagen." Er schüttelte dem Maler die Hand, reichte seiner Tochter den Arm und ging mit ihr hinaus. Sie neigte leicht das Haupt gegen den Maler — Heinrich Verheißer erwiderte mit einer ceremoniellen Verbeugung. Von den Ost-Gothen war man wieder ins neunzehnte Jahrhundert zurückgekehrt.

Drittes Kapitel.

Im Laufe des Nachmittags, nachdem sie ihre häuslichen Angelegenheiten besorgt hatte, ließ Dorothea den alten Brenz, den Diener, der den Maler in seine Wohnung hinübergeführt hatte, in ihr Zimmer hinaufkommen. Sie stand an ihrem Bücher-Regale und ordnete in den Büchern, als der Alte eintrat, so daß sie ihm den Rücken kehrte; sein leises Räuspern verrieth ihr, daß er in der Thür stand.

„Ich wollte nur fragen," sagte sie, ohne sich umzuwenden, „ob Sie Herrn Verheißer seine Wohnung gezeigt haben und ob er zufrieden ist."

„Wie es scheint, jawohl, durchaus," erwiderte der Diener.

„Hat er irgend Wünsche geäußert?"

„Durchaus keine," versetzte der alte Brenz, „er ist sogleich an das Fenster gegangen und hat in den Garten hinausgesehen, der schien ihm ja sehr zu gefallen. Auf die Zimmer-Einrichtung hat er ja so gut wie gar keine Aufmerksamkeit gerichtet."

Dorothea war unwillkürlich etwas erröthet; vielleicht

war das die Ursache, warum sie dem Diener das Gesicht
nicht zeigte. Als sie die beiden Zimmer in Stand setzte,
war ihr die Einrichtung gut genug erschienen; jetzt war
ihr das Gefühl gekommen, daß sie eigentlich etwas dürftig
ausgestattet wären. Durch die Mittheilung des alten Brenz
war sie ja nun der Sorge enthoben; sie nickte ihm Entlassung.

Der Alte schien aber noch etwas auf dem Herzen zu
haben.

„Wenn ich sagen darf," begann er noch einmal mit
einer gedämpften Vertraulichkeit, „sehr große Bedürfnisse
scheint der Herr Maler ja wohl überhaupt nicht zu haben."

Dorothea wandte sich zu ihm um.

„Wieso?" fragte sie.

Der Diener verneigte sich und man sah an seinem
Gesichte, daß er mit einiger Mühe ein Lächeln hinunter-
drückte.

„Als ich hinaus gehen wollte, rief der Herr Maler
mich zurück und fragte mich — ich bitte um Verzeihung,
es waren seine Worte — ob es hier wo in der Nähe eine
vernünftige Kneipe gäbe, wo man für billiges Geld zu
Mittag essen könnte."

Dorothea sah ihn mit erstaunten Augen an; der Alte
konnte sein Lächeln nicht länger bemeistern und grinste still
vor sich hin.

„Haben Sie ihm denn nicht gesagt," fragte sie, „daß
ihm das Essen aus der Küche besorgt werden würde?"

„Gewiß, gewiß," versicherte der Diener, „das hab' ich
ihm nun gleich gesagt — und — der Herr Maler schien
ja auch soweit ganz zufrieden damit —"

Er brach im Satze ab. Dorothea behielt die Augen
auf ihn gerichtet, sie merkte, daß er noch etwas sagen
wollte.

„Aber dann müßte ihm das Essen immer in das Atelier
— er meint ja wohl die Halle — hinübergebracht werden,"
fuhr der Alte fort, „denn dazu, daß er sich — ich bitte um
Verzeihung, es waren seine Worte — daß er sich immer
erst in einen Frack stecken sollte, um mit den Herrschaften
zu essen, wie das ja wohl in Hamburg die Mode wäre,
daß man im Frack zu Mittag speiste, dazu hätte er keine
Zeit und" — das runde Gesicht des Alten verzog sich
wieder zu einem vergnüglichen Grinsen — „einen Frack
hätte er überhaupt gar nicht bei sich."

Dorothea war die Röthe bis in die Schläfen gestiegen.
Der Diener merkte, daß Gefahr im Anzuge war; das
Lächeln verschwand; er wurde ganz ernst und richtete sich
zu der Würde eines Haushofmeisters auf.

„Daß der Herr Maler an der herrschaftlichen Tafel
mitspeisen sollten," sagte er, „war ja wohl überhaupt nicht
in Aussicht genommen."

Dorothea machte eine kurze Bewegung mit dem Kopfe.

„Es ist gut," sagte sie, „das Essen wird ihm also, zur
Zeit, wo er es wünscht, in die Halle hinübergebracht
werden."

„Aufzuwarten," erwiderte Brenz, indem er sich tief
verbeugte. Dann, indem er sich zurückzog, blieb er noch
einmal auf der Schwelle stehen.

„Das Gepäck des Herrn Malers," sagte er, „und die
Staffelei und all' das Uebrige ist auch soeben von Hamburg
herübergekommen."

Dorothea nickte ungeduldig — geräuschlos schloß sich die Thür hinter dem Alten.

Sie blieb allein und riß das Fenster auf. Es waren doch unmanierliche Leute diese Künstler!

Da hatte sie sich mit dem Vater und dem Bruder den Kopf darüber zerbrochen, ob man den Menschen zur Tafel heranziehen sollte, oder nicht — und jetzt erklärte er von seiner Seite, daß es ihm gar nicht einfiele, mit ihnen zu-sammen zu essen!

Da hatte sie sich aufgeregt, weil sie das Gefühl gehabt, daß sie sich einen lästigen Fremden vom Leibe halten mußte — und jetzt mußte sie erfahren, daß sie ihm lästig waren — die Aufregung hätte sie sich sparen können! Man hätte sich wirklich ärgern können, wenn es nicht so unglaublich abgeschmackt gewesen wäre. Ja, abgeschmackt und komisch, das war es wirklich!

Dieser Hans Habenichts — der vierter Klasse nach Italien fahren mußte und heute früh zu Fuß von Altona herausgelaufen kam, offenbar weil er kein Geld hatte — und jetzt thut er, als wär' es Gnade und Barmherzigkeit von ihm, wenn er erlaubt, daß man in der Küche des Etatsraths Pfeiffenberg für ihn kocht!

In der Küche des Etatsrathes Pfeiffenberg, die unter Fräulein Dorothea's Aufsicht bekanntlich die berühmteste auf zehn Meilen im Umkreise von Hamburg-Altona war — aber freilich, wie konnte ein Mensch davon etwas wissen, der statt im neunzehnten Jahrhundert, unter Ost-Gothen und Byzantinern lebte!

Daß sie sich heute Morgen von dem Menschen, als er seine alten Geschichten erzählte, hatte imponiren lassen

können — wie einfältig! Aber es war ja auch nur das
Ungewohnte gewesen, was sie überrascht hatte, weiter nichts;
darüber war sie sich jetzt, da sie wieder zur Ruhe zurückgekommen war, vollständig klar; weiter gar nichts. Es
war ja offenbar ein überspannter Mensch.

Sie war vom Fenster zurück ins Zimmer getreten
und stand jetzt, jedenfalls ganz durch Zufall, dem großen
Wandspiegel gegenüber, der in schwerem silbernem Rahmen zwischen den beiden Fenstern ihres Zimmers hing.
Sie blickte eigentlich selten in den Spiegel — jetzt blieb
sie stehen und schaute hinein. Die Gluth, die der
Aerger in ihr emporgetrieben hatte, färbte ihr noch
Gesicht und Hals, und jetzt, indem sie die herrliche Gestalt betrachtete, die ihr aus dem Spiegel entgegenblickte,
kam ein sonderbares Gefühl von Verlegenheit, beinahe
von Scham hinzu. Sie stand — sie blickte — dann wandte
sie sich langsam ab. Ein stolzes verächtliches Lächeln
kräuselte ihre Lippen. „Wenn Du nach uns nicht fragst,"
sagte dieses Lächeln, „nun — Du kannst warten, ob wir
nach Dir fragen werden."

Diese Stimmung wirkte auch noch in ihr nach, als
bald darauf Vater und Bruder aus der Stadt zurückkehrten. Sie hatte sich mit einer Stickerei auf die Terrasse
gesetzt, und die frischer werdende Nachmittags-Luft, die den
Elbstrom herauf wehte, hatte ihr das erhitzte Antlitz gekühlt.
Als man sich zu Tische setzte, war sie wieder die weiße
Dorothea, wie sie es immer gewesen war.

Die Fragen des Etatsrathes, der sich nach dem „Gothen"
erkundigte — denn so nannte er von jetzt an den Maler
— beantwortete sie mit kalter Gleichgültigkeit. Was sollte

sie von dem Manne wissen? Was ging er sie an? Mit spöttischem Tone gab sie den Bericht zum Besten, den ihr der alte Brenz erstattet hatte, und sie that es mit einer Art von Geflissentlichkeit gerade während der Diener zugegen war. Es ärgerte sie nachträglich, daß sie in seiner Gegenwart roth geworden war.

„Ist das ein Eifer!" sagte der Etatsrath, als er gehört hatte, daß der Maler sich das Essen in die Halle hinüber bringen ließ; „sperrt sich selbst in den Käfig und kommt nicht einmal zum Essen heraus; wie ein Löwe, dem man das Futter durch die Gitterstäbe zusteckt."

„Ein Löwe braucht er darum noch nicht zu sein," meinte Dorothea wegwerfend.

„Schließlich," sagte Moritz Pfeiffenberg, „dafür, daß er arbeitet, wird er doch nun einmal bezahlt."

„Natürlich," bestätigte Dorothea.

Der Etatsrath lachte ein wenig über seine nüchternen Kinder.

„Ihr faßt die Geschichte ja höllisch praktisch auf," sagte er.

„Scheint mir doch am allerrationellsten so," erwiderte Moritz Pfeiffenberg. „Er malt sein Bild, und im Uebrigen brauchen wir uns gegenseitig nicht um einander zu kümmern."

„Ja freilich," bekräftigte Dorothea wieder, „klare Verhältnisse — das ist überall das Beste."

Klar war denn nun das Verhältniß zwischen der Familie Pfeiffenberg und Heinrich Verheißer in der That; klar in dem Sinne Moritz Pfeiffenbergs, daß keine der beiden Parteien irgendwelche Notiz von der andern nahm.

— Wenn man nicht gewußt hätte, daß der Maler da war,
man hätte es kaum gemerkt; höchstens daran, daß die
Halle ungangbar geworden war. Aber das fiel nicht ins
Gewicht, denn man hatte bisher noch wenig Veranlassung
gefunden, die Halle zu betreten. Nur von Hörensagen
erfuhr man von ihm; daß er des Morgens schon ganz
früh von dem Gärtnerhause herüber kam und dann für
den ganzen Tag bis zum Dunkelwerden unsichtbar wurde.
Abends sah man das Licht aus seinem Zimmer noch lange
ins Dunkel des Gartens hinaus schimmern; was er aber
dort oben trieb, ob er noch zeichnete, ob er las, Niemand
wußte es und Niemand fragte danach.

Acht Tage gingen so hin, und in diesen acht Tagen
war Dorothea noch thätiger und fleißiger im Hause, als
gewöhnlich. Wenn der Vater und der Bruder in der
Stadt waren, so war sie im Hause mit dem Maler allein,
und obschon sie nichts von ihm sah noch hörte, wußte sie
doch, daß sie mit ihm allein war. Das verursachte ihr
ein sonderbares, beinah peinliches Gefühl, und darüber
sollte die Thätigkeit ihr hinweghelfen. Dazu kam eine
Art von Eifersucht. Bisher war sie immer die fleißigste
im Hause gewesen und jetzt war ein Mensch vorhanden,
der von Morgens bis Abends wie eine Maschine arbeitete.
Das mußte wett gemacht werden, und der Gärtner sowie
die Dienerschaft spürten es an den verstärkten Aufgaben,
die ihnen zu Theil wurden.

Am Ende der acht Tage fiel es Dorotheen ein, daß
sie sich in der ganzen Zeit nicht um ihre Olea fragrans
bekümmert hatte. Sie war immer im Bogen um die
Halle herumgegangen. Lächerlich — warum denn? Heut

wollte sie einmal danach sehen, und der Gärtner mußte sie begleiten.

Langsam, Setzling nach Setzling unterſuchend, ſchritt sie mit dem Gärtner um das Gebäude herum. Als sie an der Fensterseite vorübergingen, ſah sie, daß der Flügel des einen großen Fensters, des Mittelfensters, offen ſtand. Jetzt hätte sie einmal einen Blick in das geheimnißvolle Innere thun können; auch prickelte ihr die Neugier in allen Adern — aber ihr Stolz war stärker als die Neugier; sie behielt die Augen zu den Pflanzen am Boden nieder= geſenkt und ging an der Fenstermauer entlang, ohne den Blick zu erheben.

Dann trat sie mit dem Gärtner auf die andere Seite des Weges hinüber, an dem die Rosenstöcke standen, die sie okulirt hatte. Schritt für Schritt, von Stock zu Stock machte sie den Weg an der Fensterwand von der andern Seite noch einmal zurück, und wenn sie jetzt, gerade dem Mittelfenster gegenüber, hinter einem Rosenstock stehen blieb und über diesen hinweg zum Fenster hinüber in die Halle hineinblickte — nun, so geſchah das ja natürlich nur ganz von ungefähr. — So kurz der Blick aber war, den sie hinüber warf, so genügte er doch, eine flammende Röthe in ihr Gesicht zu treiben. Mitten in der Halle, vor der großen Farbenſkizze, die in halber Mannshöhe auf zwei Staffeleien angebracht war und von der ein undeutliches Gewoge von Gestalten und Linien zu ihr herüber leuchtete, ſtand der Maler und blickte starr und unverwandt auf sie hin.

Die Augen der beiden Menschen trafen mitten in= einander. Allerdings nur für eine Sekunde, für eine

halbe Sekunde, denn im Augenblick senkte Dorothea
das Gesicht auf den Rosenstock nieder, an dem sie sich
irgend etwas zu schaffen machte. Während sie das that,
sprach sie zu dem Gärtner, im gewöhnlichen, gleichmäßigen
Tone — aber merkwürdig — wenn sie später an diesen
Augenblick zurückdachte, konnte und konnte sie sich nicht
mehr erinnern, was sie damals dem Gärtner gesagt
hatte. Woher das kommen mochte? Vielleicht, weil sie
einen schweren Schreck bekommen hatte? Ja — so
war es; trotz aller Selbstbeherrschung war sie furchtbar erschrocken, so sehr erschrocken, daß ihr beinah der
Athem versagt hatte. Sie hatte es einmal, als Kind, mit
angesehen, wie aus einem Kessel voll loderndem Sprit
eine Flamme herausgesprungen war und sich auf eine
Magd, die in der Nähe stand, geworfen hatte. Sie hatte
das Bild nie vergessen können, denn die Flamme hatte
ausgesehen, wie ein Wesen mit eigenem Willen und
eigener Bewegung. Und so war ihr in dem Augenblick
zu Muthe gewesen, wie einem Menschen, den eine Flamme
überfällt.

Sie hatte sich rasch von dem Rosenstock wieder auf-
gerichtet und ohne rechts oder links zu sehen, war sie
weiter gegangen. Dabei erst bemerkte sie, daß sie vorhin,
als sie den feuchten Rasen betrat, den Saum ihres Kleides
aufgerafft hatte, um ihn vor Nässe zu wahren. Jemand,
der sie beobachtet hatte, während sie sich an den Rosen
zu schaffen machte, mußte auf die Weise ihre nur mit
leichten Schuhen bekleideten Füße bis zu den Fußknöcheln
hinauf gesehen haben — und sie wußte ja nun, daß

Jemand sie beobachtet hatte. Haftig, beinah zornig ließ sie das Kleid niederfallen, so daß es im Kies des Weges schleppte, und mit einer kurzen Bewegung verabschiedete sie den Gärtner.

Sie stieg zur Terrasse hinauf, ging an die Brüstung, stützte die Arme darauf und ließ sich den Wind um Haupt und Wangen spielen, den kühlen, starken, reinen Wind, der die Aufregung beschwichtigen sollte, die in ihr wühlte. Denn sie war aufgeregt, ja, entrüstet, empört und erzürnt. Er würde ihr ja wohl noch den eigenen heimischen Garten unheimlich und unmöglich machen, dieser Mensch, der Einen glauben machte, daß er, in seine Arbeit versunken, nichts sah und hörte neben seinem Karton, und der unterdessen nichtsthuend dastand und mit seinen dreisten Blicken den Vorübergehenden auflauerte!

Denn etwas Dreistes war wirklich in dem Blick gewesen, etwas Verzehrendes, Hungriges. Wie ein Schauer lief es ihr noch jetzt über den Rücken, wenn sie daran dachte. Und mit solchem Blicke hatte er es wagen dürfen, sie anzusehen!

Das Haupt schüttelnd, als wollte sie die Erinnerung von sich werfen, richtete sie sich von der Brüstung auf und wandte sich um. Mußte sie denn Alles und Jedes an den Menschen erinnern — zwei Schritte hinter ihr war ja die Stelle, wo er an jenem ersten Morgen ge- standen und in die Landschaft hinausgesehen hatte.

Sie sah es ganz deutlich wieder: gerade so, wie eben vorhin in der Halle, hatte er hier gestanden, das Haupt vorgebeugt, die Augen starrend hinausgerichtet,

den ganzen Körper wie angewurzelt an den Boden. Und
dann hatte er etwas gesprochen — was war es doch
gleich gewesen? Ja — „das ist wahnsinnig schön“, hatte
er gesagt. Ja — so hatte er gesagt.

Die kaum erloschene Gluth stieg von Neuem in
Dorotheens Antlitz empor, noch heißer, noch feuriger als
vorher, ihre Wangen bedeckend, bis unter die Augen.
Mit hastigen Schritten verließ sie die Terrasse und trat
durch den Salon in das Haus. —

Eine Waschküche ist jedenfalls eine Oertlichkeit, wo
man am raschesten lyrisch-sentimentale Anwandlungen los
wird und Wäsche-Abzählen eine Beschäftigung, die erregte
Nerven am sichersten zur ruhigen Vernünftigkeit zurück-
führt. Etwas derartiges mochte Dorothea instinktiv
empfunden haben, als sie sich, gleich nach diesen Er-
lebnissen, mit Eifer, beinah mit fanatischem Eifer besagter
Thätigkeit hingab. Vielleicht aber kam noch etwas hinzu:
der Gedanke, daß sie jetzt mit dem Maler allein im
Hause war, flößte ihr geradezu Furcht ein. In der
Waschküche, unter den Mädchen, die schwatzend um sie
herumhantirten, war sie vor ihm sicher.

Als sie nachher in ihr Zimmer hinaufkam, trat sie
beklommen an das Fenster. Sie hatte ein Gefühl, als
würde sie ihn da unten im Garten gewahr werden, als
würde er vor dem Hause stehen und zu ihren Fenstern
hinaufblicken. Aengstlich schaute sie hinaus — von dem
Maler war nichts zu sehen. Der Tag verging, und der
nächste Tag und wieder volle acht Tage — der Maler
blieb unsichtbar, wie er es gewesen war. An der Halle

ging sie in dieser Zeit nicht vorüber, und ihren Angehörigen
hatte sie von dem Vorfalle nichts gesagt.   Ihre Seele
fand Zeit, sich zu beruhigen, und an Stelle der heißen
Erregung trat eine gewisse dumpfe Unzufriedenheit, ein
kalter Aerger, den sie sich eigentlich nicht recht erklären
konnte.

Was wollte sie denn? War es nicht gut, daß die
ganze Geschichte nichts weiter gewesen war, als ein Vor=
gang ohne alle weiteren Folgen? Vielleicht hatte sein
Blick überhaupt gar nicht ihr gegolten? Vielleicht hatte
er nur in Phantasien und Gedanken versunken so da=
gestanden, und zufällig war sie in seinen Gesichtskreis
gerathen? Nun — dann war es wieder einmal über=
flüssig gewesen, sich so aufzuregen. Wie dumm! Und
also ärgerte sie sich wohl gar, daß nichts von dem ge=
schah, was sie befürchtet hatte? daß er ihr nicht nach=
ging? Eine Kette widerspruchsvoller, widerwärtiger
Empfindungen umstrickte sie. Giebt es doch für den
Menschen kaum etwas Unangenehmeres, als wenn er sich
darüber ärgert, daß er ärgerlich ist. —

Am Ende der zweiten acht Tage aber trat ein Er=
eigniß ein, das Dorotheens Gedanken vorläufig ganz von
dem Maler und dem Bilde ablenken zu wollen schien.

Der Etatsrath war am Sonnabend Nachmittag mit
einem pfiffig lächelnden, Moritz Pfeiffenberg mit einem
verlegen schmunzelnden Gesicht nach Haus gekommen.
Nach Aufhebung der Tafel trat Moritz zum Vater heran
und flüsterte ihm ins Ohr: „Sprich doch mit Dorothea",
dann war er rasch hinausgegangen.

„Was ist denn mit dem Kind?" fragte Dorothea, indem sie dem Bruder überrascht nachsah.

Der Etatsrath lehnte sich im Schaukelstuhle zurück und lächelte vergnüglich.

„Na, weißt Du, Dorothea," sagte er, „mit dem Moritz ist es ja nun wohl so weit."

Dorothea lauschte auf, bog sich gegen den Vater vor und sagte nur: „Jettchen Brinkmann?"

Der Etatsrath platzte mit lautem Lachen heraus. „Na freilich, wer wird's denn sonst sein?"

Dorothea lehnte sich zurück und saß stumm und nach= denklich in ihrem Stuhle. Der Etatsrath ließ ihr Zeit, ihre Gedanken zu sammeln.

„Na —", fragte er alsdann, „was sagst Du dazu?"

„Gott, siehst Du, Papa," erwiderte sie, „das hab' ich mir ja wohl eigentlich immer gedacht."

„Ich wohl etwa nicht?" meinte er. „Aber nun sag' doch Deine Meinung, was Du von der Sache denkst? Ob wir dem Jungen unseren Segen dazu geben?"

Er sprach, als säße die einstige Etatsräthin neben ihm. Dorothea senkte die Augen und sah auf ihre Schuh= spitzen nieder.

„Findet er denn wirklich so was Besonderes an ihr?" fragte sie.

„Muß doch wohl," entgegnete der Etatsrath, „übrigens ist sie ja wohl ein ganz präsentables Mädel?"

„Aber schrecklich unbedeutend," stieß Dorothea hart heraus. Sie hatte wieder ihren hochmüthigen Mund ge= macht.

„Na, mein Gott," sagte der Etatsrath, „es können

schließlich nicht alle Menschen bedeutend sein. Und am
Ende — wir wollen doch die Wahrheit gestehen — ein
Genie ist unser Moritz gerade auch nicht."

Dorothea schwieg; es wäre schwer gewesen, gegen
diese Behauptung des Vaters etwas einzuwenden.

„Die Brinkmanns," fuhr er fort, „na — das wirst
Du doch nicht von mir verlangen, daß ich Dir über die
einen Vortrag halte."

Dorothea nickte schweigend; die Familie war als eine
der solidesten und bestgestellten bekannt.

„Also — warum sollen wir dem Jungen den Gefallen
nicht thun?"

„Gott — weißt Du, Papa," sagte Dorothea, „etwas
Bestimmtes, das gebe ich ja zu, läßt sich eigentlich nicht
dagegen sagen —"

„Aber?" forschte der Etatsrath.

„Aber —" Dorothea neigte das Haupt — „es ist
eigentlich noch das reine Kind, so unreif noch, so dalbrig;
und ich mag sie eigentlich gar nicht sehr."

Der Etatsrath lachte laut auf. „Du sollst sie doch
aber nicht heirathen? Wenn sie dem Moritz nun einmal
gefällt, na, dann ist das doch seine Sache."

Er griff nach der Hand seiner Tochter. „Na komm,
Dorothea, sei gut. Der Junge steht draußen und lauert;
wenn Du keine anderen Gründe hast, wollen wir den
armen Kerl doch 'reinrufen? Hm?"

Dorothea stand mit einem Seufzer auf. „Meinetwegen," sagte sie. Der Etatsrath rief mit schallender
Stimme nach dem Sohne und im selben Augenblick trat

Moritz Pfeiffenberg herein, ängstlich nach Dorotheens Gesicht spähend.

Diese ging ihm entgegen, nahm seinen Kopf zwischen
ihre flachen Hände und sah ihm ins Gesicht.

„Kind, Kind," sagte sie, „was machst Du für Geschichten."

Moritz Pfeiffenberg lächelte etwas blöde. Allzu er-
muthigend waren die Worte der Schwester nicht und der
Ton, in dem sie gesprochen wurden, war alles Andere eher,
als enthusiastisch.

„Hast Du denn schon richtig angehalten?" fragte sie
weiter.

„Nein, nein," versicherte er, „erst wollte ich natürlich
mit Dir sprechen."

Dorothea ließ seinen Kopf los, ging im Salon auf
und nieder und blieb am Fenster stehen.

„Zwanzig Jahr ist Henriette?" fragte sie, hinausblickend.

„Das heißt, sie wird im September zwanzig Jahr,"
entgegnete er.

Dorothea nickte — also acht Jahre war sie älter als
die zukünftige Schwägerin.

„Wo hast Du Dir denn gedacht, daß Ihr wohnen
werdet?" examinirte sie weiter, „in der Stadt oder hier
draußen?"

„Hier draußen doch natürlich," sagte Moritz.

„Wird denn das Henrietten gefallen?"

„O, weißt Du, Dorothea," versicherte Moritz Pfeiffenberg, „Henriette hat ja solche Verehrung für Dich, solche
Verehrung —"

Dorothea lächelte unwillkürlich in geschmeichelter Eitelkeit. Sie sah im Geiste, wie ihr Reich sich erweiterte; eine Unterthanin mehr, die sich unter ihren Herrscherstab beugte. Sie wandte sich vom Fenster um und blickte dem Bruder ins Gesicht.

„Na — morgen ist Sonntag," sagte sie, „da könntest Du ja ganz gut zu Brinkmanns gehen!"

„Das hatte ich mir ja auch gedacht," erwiderte Moritz Pfeiffenberg, „ich hatte Dich ja, wie gesagt, nur vorher fragen wollen."

Man hörte ihm die Freude an, daß die gestrenge Schwester einwilligte; er war beinah etwas erregt, ging zu Dorotheen hinüber und faßte sie an den Händen.

„Bist Du gut, Dorothea?" fragte er.

Sie bewegte, altklug lächelnd, das Haupt.

„Was soll man denn mit Euch Kindern machen," sagte sie.

„Abgemacht also," rief der Etatsrath, indem er vom Stuhle aufstand. „Nun denk' ich, Dorothea, Moritz bringt uns Brinkmanns gleich morgen Nachmittag heraus, dann können wir zusammen überlegen, wie und wo sie später wohnen werden."

„Weißt Du, Papa," meinte Dorothea, „ich habe mir gedacht, es wäre das Hübscheste, wenn Du am Eingang vom Park eine Dependance bauen ließest? Da könnte Moritz mit Jettchen dann ganz für sich wohnen und wir wären doch beisammen."

Moritz Pfeiffenberg sah bewundernd auf. „Dorothea," sagte er, „das ist ja wieder eine ganz vorzügliche Idee! Hier in der Villa, Papa," wandte er sich an den Vater, „würde es ja doch wohl ein wenig eng sein."

Der Etatsrath schob die Kappe auf den Hinterkopf. „Na," sagte er, „das läßt sich überlegen."

Am nächsten Vormittage fuhr Moritz Pfeiffenberg allein in die Stadt, tadellos gekleidet, im schwarzen korrekten Gehrock, ein Bouquet von Dorotheens großen italienischen Nelken in der Hand.

Sie hatte erst geschwankt, ob sie ihm von den schönen Blumen geben sollte; für Jettchen waren sie eigentlich zu schade. Dann aber hatte der Gedanke überwogen, daß Brinkmanns auf die Art gleich einmal einen Begriff davon bekamen, was man im Pfeiffenberg'schen Garten vermochte; die gewöhnlichen deutschen Nelken ließen sich mit diesen gar nicht vergleichen.

In besonderem Glanze prangte heut Nachmittag die Tafel, auf der außer den drei gewöhnlichen Couverts noch drei für Vater, Mutter und Tochter Brinkmann aufgelegt waren; aus einer silbernen Schale inmitten des Tisches quoll eine Fülle der prächtigsten Blumen; neben dem Tafelgeschirr von altem Meißener Porzellan funkelten die Bestecke von schwerem Silber, dem der alte Brenz durch Putzen und Reiben heute wahre Leuchtkraft verliehen hatte. Dorothea selbst, heut unermüdlicher denn je, hatte Alles angeordnet und überwacht; dann, nach einer kurzen Pause der Erholung hatte sie sich schneeweiß in weiße Seide ge- kleidet — nun mochten Brinkmanns kommen, Haus Pfeiffen- berg war bereit.

In der großen viersitzigen Kutsche, mit der Moritz Pfeiffenberg heut früh hineingefahren war, kamen sie denn am Nachmittag auch richtig an. Die beiden alten Brink- manns im Fond, das Brautpaar auf dem Rücksitz.

Vater und Mutter Brinkmann wußten die Ehre, die
ihrem Hause durch eine solche Verbindung widerfuhr, durchaus
zu würdigen; mit einer gewissen respektvollen Gemessenheit
erwiderten sie daher den jovialen Handschlag des Etatsrathes, der ihnen an der Schwelle des Hauses entgegen
kam. Jettchen, die ihm an der Hand des Sohnes entgegen
geführt wurde, schloß er väterlich freundlich in die Arme.

„Na, guten Tag und willkommen, mein Kind," sagte
der Etatsrath, indem er einen Kuß auf ihre blühende
Wange drückte. Jettchen Brinkmann war eine kleine, volle,
beinahe üppige Gestalt, mit braunen, natürlichen Locken und
einem runden Gesichtchen, aus dem ein Paar unschuldige
Augen vergnügt in die Welt hinaus guckten.

Im Flur legte man Ueberwurf und Sommer-Ueber-
zieher ab; Frau Brinkmann war in schwarzer Seide, Herr
Brinkmann in Frack und weißer Cravatte.

Dorothea war noch nicht sichtbar geworden, sie er-
wartete die Gäste im Innern der Gemächer.

Jettchen schlug ein wenig das Herz, als sich jetzt die
Thür zum Salon öffnete.

Schleppen-rauschend, wie eine Königin, schritt Dorothea
den Ankömmlingen bis in die Mitte des Salons entgegen;
dort blieb sie stehen und streckte ihnen die Hand zu.

„Willkommen," sagte sie mit ihrer lässigen Stimme,
die heut noch etwas leiser und vornehmer klang als gewöhnlich.

Herr Brinkmann verneigte sich auf ihre dargebotene
Hand und küßte sie; Frau Brinkmann knixte und schüttelte
ihr die Hand. Dann ging Dorothea, indem sie beide Hände

ein wenig vorstreckte, auf Jettchen zu, die etwas zaghaft stehen geblieben war.

„Nun — Jettchen —" sagte sie, indem sie die Arme um sie legte und sie auf die Stirn küßte.

Jettchen sah zu ihr auf; sie war fast um einen Kopf kleiner als Dorothea. Die weiße Seide — die kühlen Lippen auf ihrer Stirn — es war ihr zu Muthe, als wäre sie einen Berg hinaufgestiegen und dort in eine weiße Wolke gerathen. In den Augen, die stumm zu Dorothea aufblickten, lag eine unausgesprochene Bitte: „etwas mehr."

Dorothea blickte auf das runde Gesichtchen nieder, dann lächelte sie leise und küßte sie auf den Mund. Mit stürmischer Zärtlichkeit erwiderte Jettchen den Kuß, indem sie dabei Dorotheen umarmte und an sich drückte. Moritz Pfeiffenberg trat hinzu; Dorothea machte sich von der Kleinen los, trat auf den Bruder zu und indem sie ihm beide Hände auf die Schultern legte, gab sie ihm einen langsamen, nachdenklichen Kuß. „Das also genügt Dir zum Leben?" schienen ihre Augen dabei zu sagen.

Geräuschlos öffnete sich die Flügelthür; man schritt zur Tafel. Der Etatsrath führte Mutter Brinkman, Her Brinkmann bot Dorotheen den Arm. Als man sich nach dem Speisezimmer in Bewegung setzte, gab es einen kurzen drolligen Aufenthalt. Dorothea wollte als Hausfrau zuletzt gehen; Jettchen Brinkmann weigerte sich entschieden, ihr voran zu gehen.

„O Gott, nein, Dorothea, wie werden wir vor Dir gehen!" erklärte sie, indem sie den Bräutigam, der verlegen lächelnd dastand, energisch am Arme zurückhielt.

Um dem thörichten Streite ein Ende zu machen, legte Dorothea schließlich den rechten Arm um Jettchens Taille.

„Also wollen wir zusammen gehen," sagte sie, und nun schoben sich die Vier, so gut es gehen wollte, nebeneinander durch die Thür.

Die stille, vom Dufte der Blumen erfüllte Luft im Speisezimmer, die glänzend und geschmackvoll hergerichtete Tafel, die Haltung des alten Brenz, der heute, im Bewußtsein der Bedeutung des Tages, seine haushofmeisterliche Würde in aller Pracht hervorkehrte, das Alles wirkte erhebend und imponirend auf die Familie Brinkmann. Jettchen insbesondere war es zu Muthe, als säße sie an einer Königstafel und mit kindlichem, beinah kindischem Staunen hingen ihre Augen an Dorothea, die mit ruhiger Sicherheit den Gang der Mahlzeit und zugleich das Tischgespräch leitete.

Viel kam freilich hierbei nicht heraus, denn die Brinkmanns waren brave, aber keineswegs geistige Leute; rechte, echte Spießbürger, wie Dorothea schweigend für sich feststellte.

Sobald der Champagner eingegossen war, erhob sich der Etatsrath zu einer kurzen, ungezwungenen Ansprache, zu deren Schluß er die Versammelten aufforderte, „auf unser Jettchen und unseren Moritz" auszutrinken. Der Toast war durchaus jovial gehalten, trotzdem fühlte sich das kleine, harmlose Ding, das sich inmitten einer so imposanten Gesellschaft plötzlich in den Vordergrund gerückt sah, dermaßen gerührt, daß sie in Thränen ausbrach und ihrem Bräutigam um den Hals fiel. Moritz Pfeiffenberg wußte nicht recht, was er daraufhin machen sollte

und schnitt ein ganz komisches Gesicht; Mutter Brinkmann
drückte gleichfalls das weiße Battisttuch an die Augen.
Von den weiblichen Mitgliedern der Tafelrunde war
Dorothea die Einzige, die trockenen Auges und gelassen
blieb. Der ganze Vorgang erschien ihr ziemlich albern.

Der Kaffee wurde auf dem Vorplatze vor dem Speisezimmer, im Garten, unter den hohen Linden, die im Kreise
standen, eingenommen. Hierbei hatten die Brinkmanns
zum ersten Male Gelegenheit, in den Park hinauszublicken,
der sich in grüner, schattiger Tiefe vor ihnen aufthat.
Jettchen gerieth ganz außer sich.

„O Gott, Moritz," rief sie, indem sie sich an die
Schulter des Bräutigams drückte, „ist das prachtvoll!"

„Na, weißt Du, Jettchen," sagte der Etatsrath, „ich
denke, Du kommst nächstens einmal auf ein paar Tage
zum Besuche zu uns heraus und siehst Dir das Alles
genau an? Haus und Garten? Dorothea zeigt Dir dann
Alles recht hübsch."

„O Dorothea," rief die Kleine, die Hände vor Wonne
ineinander drückend, „möchtest Du wirklich so gut sein?"

Dorothea lächelte etwas herablassend.

„Freilich," sagte sie, „Du mußt doch den Ort kennen
lernen, wo Du später einmal sein und leben wirst."

Das wurde denn mit den Eltern Brinkmann be-
sprochen und abgemacht, und im weiteren Verlaufe der
Dinge kam das Gespräch auch auf das Bild, von dem
man in der Stadt bereits zu munkeln begann.

„Ist es denn also wahr," fragte Mutter Brinkmann,
„daß Sie sich ein ganz großes, neues Bild malen lassen,

Herr Etatsrath? Noch dazu auf die Wand? Wie in
der Kunsthalle in Hamburg?"

„Haben Sie schon davon gehört?" entgegnete der
Etatsrath, indem er Herrn Brinkmann eine neue Cigarre
anbot.

„Moritz hat uns davon erzählt," sagte dieser, „übrigens
sprach man schon darüber in Hamburg-Altona."

„Ja, und sagen Sie," fuhr Mutter Brinkmann fort,
„es soll ja wohl etwas ganz fabelhaftes vorstellen? So
eine Geschichte aus einer ganz alten Zeit, sagen die Leute?
Noch von den Gothen her?"

„Na, warum denn nicht?" meinte der Etatsrath.
„Die Leute haben vielleicht ganz recht."

Er lächelte, und Herr Brinkmann glaubte dieses
Lächeln dahin deuten zu dürfen, daß der Etatsrath, ebenso wie er selbst, die ganze Geschichte eigentlich nur als
einen Spaß betrachtete. Ohne ein Wort zu sagen, brach
er in ein lautes, breites Lachen aus.

„Was ist denn daran so komisch?" fragte Dorothea.
Das plumpe Gelächter hatte sie unangenehm berührt.

Herr Brinkmann schluckte, so rasch es gehen wollte,
seine unzeitgemäße Heiterkeit hinunter. Es fiel ihm ein,
daß schließlich Niemand gern über das lachen hört, wofür
er Geld aufwendet.

„O — nicht das Bild," sagte er, „nicht das Bild —
es ist nur — der Maler — das soll ja wohl so ein ganz
närrischer Mensch sein."

Dorothea schwieg und sah ihn fragend an.

„Gott — wissen Sie, liebe Dorothea," beeilte sich
Mutter Brinkmann einzuspringen, „es ist ja nur, weil

Moritz uns von dem Menschen erzählt hat, was er für kunterbunte Reden geführt hat, und daß er ein Bild malen wollte, wo an die dreihundert Menschen geköpft werden? Nein, aber sagen Sie — dreihundert Menschen!"

Dorothea lächelte gezwungen; der Etatsrath aber platzte laut heraus.

„Da hat Moritz aufgeschnitten," sagte er. „Wo soll ich denn auf meinen Wänden Platz finden, daß dreihundert abgeschnittene Köpfe herumliegen können?"

Moritz Pfeiffenberg lächelte verlegen. Offenbar hatte die Familie Brinkmann seinen Bericht nicht genau verstanden. Er versuchte ihrem Verständniß nachzuhelfen, machte aber die Sache nur noch schlimmer.

„Ganz so habe ich ja nicht gesagt," erklärte er, „der Maler hat gesagt, damit finge es ja nur an —"

Jetzt aber war es um Herrn Brinkmanns Haltung geschehen; die mühsam zurückgehaltene Heiterkeit brach in einem donnernden Lachen heraus.

„Damit fängt es nur an!" rief er, indem er sich auf das Knie schlug, „na, die Geschichte wird aber wirklich gut!"

„Aber sagen Sie, Herr Etatsrath, das ist ja ein ganz schrecklicher Mensch?" fuhr Mutter Brinkmann dazwischen und Jettchen klammerte sich kreischend, und indem sie sich vor Gruseln schüttelte, um ihren Bräutigam.

Eine allgemeine Heiterkeit wogte um den Kaffeetisch; Dorothea allein saß ernsthaft, mit einem gequälten Lächeln dabei. Wie albern und thöricht mochte ihr guter Bruder Moritz von den Plänen des Malers gesprochen haben! Ihre Gedanken kehrten zu dem Augenblick zurück, als

Heinrich Verheißer ihnen von der Gothenschlacht, vom Tode des Tejas und von der Gothin erzählt hatte, und nun mußte sie dabei sitzen und anhören, wie diese Spießbürger da sich über die Phatasieen des Künstlers schief lachen wollten.

Die Gestalt des Malers trat vor ihre Seele, sein Gesicht, mit den heißglühenden Augen, mit der finsteren Falte in der Stirn — und hier vor ihr diese vergnügten Philistergesichter!

Das also waren von jetzt ihre Verwandten? Und warum nicht? Waren es nicht Menschen von der Art, die ihr bisher als die normale Menschenart erschienen war? Was war es denn, was sie heute von ihnen trennte? Sie hatten sich über Dinge lustig gemacht, von denen sie wußte, daß nicht darüber zu lachen war. Würde es bei anderen Fragen des Lebens anders sein? Es gab also doch noch Fragen? Davon hatte sie bis heute in ihrem kühlen Unfehlbarkeitsbewußtsein eigentlich gar nichts gewußt. Heute, zum ersten Male vielleicht, regte sich in ihr die Ahnung von Bedürfnissen, die bisher geschwiegen hatten und die nun doch vorhanden waren. In ihrem Innern erwachte etwas, wie ein zweiter Athem, der nach einer weiteren Brust verlangte. Ein Bedürfniß, ein Verlangen nach etwas Weiterem, Freierem, Größerem, als das war, was ihr bisher genügt hatte.

„Ich denke, wir warten ab, bis das Bild fertig ist," sagte Dorothea mit einiger Schärfe, als die Heiterkeit noch immer kein Ende nehmen wollte. „Ich merke schon, daß Moritz eine nicht sehr genaue Schilderung von den Ideen

Herrn Verheißers gegeben hat — das Bild wird ja wohl am besten für sich selbst sprechen."

Das war deutlich. Das Gelächter hörte, wie auf Kommando, auf und man kehrte zu gemessenerem Tone der Unterhaltung zurück, bis daß der alte Brenz erschien und mit feierlicher Miene ankündigte, daß der Wagen für die Familie Brinkmann wieder vorgefahren sei. Unter Küssen und Umarmungen ging der Abschied vor sich; dann stiegen die Eltern Brinkmann mit einem vermehrten Respekts-gefühle, Jettchen mit einem Herzen voller Glückseligkeit ein und fuhren ab.

„O Papa," sagte Jettchen, als sie ein Weilchen unter-wegs waren, „was ist Dorothea doch für eine wundervolle und erstaunliche Erscheinung!"

„Außergewöhnlich intelligent," bestätigte Herr Brink-mann.

„Und ihr Haus hält sie in Ordnung," sagte Mutter Brinkmann, „man muß gestehen, es ist ein Staat."

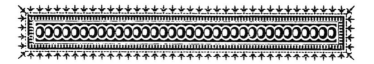

Viertes Kapitel.

Einige Tage darauf kam Jettchen, der Verabredung gemäß, allein heraus, um zwei Tage in Villa Pfeiffenberg zuzubringen.

Dorothea hatte darauf bestanden, daß Moritz für den ersten Tag beurlaubt wurde, damit er mit seiner Braut zusammen sein könnte — in Wahrheit hatte sie es gethan, weil sie nicht wußte, was sie allein mit dem Mädchen anfangen sollte.

Sie war es daher auch ganz wohl zufrieden, daß die Beiden für sich gingen und daß Moritz seiner Braut das Innere des Hauses und den Park zeigte. Als sie später am Nachmittage zusammen kamen und Jettchen sich in Bewunderung über Alles äußerte, was sie gesehen hatte, nahm sie das lächelnd als schuldigen Tribut entgegen.

Am zweiten Tage aber duldete es Moritz nicht länger bei der „Bummelei". Der Geschäftsmann in ihm war stärker als der Bräutigam, und er fuhr nach dem Frühstück wie gewöhnlich mit dem Vater in die Stadt.

Jettchen, von Hause her an pünktlichste Pflichterfüllung
gewöhnt, fand das ganz in der Ordnung.

Moritz Pfeiffenberg hatte sie über die Gewohnheiten
Dorotheens unterrichtet und ihr ans Herz gelegt, die
Schwester möglichst wenig zu stören. Sobald daher die
Männer aufgebrochen waren, holte Jettchen die Hand=
arbeit, die sie in ihrem Korbe mit herausgebracht hatte,
zur Stelle.

„Siehst Du, Dorothea," sagte sie, „nun thu' mir den
Gefallen, und thu', als wäre ich gar nicht da. Ich weiß,
Du hast im Hause zu thun; ich setze mich hier auf die
himmlische Terrasse her und sticke; nachher geh' ich ein
bischen im Park spazieren; Moritz hat mir ja Alles ge=
zeigt, ich verlaufe mich schon nicht."

So geschah es zu beiderseitiger Zufriedenheit. Als
Dorothea zwei Stunden später die Terrasse wieder auf=
suchte, fand sie Jettchen nicht mehr vor; ihre Handarbeit
lag auf dem Tische; sie selbst war offenbar in den Park
gegangen.

Bald darauf aber kehrte sie zurück. Dorothea hatte
sich über die Brüstung gelehnt und auf den Fluß hinunter
geblickt, als sie Jettchens Gekicher hinter sich vernahm.
Sie wandte sich um und sah in ein feuerrothes, erregtes
Gesicht. Wie ein Kind, das sich das Lachen verbeißen
will, stopfte sich Jettchen das Taschentuch in den Mund.

„Dorothea," rief sie, indem ihr die Worte aus dem
Munde sprudelten, „o Gott, Dorothea, was hab'. ich
erlebt!"

„Nun, nun, —" erwiderte diese, indem sie ihr die
erhitzten Wangen mit kühlen Fingern streichelte, „Du machst

ja ein Geſicht, als wären Dir Zeichen und Wunder erſchienen?"

"Aber ſo iſt's ja beinah auch!" ſagte die Kleine, die ſich in einen Stuhl geworfen hatte und beide Hände in Dorotheens Schooß ſtützte, die neben ihr Platz genommen hatte. "Dorothea — ich habe ja ihn geſehen!" Sie drückte das Geſicht an Dorotheens Bruſt und lachte wie ein Kind, das einen tollen Streich gemacht hat und glück-lich davongekommen iſt.

"Wen denn?" fragte Dorothea.

"Den ſchrecklichen Menſchen! Den Maler! Den Maler!"

Dorothea fuhr unwillkürlich etwas zurück und ſchob Jettchens heißes Geſicht von ſich.

"Biſt Du ihm im Garten begegnet?" fragte ſie.

Jettchen blickte kichernd, mit verlegenen Augen auf. "O Gott, nein," ſagte ſie, "aber Du mußt nicht böſe ſein, Dorothea, ich — ich bin ja hineingegangen."

"In die Halle?" Der Ton Dorotheens klang beinah zornig. Jettchen nickte ſtumm.

"Hat Dir Moritz denn nicht geſagt," fuhr Dorothea, zur Seite blickend, fort, "daß man nicht hineingehen darf, ſolange er da drin malt?"

"O Gott, nein — gewiß nicht," erwiderte Jettchen, deren Augen ſich in Schrecken erweiterten, "er hat mir nur geſagt, er wäre in der Halle."

"Nun — ſo biſt Du alſo drin geweſen," ſagte Dorothea, indem ſie eine Heiſerkeit, die ihr in der Kehle aufgeſtiegen war, hinweg räuſperte, "war es nun alſo ſo ſchrecklich?"

Sie lächelte, aber ihr Lächeln ſah gezwungen aus.

„Es war ja ſo komiſch, ſo komiſch,“ rief Jettchen,
indem ſie wieder das Taſchentuch in den Mund ſtopfte.

„So erzähle doch einmal vernünftig,“ herrſchte Dorothea.

„Siehſt Du — als ich die Thür halb aufgemacht
hatte,“ erzählte die Kleine, „ſtand er gerade vor ſeinem
Bild — o Gott, Dorothea, wird das eine große Geſchichte
— und drehte mir den Rücken zu. Da bekam ich nun
einen ſolchen Schreck — und eben wollt’ ich wieder ganz
leiſe zurück, da dreht er ſich um und hat mich geſehen.
‚Bitte, kommen Sie nur herein,‘ ruft er, und nun wär’s
doch zu dumm geweſen, alſo was ſollt’ ich machen, ich ging
hinein. ‚Entſchuldigen Sie nur,‘ ſag’ ich, ‚ich wollte Sie
gewiß nicht ſtören —‘ darauf macht er mir einen Diener,
aber ſo ganz komiſch, ſiehſt Du, ſo eigentlich blos mit dem
Kopf, und ſagte: ‚Sie ſtören mich gar nicht, mein Fräulein,
Sie ſehen, ich male ruhig weiter,‘ und ſo fängt er denn
auch wirklich wieder an und ſtreicht mit ſeinem Pinſel
immer weiter. ‚Uebrigens,‘ ſagt er, ‚brauchen Sie ſich
nicht zu ängſtigen, mein Fräulein, ich beiße nicht.‘“

Jettchen barſt vor Lachen.

„Wie ſagte er?“ forſchte Dorothea.

„‚Ich beiße nicht,‘“ pruſtete die Kleine, „ſo hat er
geſagt, wirſt Du’s glauben, Dorothea? Darauf ſtehe ich
nun ganz verdutzt vor dem rieſigen Bild, und ſo ſagt er,
während er immer weiter pinſelt: ‚Na? Gefällt Ihnen
das?‘ So ſag’ ich, ‚o Gott,‘ ſag’ ich, ‚wiſſen Sie, ich
verſtehe ja nichts davon, aber es ſcheint ja wohl, daß es
recht intereſſant wird.‘ Darauf lacht er vor ſich hin, ſo
ganz kurz, ſiehſt Du. Und nun geh’ ich näher heran, und
ſiehſt Du, da ſind nun auf dem Bild eine ganze Maſſe

halbnackter Männer, die miteinander kämpfen, und im Hintergrund ein ungeheurer Berg — o Gott, Dorothea, wunderschön, sag' ich Dir — und über den Männern sah' ich einen großen weißen Fleck auf dem Bild.

So sag' ich: ‚Ach, entschuldigen Sie nur, das hier vorne, die Männer, mein' ich, das sind nun wohl die Gothen?' ‚Das sind die Gothen,' antwortet er und malt immer weiter. Und so zeig' ich auf den großen, weißen Klecks und sage: ‚Darf man denn vielleicht fragen,' sag' ich, ‚was das hier vorstellt?' Darauf, siehst Du, läßt er die Palette sinken und sieht mich von der Seite an, ganz pfiffig, und sagt: ‚Ja, nun rathen Sie einmal, Fräulein, was das sein mag.' Ich kuck' mir also das Ding von allen Seiten an und es ist und bleibt doch eben nur ein großer, weißer Klecks. Und wie ich so stehe und mir den Kopf zerbreche, kommt er mit einem Mal ganz dicht zu mir heran und sagt: ‚Soll ich's Ihnen sagen, was das ist?' Und darauf biegt er sich herüber und sagt mir ins Ohr, aber ganz laut, verstehst Du: ‚Das ist eine wunder-schöne Frau!' So seh' ich ihn an, weil ich doch wirklich denke, der Mensch ist übergeschnappt, und wie ich ihn so ansehe, fängt er mit einem Mal an zu lachen — o Gott, Dorothea, ich denke doch gleich, er thut sich 'nen Schaden. Und wie er so lacht, kann ich mich auch nicht mehr halten und so haben wir gestanden und gelacht, ach, weißt Du, ich schäme mich ordentlich, daran zu denken.

Und darauf, wirst Du es glauben, nimmt er plötzlich meinen Arm und schiebt ihn in seinen und ohne weiter um Erlaubniß zu fragen, geht er mit mir in der Halle spazieren, als verstände sich das nun eben ganz von selbst.

‚Nun können Sie einmal sehen,‘ sagt er darauf, ‚wie es
an dem Tage gewesen ist, als der liebe Gott den Adam
und die Eva gemacht hat. Sehen Sie, da hat er sich
also einen Klumpen Thon gebrochen, schönen, hellen Thon,
verstehen Sie, und hat gesagt: nu wollen wir mal den
sogenannten Menschen daraus machen.‘‘ Die Erzählerin
unterbrach sich: „Wirst Du's glauben, Dorothea? Den
‚sogenannten‘ Menschen. ‚Und wie der Thon so vor ihm
gelegen hat, da hat er auch nicht viel anders ausgesehen,
als wie ein großer, weißer Klecks in der Natur. Darauf
hat er angefangen zu kneten und so hat er also zuerst
den Adam fertig gemacht, und dem hat er drei Beine
gegeben.‘ So sag' ich: ‚Aber erlauben Sie,‘ sag ich,
‚drei Beine?‘ Darauf sieht er mich wieder so ganz pfiffig
an und sagt: ‚Ja, verlassen Sie sich drauf, drei Beine.
Sehen Sie, er hatte ja schon die Vögel gemacht und
ihnen zwei Beine gegeben und dann die anderen Thiere
mit vier Beinen, also sagte er sich, der Mensch muß was
Apartes haben, der bekommt dreie. Wie nun der Adam
also fertig gewesen ist, hat er dagestanden, ungefähr wie
ein Dreifuß, den man übers Feuer setzt, verstehen Sie,
und der Rumpf und der Kopf haben so ungefähr ausgesehen wie eine Kasserolle, die man auf den Dreifuß setzt.
War hübsch? Nicht wahr?‘ So sag' ich: ‚O Gott,
nein,‘ sag' ich, ‚das muß ja abscheulich ausgesehen haben!‘
‚Sehen Sie,‘ sagt er darauf, ‚das fand der liebe Gott
nämlich auch, und wie er darum die Eva machte, schnitt
er ein Bein ab und gab ihr nur zwei und darum wurde
die Eva viel hübscher als der Adam, so daß er nachher
den Adam noch einmal nach ihrem Bilde ummodellirt

hat. Und darum, sehen Sie,‘ sagt er und biegt sich
wieder ganz dicht zu mir hin, ‚müssen Sie's nicht glauben,
daß der Adam vor der Eva fertig geworden ist; sondern
die Eva ist die Erste auf der Welt gewesen, und darum
war sie auch viel klüger als der Adam und ist's geblieben
bis zum heutigen Tage. Wie nun aber die Eva fertig
gewesen ist und auf ihren zwei Beinchen, die wie zwei
weiße Säulen von Elfenbein ausgesehen haben, vor dem
Herrgott gestanden hat, sehen Sie, da hat sie ihm so gefallen — soll ich Ihnen mal zeigen, was der Herrgott da
gethan hat?“

Und siehst Du, wie er das sagt, hat der Mensch mich
losgelassen und ist zurückgetreten und weil ich mir doch
nichts Arges denke, so sage ich: ‚Was hat er denn gethan?‘ Und in dem Augenblick“ — Jettchen war feuerroth geworden und drückte schamhaft kichernd ihr Gesicht
wieder an Dorotheens Brust — Dorothea saß kerzengerade
— „und in dem Augenblick, wirst Du's glauben, breitet
dieser Mensch beide Arme aus und kommt auf mich los
und will mir — einen Kuß geben!“

Dorothea zuckte auf. „Wie unpassend,“ sagte sie,
„wie unglaublich unpassend und dreist!“ Ihre Stimme
klang heiser und rauh. „Du bist doch natürlich gleich
hinausgegangen?“

„Gott, siehst Du, Dorothea,“ sagte Jettchen, indem
sie das Köpfchen, wie ein gescholtenes Kind zurückbog,
„ich habe ja so aufgeschrieen, wie ich das sah, daß er
stehen geblieben ist und die Arme hat sinken lassen und
nichts weiter gethan hat. Und natürlich hab' ich nun
gleich davon laufen wollen — aber, da hat er mich wieder

an der Hand genommen und gesagt: ‚Na bleiben Sie nur, Fräulein, ich beiße nicht, ich versprech's Ihnen‘, und siehst Du, dazu hat er ein so komisches Gesicht gemacht —‘‘

„Es wäre dennoch richtiger gewesen, wenn Du gegangen wärest,“ sagte Dorothea kurz und verweisend. Jettchen blickte verwirrt in ihren Schooß nieder.

„Ach gewiß, Du hast vollkommen Recht,“ erwiderte sie schüchtern, „aber siehst Du, nun ist dieser Mensch mit einem Mal ganz ernsthaft geworden und wenn er Einen so ernsthaft ansieht, weißt Du, dann hat er so etwas Merkwürdiges, man — man muß dann immer hinsehen und kann gar nicht anders, es ist doch geradezu, als wären zwei ganz verschiedene Menschen in ihm.“

Dorothea blickte starr vor sich hin und hörte schweigend zu, wie die Kleine mit unbehülflichen Worten das zu erklären versuchte, was sie selbst neulich empfunden hatte, den Blick dieses Menschen, den Basiliskenblick.

„Darauf also,“ fuhr Jettchen nach einer Pause fort, „ist er wieder vor das Bild getreten und hat darauf hingestarrt und dann hat er gesagt: ‚Ja sehen Sie,‘ hat er gesagt, ‚immer wieder, wenn ein Künstler so vor einem Klecks steht, aus dem etwas werden soll, dann geht's ihm, wie's dem Herrgott ging, als er Adam und Eva machen wollte. Denn der Herrgott, sehen Sie, das ist der erste Künstler gewesen und wir machen's ihm nach. Das glauben Sie wohl nicht? Aber Sie können's glauben, dem ist es gerade so gegangen, wie es uns alle Tage ergeht. Denn das müssen Sie nicht glauben, was Ihr Prediger Ihnen erzählt, daß der Herrgott am siebenten Tage gesagt hat ‚so ist's gut und kann so bleiben‘ ist ihm

gar nicht eingefallen! Sondern er hat gesagt ‚na — so
mag's für's Erste mal laufen — fertig aber ist die
Geschichte noch lange nicht.‘ Und seitdem, sehen Sie,
arbeitet und bastelt und knetet er immer und immerfort
an seinem Werk; und wir dummes Volk von Menschen,
deren ganzes Leben nichts weiter ist als ein Athemzug,
den er während seiner Arbeit thut, wir bilden uns nun
ein, weil jetzt im Augenblick Alles um uns her fest zu
stehen scheint, das stände nun so von Anbeginn und würde
so stehen in alle Ewigkeit — fällt ihm aber gar nicht ein.
Denn vor einer Million Jahren hat die Erde ganz anders
ausgesehen als heute, ganz andere Gewächse haben darauf
gestanden, ganz andere Thiere und Geschöpfe sind darauf
herumgekrochen, und das war Alles viel kolossaler, aber
auch viel plumper und unfertiger als heute; und dann
hat der alte Künstlergreis wieder mal zugegriffen und es
hat eine neue ‚Schicht‘ gegeben, wie die Gelehrten es
nennen, die war schon viel wohlgefälliger als die erste,
und dann wieder, und da sind wir dann auf der Bild-
fläche erschienen, wir zweibeinigen Menschen, und so wird's
weiter gehen und nach einer Million Jahren wird's wieder
ganz anders aussehen als heute, und die Menschen werden
dann viel schöner sein, als sie heutzutage sind, und das
kann ihnen auch gar nichts schaden — nicht wahr?‘“

Jettchen sah zu Dorotheen empor.

Siehst Du,“ sagte sie, „es wundert mich beinah selbst,
daß ich all' das kauderwelsche Zeug behalten habe; es ist
doch wahr, was der Moritz gesagt hat: es ist doch ein
halb närrischer Mensch.“

Dorothea hatte die Hände im Schooße zusammen-

gelegt; sie gab keine Antwort und saß ohne Laut, fast
ohne Regung.

„Wie bist Du denn also von ihm losgekommen?"
fragte sie endlich.

„Ja, siehst Du," entgegnete Jettchen, „er hat nämlich
wieder angefangen, weiter zu malen und dann hat er mit
einemmal beide Hände sinken lassen und gesagt: ‚aber in
einem Punkte, Fräulein, sehen Sie, da ist der alte Künstler=
greis uns Epigonen über: er hat keine Modelle gebraucht.
Der hat Alles, was er machte, aus eigener Erfindung fertig
gekriegt — und das können wir armen Teufel nicht. Denn
wenn ich zum Beispiel aus dem weißen Klecks da eine
wunderschöne Frau machen soll, dann muß ich eben eine
wunderschöne Frau von Fleisch und Blut sehen, damit ich
die Gestalt danach malen kann, und wenn ich keine zu
sehen bekomme, dann geht's nicht — und das ist eben der
Teufel!' Und wie er das gesagt hat, siehst Du, hat er
wieder sein wüthiges Gesicht gemacht und hat den Pinsel
fortgeworfen und ist in der Halle auf und ab gegangen —
Gott, weißt Du, geradezu wie ein wildes Thier in der
Menagerie. Und dann kommt er auf mich zu und kuckt
mich an, ich weiß gar nicht wie, so daß ich nun wirklich,
weil ich's geradezu mit der Angst kriege, davonlaufen will;
aber da hält er mich wieder an der Hand fest und sagt:
‚nein, bitte, bleiben Sie doch einmal stehen,' und nun kuckt
er mich von rechts und von links an und geht um mich
herum, und dann nimmt er wieder seinen Pinsel auf und
stellt sich wieder vor sein Bild und knurrt so etwas vor
sich hin, was ich gar nicht verstehen konnte — und spricht

kein Wort mehr und ist so, als wäre ich überhaupt gar nicht mehr da."

„Da siehst Du," sagte Dorothea mit dem vorigen gezwungenen Lächeln, „was es für Gefahren mit sich bringt, wenn man solch einen Maler bei der Arbeit stört; diese Künstler sind nun einmal anders, als die jungen Herren in Hamburg-Altona."

„O Gott ja," erwiderte Jettchen kichernd, „ein zweites mal wag' ich mich gewiß nicht wieder in die Halle, so lange er darin ist."

Dorothea schien etwas zu überlegen.

„Und dann also," fragte sie langsam, „hat er angefangen, aus dem weißen Klecks eine Frauengestalt zu machen?"

„Ich glaube, ja," versetzte die Kleine, „denn er malte ja wieder wie toll darauf los; bestimmt aber kann ich's nicht sagen, denn ich habe mich nun natürlich nicht länger mehr aufgehalten, sondern ganz kurz ,Adieu' gesagt und bin gegangen. Ich weiß wirklich kaum, ob er's überhaupt gemerkt hat."

Jettchen hatte ihre Stickerei vorgenommen und fing an, sich darein zu vertiefen; Dorothea saß schweigend neben ihr und sah auf sie herab. Es war ein langsamer, sonderbarer, musternder Blick, der die Gestalt des Mädchens von den Fußspitzen bis zum krauslockigen Köpfchen hinauf gleichsam umwickelte, man hätte sagen können, umwürgte; denn die Augen, aus denen der Blick kam, blickten feindselig, und die feinen Flügel der stolzen Nase zitterten unmerklich, wie von mühsam verhaltener Leidenschaft. Jettchen, auf ihre Stickerei gebeugt, sah und gewahrte von

dem Allen nichts, auch war sie zu wenig empfindsam, um
zu ahnen, daß unmittelbar neben ihr ein menschliches
Wesen saß, in dessen Inneren ein lautloser Kampf wogte
und wüthete. Und doch war dem so; Dorothea kochte
vor stillem, heißem Aerger; die Erzählung der Kleinen
hatte sie unsäglich unangenehm berührt.

Das also war der Lohn für ihre Zurückhaltung! Sie
war den Weisungen des Malers gefolgt, war an der
Halle vorübergegangen, hatte ihre Neugier bekämpft und
kein Auge zu dem Bilde erhoben — sie, die doch Gebieterin über die Halle und eigentlich auch Gebieterin
über das Bild war — und diese kleine Person da, diese
Fremde, war ohne Weiteres hineingelaufen, hatte sich
mitten vor das Bild gepflanzt und Alles zu sehen bekommen, was ihr verborgen gehalten wurde! Zu ihr, zu
der geistig bedeutenden Dorothea hatte er nicht gesprochen
— denn als er von seinem Plane erzählte, sprach er ja
von ihr hinweg in die Luft — und zu diesem Mädchen
dort, zu diesem albernen Kinde hatte er geredet und ge-
plaudert, wie ein Kamerad zum Kameraden, der ihn versteht! Und mehr als das: er hatte sie vor sich hingestellt,
hatte sie darauf angesehen, ob er die „wunderschöne Frau"
nach ihr malen könnte, und hatte wohl gar angefangen,
sie nach ihr zu malen. Dorotheens Augen bohrten sich
auf die Kleine an ihrer Seite — das also genügte ihm
zum Vorbilde für seine Gothin? für das Weib des Tejas?
die Prophetin des sterbenden Volks? Diese Unbedeutend-
heit dort? dieses Nichts?

Wie sie ihn verachtete, diesen Maler, diesen erbärm-
lichen Menschen! Wie sie es haßte, dieses dummdreiste

Ding, dieses alberne, unbedeutende, fichernde Kind! Der
Unmuth, der sie erfüllte, loderte immer höher auf; jeder
Gedanke floß wie Oel hinein, die giftige Seelenqual war
in ihr: der Neid.

Wenn ihr Jemand gegenüber gestanden, ihr ins Ge=
sicht gesagt hätte: „Du bist eifersüchtig", wie sie sich auf=
gerichtet haben würde in ihrem weißen Stolz — sie eifer=
süchtig? Sie, die unnahbare Dorothea, die Jungfräuliche,
der der Gedanke an das andere Geschlecht ein Gräuel
war, eifersüchtig? Auf wen denn? Auf was denn? Auf
dieses Persönchen etwa gar? Lächerlich! Wie sie gelacht
haben würde — und wie er dennoch Recht gehabt haben
würde, der ihr das sagte, denn es war nichts Anderes,
was in ihr kochte und brodelte: gekränkte Eitelkeit, und
aus ihr hervorkriechend, wie ein giftiger Wurm, die böse
Seelenkrankheit, für die es keinen Arzt giebt, weil sie
keinem Arzte beichtet: der Neid.

Dorothea erhob sich von ihrem Sitze. „Ich muß
Dich allein lassen, Kind," sagte sie, „bis unsere Herren
zurückkommen, ich habe noch im Hause zu thun — bleibst
Du hier?"

Jettchen richtete das harmlose Stumpfnäschen von
der Stickerei auf. „Ich bleibe hier, Dorothea," sagte sie,
„es ist hier ja so gottvoll schön zu sitzen."

Sie hatte rasch nach Dortheens Hand gegriffen und
die kalten, weißen Finger geküßt, sie empfand sich wie ein
Schulkind mit nicht ganz reinem Gewissen gegenüber der
unfehlbaren Lehrerin.

Dorothea trat von der Terrasse in den Salon, aber

sie blieb nicht im Hause, denn es war nicht wahr, was
sie gesagt hatte, sie hatte im Hause nichts zu thun. Durch
das Haus ging sie hindurch und durch eine Thür, wo sie
von der Kleinen auf der Terrasse nicht gesehen werden
konnte, in den Park hinaus.

Ihr Kopf war ganz benommen, mit hastigen Schritten
wandelte sie die langen Baumreihen entlang, fast ohne zu
wissen, warum und wohin, und plötzlich war sie bei der
Halle. Ihre Brust wogte, indem sie mit erzwungener
Gleichgültigkeit an der Fensterwand vorüberging. Das
Mittelfenster stand wieder offen — als wenn eine Hand
sich auf ihr Haupt gelegt und ihr das Haupt nach der
Seite gedreht hätte, so fuhr ihr Blick zur Halle hinein —
ob er drinnen war? Ob er sah, daß sie vorüberging?
Ob er nach ihr ausschauen würde? Es war wie ein
Schleier vor ihren Augen — sie hatte nichts zu erkennen
vermocht. Aber sie mußte es feststellen, sie mußte! Das
dumpfe Gefühl in ihr trieb und quälte so stark, daß sie
auf den Hacken umkehrte und noch einmal, noch langsamer,
wieder an den Fenstern vorüberging. Diesmal blickte sie
ganz lange, ganz fest zu den Fenstern hinein — und sie
sah, daß die Halle leer war. Heinrich Verheißer war fort.

Ein Entschluß stand jählings in ihr auf; mit schnellem
Schritt war sie an der Thür der Halle und im nächsten
Augenblicke stand sie darin, unmittelbar vor dem Bild.

Ein einziges war es, was sie suchte und sah, der
weiße Fleck, von dem die Kleine gesprochen hatte, aus dem
die „wunderschöne Frau" werden sollte — da war er, da
hatte sie ihn — und wie ein Seufzer der Erleichterung
ging es aus ihrer Brust: der Fleck war noch unangerührt;

kein Gedanke an irgend eine Gestalt, kein Gedanke vor
allem an Jettchen.

Mit dem Rücken der Hand strich sie sich über die
Stirn und als die Hand niedersank, war sie feucht; sie
zog das Taschentuch und trocknete sich den Schweiß von
der Stirn — so hatte sie sich aufgeregt? Aber für den
Fieberkranken ist es gut, wenn er in Schweiß geräth —
die stechende nagende Qual hatte plötzlich aufgehört, die
Unruhe war geschwunden, sie war im Stande, das Bild
zu betrachten.

Die Komposition des Ganzen war in großen Umrissen
angedeutet, von dem Einzelnen erst weniges ausge=
führt. Die Vertheilung der Massen und Gruppen trat
aber schon jetzt so mächtig hervor, daß sie eine starke
Wirkung hervorbrachte.

In großen Linien hingeworfen, stieg der Vesuv im
Hintergrunde empor; vom Sturme gepeitscht ging die
Rauchwolke, die dem Krater entquoll, in dichtem Schwalle
zum Vordergrunde herab. Im Vordergrunde rechts sah
man den dunklen, tiefen Schlachthaufen der Gothen, denen
gegenüber· auf der linken Seite des Bildes in zersetzten
Gruppen die überflügelnde Masse der Byzantiner sichtbar
ward. In der Mitte aber zwischen Gothen und Byzantinern,
hochaufragend im Vordergrunde des Bildes, in der Aus=
führung beinah schon vollendet, stand der kämpfende
Tejas.

Man erkannte, daß dieses die Stelle war, wo die
schaffende Seele des Künstlers sich mit brünstigster Energie
festgesogen hatte, und der Erfolg entsprach dem Bemühen;

6*

es war eine gewaltige, wahrhaft majeſtätiſche Geſtalt, in
Wahrheit ein König und ein Held. Während die Linke
den mannshohen Schild in den Boden gepflanzt hielt,
drehte ſein Oberleib ſich nach rechts; die rechte Hand
ſtreckte ſich aus, um vom Speerträger einen neuen Speer
in Empfang zu nehmen, das Haupt aber war, wie in
wilder Begeiſterung, zu der Stelle herumgeworfen, wo
auf dem Hügel das Gothenweib gedacht war und wo
man für jetzt nichts als die geſtaltloſe Leere ſah. Nach
dieſer Stelle richteten ſich auch die Augen der gothiſchen
Krieger, die ſterbend am Boden lagen; der ganze Schlachthaufen der Gothen — mit wunderbarer Kraft hatte der
Künſtler dies anzudeuten gewußt — war beherrſcht vom
Anblick und dem Geſange des Weibes, das über ihnen
ſtand. Und grade, daß man von dem Weibe noch nichts
ſah, daß man die Gewalt, die von dort oben ausging,
vorläufig nur ahnte, das verlieh dem werdenden Bilde
einen geheimnißvollen, phantaſtiſchen Reiz. Man fühlte
gleichſam körperlich, wie die Umriſſe der Geſtalt in der
Phantaſie des Künſtlers wogten, wie ſeine Seele damit
rang, aus dem lebloſen Nichts den lebendigen Leib zu er-
wecken, und man ahnte, indem man das ſchon vorhandene
anſah, daß die Geſtalt, wenn einmal vollendet, über-
wältigend wirken würde. Alles dies empfand Dorothea,
als ſie vor dem Karton ſtand, wie mit einem Schlage.

Sie war durchaus nicht kunſtgebildet im ſtrengeren
Sinn, aber ſie fühlte inſtinktiv, daß ſie vor der Kund-
gebung einer gewaltigen, künſtleriſchen Kraft ſtand; der
geheimnißvolle Zauber, den das Genie um ſich verbreitet,
nahm ſie gefangen.

Tiefathmend stand sie an ihrem Platze, lange, lange
Zeit. In dem weiten, leeren Raume regte sich kein Laut,
behutsam, beinah mit einem Gefühle des Unrechts, blickte
sie um sich her. Da lag die Palette, da lagen die Pinsel,
ohne Ordnung hingeworfen, hingeschleudert, daß es aussah,
als hätte der Maler sein Werk im Stiche gelassen, als
wäre er hinausgestürzt, in Verzweiflung, weil er nicht
fand, was er suchte, nicht zu gestalten vermochte, was er
gestalten wollte, das Weib.

Ob es wirklich so war? Ein tief inneres, heißes
Gefühl, wie eine versteckte Wolluſt, regte sich in Dorotheen,
indem sie es dachte. Wie es den Mann, der in seinem
Werke so gebietend über ihr stand, ihr menschlich wieder
nah brachte, wenn sie ihn sich kämpfend, verzweifelnd, in
der Schwäche der Menschlichkeit vorstellen durfte! — Noch
hatte er Keine gefunden, die ihm zum Vorbilde genügte,
für seine schöne Gothin, noch nicht — die Flügel der
stolzen Nase erzitterten leise, diesmal aber nicht von ver-
haltenem Zorn; die kalten Augen wurden warm, aber
nicht Feindseligkeit blickte aus ihnen, sondern eine heiße,
stille Freude, beinah wie ein Triumph. Vorsichtig raffte
sie ihr Kleid auf, als fürchtete sie das Rauschen seiner
Falten, und leise, leise ging sie hinaus.

Von diesem Augenblick an war ihr zu Muthe, als
hätte das altbekannte väterliche Haus sich verwandelt,
als umschlösse es etwas Wunderbares — und das war
die Halle und in der Halle das Bild. Zum ersten Male
fühlte sie, ohne zu wissen, was sie fühlte, den berauschen-
den Duft der großen Kunst. Das hatte sie damals nicht
gedacht, als sie sich bei ihrem Vater das Bild bestellte!

So ungefähr, wie wenn man sich ein neues Möbelstück anschafft, so hatte ihr das Alles vorgeschwebt — und nun dieses ganz Neue, dieses ganz Ungeahnte, eine so merkwürdige Sache! Da hatte sie der blinde Zufall aber einmal glücklich geführt! In ihrem Innern war es, wie ein heimliches Lachen, wie ein lautloses Jauchzen. Und neben dem Allen noch etwas, etwas wie ein tief verborgenes Geheimniß, das nicht sprach, das nur mit leisem, leisem Finger an ihre innersten Organe anklopfte und sie erbeben ließ in einem nie empfundenen, nie geahnten Schauer; etwas wie eine Ahnung, daß zwischen ihrer Person und diesem Bilde noch ein anderer, tieferer, wärmerer Zusammenhang sein würde, als zwischen dem Besteller und dem bestellten Werk — welch ein Zusammenhang? Still — daran mußte man nicht rühren, daran durfte man nicht denken, das mußte man erwarten, schweigend und geduldig, wie man es schweigend erwartet, daß die Blume aus der Erde emporblüht.

So frostig sie am Vormittag gewesen, so heiter und liebenswürdig war Dorothea, als man Nachmittags zu Vieren bei Tische saß. Eine ungewohnte Wärme ging von ihr aus, und als man sich Abends zum Zubettegehen trennte, war sie gegen Jettchen, die am nächsten Morgen mit dem Etatsrath und ihrem Bräutigam zu den Eltern zurückkehren sollte, beinah zärtlich. Sie küßte sie aus freiem Antrieb; von dem Besuche in der Halle war mit keinem Worte Erwähnung gethan worden.

Als sie nun ihr stilles, von der Nachtluft durchkühltes Zimmer betrat, war ihr zu Muthe, wie

Jemandem, der nach der Seefahrt auf festes Land zurückkommt und immer noch das schwankende Schiff unter sich zu fühlen glaubt. Ein Rausch hatte sie umwirbelt — jetzt floß er langsam an ihr herab und sie tauchte wieder zum Bewußtsein empor. Wie staunend sah sie sich um; ja — das war ihr Zimmer, das Zimmer der kühlen, verständigen Dorothea; ihr war, als müßte sie sich darauf besinnen, als hätte sie in kurzen Stunden Jahre erlebt. Alles war ja wie sonst — dort auf dem Schreibtische die Lampe mit dem Fuße von getriebenem Kupfer, mit den Schweizerlandschaften auf der Glocke, und daneben, wie immer, das große Hausbuch, das nur darauf zu warten schien, daß sie es, wie immer, aufschlug. Warum sollte sie denn auch nicht? Und indem sie es dachte, saß sie auch schon vor dem Buche und klappte den schweren Deckel zurück. Aber es wollte nicht gehen; ihre Augen wollten auf den Ziffern nicht haften und schwammen mit den Gedanken träumend darüber hinweg. Sie lehnte sich im Armstuhle zurück; eine nie gekannte Seelenmüdigkeit, ein wonniges Gefühl der Auflösung kam über sie.

Das Fenster stand noch offen; sie erhob sich und lehnte sich über die Fensterbrüstung in die dunkle, warme Sommernacht hinaus. In Nähe und Ferne regte sich kein Laut, nur der Nachtwind zog durch die Wipfel der Bäume und trug den Duft der blühenden Linden zu ihr hinüber. Hatte sie nie bis heute empfunden, wie berauschend er war, dieser schwüle Duft? Nie bis heute vernommen, wie geheimnißvoll es klingt, das Zwiegespräch von Blättern und Wind in der Stille der Nacht? Es schien ihr wirklich so.

Es war, als wenn die Poren ihrer Haut bis heut ver=
schlossen gewesen wären, so daß sie heut zum ersten Male
den Athem der Natur in sich zu trinken vermochte, der in
der Sommernacht aus den Tiefen der Erde dampft und
den Geschöpfen zuflüstert „das Leben — das Leben“.

Endlich richtete sie sich auf, klappte das Hausbuch
wieder zu und begab sich in ihr Schlafgemach. Und
wenn ein neugieriges Auge jetzt hätte zuschauen dürfen,
so würde es gesehen haben, wie von dem schönen Antlitz,
das sich in den weißen, keuschen Pfühl bettete, alle Herbig=
keit und Strenge verschwand und wie ein Lächeln darauf
erschien, süß hinüberdämmernd in das geheimnißvolle Ge=
biet, wo Pflichten und Verantwortung aufhören, in das
Land der Träume und des Schlafes.

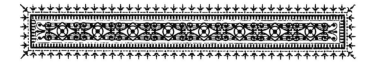

Fünftes Kapitel.

„Das ist recht," sagte der Etatsrath einige Tage
später, als er des Morgens die Terrasse betrat und die
Zeltleinwand bemerkte, die über dem Frühstückstische zum
Schutze gegen die Sonnenstrahlen aufgespannt worden war.
„Es wird heiß diesen Sommer, höllisch heiß." Er betrachtete schmunzelnd seinen Sohn Moritz, der von Kopf
bis zu Füßen in hellfarbigem leichtem Sommerflanell
steckte, so daß er einem wandelnden Zuckerhute nicht un-
ähnlich sah.

„Unserem Gothen," fuhr der Etatsrath fort, als er
nachher aus Dorotheens Händen den Thee in Empfang
nahm, „scheint es bei seiner Arbeit auch zu heiß geworden
zu sein, der Brenz erzählt mir, daß er schon seit ein paar
Tagen nicht mehr in die Halle gekommen ist."

Dorothea blickte fragend auf.

„Wirklich?" sagte sie, „der Brenz spielt wohl den
Aufpasser?"

„Natürlich," erwiderte lachend der Etatsrath. „Er

geht von dem Grundsatze aus: ohne Arbeit kein Lohn, darum lauert er dem Gothen auf Schritt und Tritt."

„Was macht er denn, wenn er nicht malt?" fragte Moritz Pfeiffenberg. „Sitzt er zu Hause?"

„Gott bewahre," sagte der Etatsrath. „Brenz behauptet, er liefe des Morgens, schon ganz früh, von Hause fort, aus dem Park und immer die Chaussee entlang, bis Blankenese und über Blankenese hinaus, so daß er um Mittag ganz staubig und schachmatt zurückkommt."

„Komisch," brummte Moritz Pfeiffenberg, „das scheint mir nicht gerade das geeignetste Mittel, um sich vor der Hitze zu schützen."

„Na, wer weiß," meinte der Etatsrath, „es soll ja bei den Künstlern passiren, daß sie manchmal nicht vom Fleck kommen, weil es an der sogenannten Begeisterung fehlt — für uns im Comptoir braucht's keine Begeisterung, aber Dorothea kann nun wieder einmal sagen, daß es mit der sogenannten Arbeit der Künstler so eine Sache ist, nichts so Rechtes, Ernstes. Nicht wahr?"

Dorothea aber sagte nichts. Sie war ganz befangen, und um ihre Befangenheit nicht merken zu lassen, klingelte sie rasch den Diener herbei, der den Frühstückstisch abnahm. —

Der Etatsrath hatte richtig vermuthet. Seit dem Tage, da Jettchen Brinkmann in der Halle gewesen und da er nachher, als sie gegangen war, den Pinsel fortgeschleudert hatte, voller Wuth über sich selbst, daß er einen Augenblick hatte denken können, ob er dies Figürchen vielleicht für seine Gothin brauchen könnte, war Heinrich Verheißer nicht mehr zu seinem Bilde zurückgekehrt.

Seit dem Tage trieb es ihn wie einen ruhelosen Geist umher. Sein Werk stockte; er kam nicht mehr weiter. Wie ein Schatten schwebte das Gothen-Weib vor seiner Phantasie, aber er wollte keinen Schatten malen, sondern eine Gestalt, eine Gestalt von Fleisch und Blut, aus der, wie aus einem feurigen Kerne, Licht, Wärme und Leben über das ganze Bild strömen sollte — und der Schatten wurde ihm nicht zur Gestalt. Darum lief er am Elbufer entlang, ob ihm der Anblick der großen Landschaft vielleicht eine Anregung, einen neuen Gedanken geben würde — aber die Landschaft gab ihm nichts. Ihre großen Linien lagen fest und wollten sich zu dem nicht zusammenthun, was er brauchte, zum Gliederspiel der menschlichen Gestalt.

Ob er nach Berlin fahren und sich ein Modell suchen sollte? Aber solch ein elendes, handwerksmäßiges Modell, und der schäumende Strom von Phantasie, den er in die Gestalt hineinzugießen gedachte — der Gedanke widerte ihn an. So, beinah in Verzweiflung, kam er zur heißen Mittagsstunde von seiner fruchtlosen Wanderung in den Park zurück.

Kein Lüftchen regte sich, lautlos brütete die Gluth und in den weiten hohen Baumhallen waltete ein feierliches Schweigen. Wäre er in ruhiger Gemüthsverfassung gewesen, so hätte ihn dieses Alles entzückt; jetzt genoß er nur mit körperlichem Behagen den kühlenden Schatten, unter dem er dahinschritt.

Er kannte den Park noch so gut wie gar nicht. Von seinem Werke erfüllt, war sein einziger Weg vom Gärtner-hause zur Halle und von der Halle zum Gärtnerhause zurück gewesen. Heut zum ersten Male vertiefte er sich

in die weit ausgedehnte grüne Wildniß und durchmaß den
Park von einem Ende zum andern. Als er bis zur Mitte
etwa vorgedrungen war, kam er an ein Rondel von
hohen breitästigen Linden, das durch ein Drahtgitter
vom übrigen Theile des Gartens abgesondert war.
Er ging rund herum; eine Thür war in dem Gitter,
aber die Thür war verschlossen. Man sollte also nicht
hinein. Er stand einen Augenblick und überlegte — zwischen
den Baumstämmen leuchtete es wie die weiße Wand eines
Gebäudes, beinah wie Marmor sah es von hier aus. Er
ging weiter, bis er an die Umfassungsmauer des Parks
gelangte, dann kehrte er langsam zurück und bald darauf
stand er wieder an dem Gitter, hinter dem er das weiße
Gebäude schimmern sah. Was mochte es nur sein? Das
Geheimniß reizte ihn. Das Gitter war Mannshoch, aber
für seine körperliche Gewandtheit war das kein Hinderniß.
Ein rascher Blick nach allen Seiten belehrte ihn, daß kein
menschliches Wesen zu erblicken war — mit zwei, drei
Griffen war er droben und über das Gitter hinweg.
Nun stand er im Innern der Einfriedigung und das Herz
klopfte ihm ein wenig, weil er fühlte, daß er so etwas
wie ein Unrecht beging — aber jetzt nur weiter, unter
die Bäume, schon um sich vor etwaigen Späheraugen zu
verbergen.

Es war, wie er vermuthet hatte: innerhalb des
Baum-Rondells erhob sich eine Wand von weißem Marmor,
von allen Seiten geschlossen, eine in sich selbst zurücklaufende
Ellipse von etwa fünfzehn Fuß Höhe. Langsam umschritt
er den geheimnißvollen Bau. An der einen Seite, der
gegenüber, von welcher er gekommen war, befand sich

eine kleine Eingangspforte, von einem Giebel überdacht, den zwei korinthische Säulen trugen. Die Thür war ohne Klinke; der Schlüssel abgezogen; Alles fest zu, wie die Gitterpforte es gewesen war. Indem er seinen Rund-gang fortsetzte, kam ihm plötzlich ein Erinnern — wo hatte er solchen seltsamen Bau schon einmal gesehen —? Hatte er davon geträumt? — Oder war es ein Bild ge-wesen? Und jetzt hatte er's — ja! Im Schinkel-Museum zu Berlin war ein Bild, eine Federzeichnung von Schinkels eigener Hand, duftend von Poesie, wie Alles, was dieser herrliche Geist erdacht und vollbracht hat, ein Wasser-becken inmitten eines Parks von einer marmornen Mauer umschirmt, über welche die Wipfel der Bäume in schweren Aesten niederhingen, bis in alle Einzelheiten das Vorbild zu dem, was hier in Wirklichkeit stand. „Entwurf zu einem Bade im Park" oder so ähnlich, war zur Erläuterung unter das Bild geschrieben — das also war's, ein Bad. Nun erklärte sich ja Alles: Dies schamhafte Sichverstecken im tiefsten Baumdickicht des Parks, hinter dreifacher Schutzwehr von Gitter, Bäumen und marmorner Wand, dies sich Sichhineinlagern mitten unter Büsche, Blumen und duftende Bäume. — Welch' eine Phantasie! Welch' eine Stätte! Keines Spähers dreistes Auge blickte über die Mauer zu dem hinein, der dort drinnen sich befand; nur der blaue Himmel war über ihm und die Schwalben flogen über seinem Haupte. Was sie sehen mochten, die Schwalben — ob er es versuchte? Es zuckte ihm in Händen und Gliedern — wenn er an einem der Bäume —? Aber er ließ den Arm sinken, der sich schon um den Baum-stamm geschlungen hatte — wie ein Einbrecher kam er

sich vor, wie ein Verletzer des Gastrechts. — Aber wer
sagte ihm denn, daß Jemand dort drinnen war? War
es nicht der Mühe werth, den reizenden Gedanken des
großen Baumeisters bis in alle Einzelheiten kennen zu
lernen? Und wenn wirklich Jemand dort drinnen war
— wenn er wirklich sah, was er nicht hätte sehen dürfen
— Zufall hatte ihn hergeführt und Zufall ist Schicksal.
Ein letzter Blick rings umher — Niemand war nah,
Niemand hörte, Niemand sah. Mit beiden Armen umfing
er den Stamm des Lindenbaums, an dem er stand, mit
Füßen und Knieen preßte er sich an, und lautlos, mit der
Geschmeidigkeit einer Wildkatze, schob er sich an dem
Baum empor. Jetzt hatte er den ersten, wagerecht hinaus-
ragenden Ast erreicht, mit beiden Händen schwang er sich
hinauf und in das Blättermeer hinein, das ihn vor
jeglichem Blicke verbarg. Einen Augenblick rastete er,
um die keuchende Brust zu Athem kommen zu lassen, dann
schwang er sich höher hinauf. Jetzt konnte er über den
Mauerrand hinwegsehen — er blickte — und wie eine
glühende Faust griff es ihm in alle Nerven, bis in die
Eingeweide hinab — dort drunten war Jemand — ein
Weib — und dieses Weib war Dorothea.

Ein Wasserbecken, elliptisch geformt wie die umgebende
Wand, füllte den inneren Raum; aus der Mitte des
Beckens stieg ein Wasserstrahl empor und fiel mit leichtem
Plätschern zurück. Rings herum lief ein Gang von breiten
weißen Marmorfliesen, und auf diesem Gange, die nackten
Fußsohlen mit wohligem Behagen auf die sonnenwarmen
Marmorplatten aufsetzend, wandelte Dorothea, die eben
dem Bade entstiegen war.

Heinrich Verheißer drückte Brust und Gesicht an den
Ast, hinter dem er stand; es war ihm, als müßte er an
sich halten, um den Schrei des Entzückens nicht laut
werden zu lassen, der sich ihm auf die Lippen drängen
wollte — welch ein Anblick! Welch ein Weib!

Dorothea hatte den Bademantel um sich gerafft, aber
nur lose und leicht, so daß er den Leib nur theilweise
verbarg, und aus dem leichten Gewebe blickte dieser Leib
halbnackt hervor, blendend in seiner Weiße, von einer
sanften Röthe überhaucht, wie die blühende Mandel.
Hals, Schultern und Arme und die jungfräulich gerundete
Brust — wie das Alles wiegend dahingetragen wurde
in der Bewegung der müßig schlendernden Füße, im festen
Gefüge der Lenden; wie das Alles dem Lichte der Sonne
sich darbot und ahnungslos ihm sich preisgab, der da
oben, hinter Blättern versteckt, mit lechzenden Augen stand
und jede Linie dieses enthüllten Schönheits-Geheimnisses
trank! Im Rundgange um das Bassin wandte sie ihm
jetzt den Rücken zu, und nun sah er, wie das prachtvolle
Haar, einem goldenen Mantel gleich, aufgelöst über den
Rücken hinabfloß, von dem der Bademantel halb hernieder-
gesunken war. Da war es, da ging es, da hatte er es
gefunden, wonach er gefahndet und gesucht, die Seele
seines Bildes, die Gothin, das herrliche Weib.

Vom gegenüberliegenden Theile des Wasserbeckens
schritt sie jetzt noch einmal herauf, ihm gerade entgegen,
auf ihn zu; er sah ihr Gesicht — war dies das Gesicht,
das ihm an jenem ersten Morgen so kalt, so hochmüthig,
so abweisend erschienen war? Diese Augen, die sich in
den blauen Himmel tauchten, in denen ein so tiefes,

weiches Träumen schwamm — waren das dieselben, die
ihn an jenem Morgen angeblickt hatten, so zurückgezogen
in ihrer sicheren Selbstgenügsamkeit, wie geschlossene
Fenster, zu denen nichts hineingeht und aus denen nichts
herauskommt?

Hatte er damals keine Augen und keine Sinne ge=
habt? Oder hatte sich das Weib seit jenem Tage ver=
ändert und verwandelt? Er fand keine Erklärung, es
war ihm, als erlebte er ein Märchen, als begäbe sich
ihm ein Wunder, bei hellem, lichtem Tage, bei klarem
Verstand.

Am gegenüberliegenden Ende des Bassins, wo ein
paar flache Stufen vom Rande in das Wasser hinunter=
führten, war eine kleine Badekammer angebaut, und dort
hinein begab sich Dorothea. So lange er vermochte,
folgte er ihr mit den Augen. Sie stand auf der Schwelle,
mit dem Rücken zu ihm hin; der Bademantel sank herab,
und wie ein Sonnenstrahl stand die ganze, hüllenlose Ge=
stalt einen Moment vor seinen Blicken — dann verschwand
sie im Innern und wurde nicht mehr sichtbar.

Heinrich Verheißer kam zu sich. Er merkte erst jetzt,
daß er noch immer an den Ast geklammert stand; er war
wie erstarrt gewesen, wie betäubt. Mit bebenden Gliedern
begann er den Abstieg; lautlos glitt er am Baume hin=
unter; mit zwei, drei Sprüngen ging es von den Bäumen
zum Gitter hinüber und über das Gitter hinweg, Alles
rasch, Alles heimlich, Alles geräuschlos, wie ein Mensch,
der einen Schatz gefunden hat und ihn auf dem Herzen
verbirgt, damit Niemand ihn sehen, Niemand danach
fragen soll, weil jeder fremde Blick eine Entweihung,

jede Frage ein Raub wäre. Mit wirbelnden Sinnen, mit taumelnden Schritten ging es durch die Laubgänge zurück, nach der Halle, zu seinem Bilde, zu seinem Leben. Und nun, als er die Halle erreicht, als er hineingetreten war und den Hut vom erhitzten Haupte geschleudert hatte, warf er beide Arme empor und die ganze Fülle des eben Erlebten, das ganze Glückseligkeitsgefühl über den Reich-thum, der ihm zu Theil geworden war, brach in einem Jubelschrei aus seiner Brust hervor, der donnernd in den weiten, leeren Mauern widerhallte.

Ein Bild war ihm geschenkt, ein Werk, das den un-bekannten Namen Heinrich Verheißer plötzlich zu einem bekannten machen würde; und indem er des Weibes ge-dachte, das so in des Wortes lebendigster Bedeutung leib-haftig in sein Leben und Schaffen hereingetreten war, regte sich ein heißeres Gefühl in ihm, als das des be-friedigten Ehrgeizes, ein Gefühl, das einen neuen Horizont des Lebens vor ihm aufthat, eine Ahnung, daß dieser Augenblick ihm mehr bescheeren würde als ein einzelnes Werk — mehr — weit mehr. —

Sechstes Kapitel.

„Er arbeitet wieder," berichtete der Etatsrath zwei Tage darauf, als er wie gewöhnlich mit den Seinigen auf der Terrasse saß und Alles auskramte, was Brenz ihm während des Ankleidens mitgetheilt hatte.

Dorothea, einsilbig wie immer, so oft jetzt das Gespräch auf den Maler und sein Werk kam, antwortete nicht.

Moritz Pfeiffenberg erhob die Nase aus der Zeitung. „Findet er denn, daß es kühler geworden ist? Ich für meine Person kann's nicht sagen."

„Mußt Brenz danach fragen," erwiderte der Etatsrath, „ich kann's Dir nicht verrathen. Die Spaziergänge nach Blankenese haben aufgehört; seit vorgestern kommt er alle Morgen wieder in seine Halle und arbeitet auf Mord und Tod; kaum daß er's Essen anrührt, sagt Brenz."

Moritz Pfeiffenberg verzog das Gesicht etwas spöttisch. „Na," sagte er, „also muß ihm wohl über Nacht die Begeisterung wiedergekommen sein."

„Scheint beinah so," meinte der Etatsrath, „Brenz sagt, er schiene höllisch fidel zu sein; man hörte ihn manchmal laut singen bei seiner Malerei, und wenn er des Morgens 'rüberkäme in die Halle, machte er ein Gesicht, wie ein Hühnerhund auf der Suche."

„Was für ein sonderbarer Vergleich," wandte Dorothea, etwas mißbilligend, ein.

Der Etatsrath lachte. „Na ja," sagte er, „der alte Brenz ist nun mal so und ich glaube, er hat Künstler überhaupt etwas auf dem Strich. Aber der Vergleich ist darum so dumm nicht. Hast Du mal 'nen Hühnerhund gesehen, wenn er einem Huhn auf der Spur ist und sich heranschleicht? Siehst Du, dann wird so ein Thier wie elektrisirt, oder man müßte wohl richtiger sagen, wie hyp- notisirt, das ist ja wohl jetzt der moderne Ausdruck. Das schiebt sich heran, das windet sich — vom Kopf bis zur Schwanzspitze, siehst Du, ist in so 'nem Thier blos ein Gefühl: das Huhn bekommen. Die ganze Welt um ihn her könnte zum Teufel gehen, wenn er nur sein Huhn be- kommt. Na — und so ist's eben mit dem Gothen: wenn er nur sein Bild fertig kriegt; alles Andere ist ihm egal; das Bild ist sein Huhn."

Moritz Pfeiffenberg lachte laut heraus; Dorothea lächelte stumm und schüttelte den Kopf.

„Sagt, was Ihr wollt," fuhr der Etatsrath fort, in- dem er die Kappe auf den Hinterkopf rückte, „diese Leute aus den unteren Klassen — heutzutage muß man ja wohl sagen, aus dem Volk — haben nun mal Blick, merkwürdig viel Blick."

Moritz Pfeiffenberg amüsirte sich noch immer über den Vergleich.

7*

„Das ist was für Brinkmanns," sagte er, „das muß ich ihnen gleich erzählen!"

Mit einer hastigen Bewegung richtete Dorothea das Haupt auf. „Nein, weißt Du, Kind," sagte sie scharf und energisch, „das laß unterwegs; erzähle Brinkmanns davon nichts."

Moritz Pfeiffenberg sah etwas verblüfft auf die Schwester. „Mein Gott," sagte er, „es ist ja nicht böse gemeint!"

„Brinkmanns würden es doch nur wieder falsch ver- stehen," gab sie ärgerlich zur Antwort, „ich denke, wir haben es neulich zur Genüge erlebt. Und ich sehe keinen Grund, warum sie sich fortwährend über unser Bild moquiren sollen."

Sie hatte nur halb gesagt, was sie meinte; sie hatte hinzufügen wollen „und über den Maler", aber sie hatte es verschluckt, und dies trieb ihr jetzt eine tiefe Röthe ins Gesicht. Moritz Pfeiffenberg aber sah in ihrem Erröthen nur Aerger und beeilte sich, seinen Verstoß wieder gut zu machen.

„Nein, nein, gewiß, Dorothea," sagte er begütigend, „wenn es Dir nicht lieb ist, werde ich zu ihnen nicht davon sprechen."

„In gewissem Sinn," fuhr er fort, „ist dieser Maler ja auch immerhin Gast bei uns, und es paßt sich eigentlich nicht, weiter zu erzählen, was ein Dienstbote über ihn sagt."

Der Etatsrath stand lachend auf. „Na ja," sagte er, „Brinkmanns sind ja vortreffliche Leute, aber von der

Kunst und Künstlern verstehen sie ungefähr so viel wie der alte Brenz oder auch ein Bischen weniger."

Er nahm Dorotheens heiße Wangen zwischen beide Hände und küßte sie auf die gefaltete Stirn.

„Nur nicht immer gleich so tragisch, Kultusministerchen," sagte er schmunzelnd.

Dorothea blieb in Gedanken zurück, nachdem die Männer gegangen waren. — Also er arbeitete wieder? Eine neue Begeisterung war ihm gekommen. Auf welche Weise? Durch was und durch wen? Immer öfter und weiter irrten ihre Gedanken von Haushalt und Wirth= schaft ab, immer enger kreisten sie um die Halle und das, was die Halle umschloß. Ob der weiße Fleck lebendig geworden sein mochte? Wie es sie dahin drängte, wie es sie dahin zog!

Aber sie wagte sich nicht wieder in die Halle hinein; der Rausch von neulich lag ihr wie eine dumpfe Erinnerung in den Gliedern; freiwillig muß man sich dem Rausche nicht ergeben; die Kohlen waren angeschürt, an deren Gluth die weiße Dorothea schmelzen sollte, aber noch war sie nicht geschmolzen, noch nicht. —

Einige Tage später, als sie am Nachmittage ihr Zimmer betrat, bemerkte sie unter den Posteingängen, die in gewohnter Ordnung auf ihrem Tische lagen, einen Brief, der den Poststempel „Blankenese" trug. Die Hand= schrift der Adresse war ihr völlig unbekannt — wer konnte denn aus Blankenese an sie schreiben? Sie nahm den Brief auf, betrachtete ihn von allen Seiten, legte ihn wieder nieder und durchmusterte erst die übrigen Sachen; dann kehrte sie zu ihm zurück.

Es war eine kräftige Schrift, mit schön geschwungenen Linien; keine Kaufmannshand. Sie fühlte beinah eine Scheu, ihn zu öffnen, endlich entschloß sie sich und schnitt das Couvert mit dem Papiermesser auf. Kaum daß sie hineingeblickt, zuckte sie zusammen; die Hände, die das Blatt hielten, sanken ihr in den Schooß; sie hatte nur die Anrede gelesen!

„Göttin! Gewaltige meiner Seele!"

Sollte sie, konnte sie weiterlesen? Wer war das? Von wem kam das? Eine Blutwelle wälzte sich ihr zum Herzen, so daß es in dumpfen Schlägen zu hämmern begann. Sie sprang vom Stuhle auf, in dem sie am Schreibtische saß und durchmaß das Zimmer, schwerathmend, den Brief in der Hand zerdrückend. Endlich hatte sie ihre Fassung wieder erlangt; sie setzte sich und ihre Augen wagten sich tastend von neuem in das Geschriebene hinein. Noch einmal las sie die unerhörte Anrede und dann die sonderbaren Verse, die der Anrede folgten:

> „Der höchste Reichthum, wundertief und still,
>   Beut seine Schätze unbewußt und blind —
> Der Mensch bemüht sich, wenn er schenken will,
>   Götter beschenken dadurch, daß sie sind."

Jede Unterschrift fehlte — nur diese leidenschaftliche, in geheimnißvollen, kaum verständlichen Tönen geflüsterte Huldigung! Wenn sie wollte, mochte sie sich den Kopf darüber zerbrechen, wer es war, von dem sie ausging — aber war es wirklich nöthig, daß sie sich den Kopf zerbrach? In Blankenese wohnte der Verfasser dieses Schreibens sicher nicht; aber man konnte ja wohl auch

von dem Gärtnerhause im Pfeiffenbergschen Parke nach
Blankenese gehen und dort einen Brief in den Kasten
stecken, damit er sicher und doch ohne Aufsehen zu erregen,
in die Hände Derjenigen kam, für die er bestimmt war.
Das war eigentlich ein Zeichen von Weltklugheit und
ritterlichem Sinn, der Mann kompromittirte die Frau nicht,
an die er solche Worte richtete; mitten in dem Sturme,
der sie durchwogte, fühlte sie das mit einer gewissen Be-
friedigung.

Nur seine Seele hatte er zu ihr hinein geschickt,
damit sie sich mit ihrer Seele unterhielte — wenn sie
wollte, konnte sie die Unterhaltung abbrechen; alles war
in ihre Hand gegeben, sie brauchte das Papier nur zu
zerreißen, zu vernichten, und alles war, als wäre nichts
gewesen. Sollte sie? Unwillkürlich griffen ihre Hände
zu. Ein Liebesbrief! Unerhört! Die weiße Dorothea
stand noch einmal voller Empörung in ihr auf. Ja ja,
er sollte, er mußte verschwinden, dieser Brief — nur
einmal noch wollte sie das Unglaubliche lesen, und weil
es ja zum letzten Male war, las sie es langsam, Silbe
für Silbe — und nachdem sie es durchgelesen, sank sie
an die Lehne ihres Sessels zurück, bedeckte beide Augen
mit den Händen — und der Brief war nicht zerrissen und
fiel zu Boden.

Sie raffte ihn auf, warf ihn auf den Schreibtisch,
dann beugte sie sich über den Schreibtisch und las noch
einmal und las wieder und noch einmal, und es war ihr,
als blickten aus dem Papiere Augen zu ihr auf, mit
hungrigem, verzehrendem Blick, mit dem Blick, der sie
damals geschreckt und gebannt hatte.

Es war ja etwas in den Worten, was sie nicht recht
verstand, etwas Geheimnißvolles, das auf einen Vorgang
hinzudeuten schien, von dem sie nichts wußte — aber dieses
Geheimnißvolle vermehrte nur die heiße Leidenschaftlichkeit
der Worte, und indem sie ihre schwüle Gluth in sich sog,
verlor sich allmählich die Empörung, die sie anfänglich
geschüttelt hatte; in ihrem eigenen Innern wurde es warm,
und das Beben des Schrecks verwandelte sich in den
breiten Wogenschlag des siegreichen Frauenstolzes, der einen
Mann, einen bedeutenden Mann anbetend zu seinen
Füßen sieht.

Indem sie den Brief zum letzten Male überlas, bemerkte
sie, daß sie doch etwas übersehen hatte: am untersten
Rande des Blattes stand noch etwas geschrieben, mit so
kleiner Schrift, daß man beinah der Lupe bedurft hätte,
um es zu entziffern. Sie hob das Blatt dicht an die Augen
und las: „Heute Nachmittag zwischen vier und fünf wird
Niemand in der Halle sein."

Das klang wie ein Wink, hinüberzukommen, und zugleich lag es wie eine Andeutung darin, daß Manches
von dem, was räthselhaft in dem Briefe erschienen war,
sich dort enträthseln würde.

Dorothea blickte auf die Uhr — mein Gott — schon
halb fünf! Unwillkürlich sprang sie auf — im nächsten
Augenblick hielt sie wieder inne. Dahin war es mit ihrer
Selbstherrlichkeit schon gekommen, daß sie seiner Aufforderung ohne Weiteres Folge leistete? Aber was sollten
jetzt engherzige Bedenken; dazu war jetzt nicht die Zeit;
das fühlte sie. Und er würde ja nicht dort sein, er gab

ihr das Feld frei — das gefiel ihr, das war wieder ritterlich empfunden. Sie würde allein sein mit sich, mit ihren Gedanken und mit Allem, was ihr dort begegnen mochte.

Immer noch hielt sie das Schreiben in der Hand. Sollte sie es hier liegen lassen? Unmöglich. Also — jetzt es zerreißen? Noch einmal ging es um Leben und Tod des Briefes. Dann, mit einem Ruck, war er in die Tasche ihres Kleides gesenkt. Indem das Papier knisternd verschwand, war es, als kicherte es leise, weil es wußte, daß es nun für immer unzerrissen bleiben würde, als frohlockte es heimlich, weil es wußte, daß Dorothea ein Geheimniß hatte, die stolze, die keusche, unfehlbare Dorothea ein Geheimniß, von dem Niemand wissen durfte, weil wenn es bekannt geworden wäre, es ihren weißen Leib mit Schamröthe überfluthet haben würde vom blonden Scheitel bis in die Fußspitzen.

Unwillkürlich, bevor sie in die Halle eintrat, ging sie an den Fenstern vorüber. Es wäre ihr schrecklich gewesen, mit ihm zusammenzutreffen; sie mußte sich überzeugen, ob er Wort gehalten hätte. — Die Halle war leer. Die Thür stand halb geöffnet, und nun, ohne Zaudern, ging sie dahin, wo das Bild ihr entgegen leuchtete.

Der weiße Fleck war lebendig geworden, hatte Gestalt angenommen — und welche Gestalt!

Dorotheens Augen thaten sich weit auf.

Auf dem Hügel stand die Gothin, ein königliches, herrliches Weib.

Wie ein goldener Mantel fluthete das aufgelöste

Haar von ihrem Haupte, bis tief in den Rücken hinab,
vom Sturmwinde, der es von hinten ergriff, in schweren
Wellen nach vorn getrieben und über die Schultern geworfen. Ein purpurnes Gewand bedeckte ihren Leib; an
der rechten Seite aber war es aufgerissen, offenbar von
der gierigen Faust des Byzantiners, der erschlagen zu
ihren Füßen lag, und aus dem zerrissenen Kleide drängte
sich die rechte Körperhälfte in blendender Nacktheit hervor,
Schulter, Arm und Brust, bis zu der Hüfte hinab. Der
linke Fuß stützte sich, vorgeschoben, auf einen Felsbrocken,
der den Rand des Hügels bildete; der Körper war
hintenüber gebeugt, und über dem Haupte schwangen die
Arme eine goldene Harfe, in deren Saiten die Finger der
Hände hineingriffen.

Man sah, daß sie sang; man sah es an dem halb
geöffneten Munde und an dem trunkenen Ausdruck der
Augen, die sich wie in Verzückung in den Himmel tauchten,
in den unermeßlichen blauen Himmel, als sähe sie dort
oben Walhall und Asa-Thor und die Asen, zu denen sie
nun eingehen würde mit dem Volke der Gothen und mit
Tejas, dem Geliebten.

Dorothea stand mit vorgebeugtem Haupte, wie
magnetisch gefesselt vor dem Bilde.

Was war es mit diesem blonden Weibe, von dem sie
die Augen nicht verwenden konnte? Was war es nur
damit? Eine schön gemalte Gestalt — aber das verstand
sich ihr beinahe schon von selbst — nein, es war noch
etwas Anderes, Unerklärliches, etwas Persönliches, als
ginge das Alles sie selbst an. Wie vor einem lebendigen

Menschen stand sie, den man zum ersten Male sieht und
der Einem doch bekannt erscheint, als hätte man ihn schon
gesehen — aber wann? aber wo? In dessen Zügen
und Gestalt man eine Aehnlichkeit gewahrt, über die man
sich nicht Rechenschaft zu geben vermag, weil man nicht
weiß, wem er ähnlich sieht. Und jetzt zuckte sie wie in
jähem Zusichselbstkommen auf — das Gesicht dieses Weibes,
dessen Züge freilich noch nicht mit voller Bestimmtheit
ausgeführt waren, hatte sie das nicht gesehen, so oft sie
in ihren Spiegel blickte? Diese Arme, diese Schultern
— ein Schauer ging über ihren Rücken, Frost und Hitze
zugleich, mit unwillkürlichem Griffe faßte sie in die Tasche
und zerdrückte den Brief in ihrer fieberheißen Hand. Wie
war das möglich? Wer hatte dem Manne verrathen und
gezeigt —?

Sie wollte sich umwenden und entfliehen, aber sie
blieb noch einmal stehen; auch des Tejas Gesicht hatte
sich verändert, seitdem sie es zum letzten Male gesehen.
Die finstere Falte über der Nase — die heißen Augen, die
sich mit hungrigem, verzehrendem Blicke auf das Weib
richteten — kannte sie das Alles nicht? Eine ganz neue
Lebendigkeit war dadurch in die Gestalt gekommen; man
fühlte mit einem Blicke, daß diese zwei Menschen, der Mann
und das Weib, zueinander gehört hatten und doppelt zueinander gehörten in dieser letzten, großen Stunde, die
den tragischen Abschluß bilden sollte für ein Leben voll
gegenseitigem Einanderangehören. Eine Menschen-Lebens-
geschichte, in knappen Zügen hingeworfen und dem Beschauer zum Bewußtsein gebracht bis ins Einzelne und

Letzte, weil sie aus der glühenden Phantasie eines Herzens
herausgeschrieben war, dem eine machtvolle Gestaltungs-
kraft zu Gebote stand.

Das also war's, was seine Seele bewegte? Das die
Begeisterung, die über ihn gekommen war und sein Herz
mit solcher Freudigkeit erfüllte, daß man ihn laut singen
hörte bei seiner Arbeit? Wie lautete doch die Anrede,
die er über seinen Brief gesetzt hatte? „Göttin! Gewaltige
meiner Seele!"

Ein dumpfes Brausen ertönte in Dorotheens Ohren;
sie fühlte, wie ihr das Blut zu Kopfe stieg. Mit wankenden
Schritten ging sie zur Bank, die unter dem Fenster stand;
dort sank sie nieder und drückte das Gesicht in beide auf-
gestützte Hände.

Es kam etwas, gegen das Wille und Verstand nicht
mehr halfen, weil es mächtiger war als beides; wie eine
heiße Fluth stieg es in ihr auf, in der Wille und Verstand
wie Eisblöcke zerschmolzen; etwas ganz Neues, Fremdes,
Ungeheures, das sie wie mit erdrückenden Armen umfing,
Vernichtung, Verzweiflung und Scham — und dennoch,
hinter Allem, über Allem ein Gefühl unbeschreiblicher,
unaussprechlicher Wonne.

Es dauerte lange, bis sie Gedanken und Sinne
einigermaßen wieder in ihrer Gewalt hatte. Endlich, die
Augen von dem Bilde abgewandt, erhob sie sich und
gewann den Ausgang. Indem sie auf die Schwelle der
Thür trat und die Augen unsicher umherschickte, weil ihr
zu Muthe war, als müßte man ihr die Zerstörung ihres
Wesens vom Gesichte ablesen, gewahrte sie in einem

Baumgange zur Rechten, halb hinter einem Baume versteckt, einen Mann.

Dieser Mann war Heinrich Verheißer.

Offenbar hatte er die ganze Zeit dort gestanden,
ihren Eintritt in die Halle beobachtet und gewartet, wann
sie wieder herauskommen würde.

Dorotheens Füße stockten — Heinrich Verheißer machte
keine Bewegung — einige Sekunden lang standen die
beiden Menschen und blickten sich lautlos starrend in die
Augen, dann beugte Dorothea das Haupt, so daß das
Kinn ihr beinah auf die Brust sank und entfernte sich
hastigen Schritts nach dem Hause zu.

Sie hatte in diesem Augenblick nur ein Gefühl: diesen
Menschen nie wiedersehen! Fort aus seiner Nähe! Und
da er ja hier blieb, überlegte sie, ob sie nicht entfliehen
und eine Reise unternehmen sollte?

Sie erreichte ihr Zimmer, warf sich auf die Chaiselongue
und wühlte das Gesicht in die Kissen, tief, als wollte sie
sich verstecken vor der Welt, vor sich selbst, und vor dem
Blick, der ihr nachging überall und immerdar!

Die Uhr im Nebenzimmer, die mit hartem, klingendem
Schlage die sechste Stunde ankündigte, rief sie zur Welt
zurück; Vater und Bruder mußten gleich kommen. Sie
richtete den hingestreckten Leib auf und saß auf dem Rande
des Ruhebetts.

In ihren Gliedern lag es wie Blei; sie hatte ein
Gefühl von schwerer Krankheit.

Und diesen zermalmten Leib, diese gequälte Seele
wollte sie auf Reisen tragen? Thorheit! Jetzt wollte sie

von hier fort gehen, jetzt, da in ihr nur ein Bedürfniß brannte, zu erfahren, das Geheimniß zu lüften, das sie erstickte, das Dunkel zu durchdringen, das über ihrem Denken und Fühlen lag — jetzt? Das war Wahnsinn! Jetzt fremde Länder und gleichgültige Menschen sehen? Ihr schauderte bei dem Gedanken. Von der ersten Station wäre sie ja umgekehrt, denn es gab ja nur einen Ort in der Welt, wo sie erfahren konnte, was eigentlich mit ihr geschah, und der Ort war hier. Einen einzigen Menschen, der ihr Auskunft geben konnte über sie selbst, der ihr sagen und erklären konnte, was das war, was sie so zermarterte und vernichtete und daneben wieder liebkosend emportrug, und dieser eine Mensch war hier, das war er.

Und nun wußte sie, was zu geschehen hatte: sie mußte mit ihm sprechen.

Es ging nicht mehr an, dieses vor ihm fliehen, dieses sich verirren in dunklen Schauern, in unbegreiflichen Gefühlen — das war es ja, was sie zerstörte, weil es gegen ihre Natur ging. Mit ihm zusammenkommen mußte sie, Auge in Auge, Mensch zum Menschen — mochte daraus entstehen was da wollte, es giebt ja manche Dämonen, die ihre Macht verlieren, wenn man ihnen nahe kommt — also wollte sie ihm nahe kommen. Ja — das war der richtige, der einzige Weg, das fühlte sie, indem sie auf die Füße aufstand, indem plötzlich die Schwere aus ihren Gliedern wich und eine Ruhe ihr zurückkehrte, die es ihr möglich machte, mit einem Gesichte, als wäre nichts vorgefallen, dem Vater und dem Bruder entgegenzugehen, die soeben in den Hof gefahren kamen.

Das Schicksal kam ihr zu Hülfe. Der Etatsrath erzählte bei der Mahlzeit, daß am nächsten Sonntage Brinkmanns und mehrere Verwandte der Familie Brink-mann zu Tische kommen würden. Es giebt Menschen und Familien, die unermeßlich viel Onkel, Tanten, Vettern und Kousinen haben, und es scheint das nach einem noch nicht genügend aufgeklärten Naturgesetze zu geschehen — die Brinkmanns gehörten zu dieser Art von Familien.

„Weißt Du, Papa," sagte Dorothea, nachdem sie die Botschaft vernommen hatte, „dann könnten wir eigentlich Herrn Verheißer einmal zu Tische dazu bitten."

Sie hatte ganz ruhig gesprochen, trotzdem blickten Vater und Sohn Pfeiffenberg überrascht auf.

Dorothea bewahrte ihren Gleichmuth. Dem Entschlusse zum Trotz, zu dem sie sich aufgerafft hatte, fürchtete sie sich vor der Begegnung; die Anwesenheit gerade dieser Menschen empfand sie wie einen schützenden Wall zwischen sich und ihm.

„Sieh mal an — mit einem Mal?" sagte der Etats-rath, indem er über den Tisch zu seiner Tochter hinüber schmunzelte.

Dorothea schien den Blick nicht zu bemerken; sie wurde auch nicht roth, eher etwas bleicher als gewöhnlich.

„Er ist nun schon so lange hier," erwiderte sie, indem sie an dem Vater vorbeisah, „ich glaube, der Karton ist nächstens fertig; es geht doch nicht an, daß man einen Künstler immer so laufen läßt, ohne sich ein Bischen um ihn zu bekümmern."

Ihre Stimme klang vornehm lässig wie gewöhnlich; wer sie hörte, mußte glauben, daß sie vom gleichgültigsten Menschen spräche; ein Einziger war da, der heimlich zu

ihren Worten kicherte, das war der Brief, der in der Tasche
ihres Gewandes leise knisterte — aber Niemand hörte ihn.

„Ich habe ja gewiß nichts dagegen," meinte gutlaunig
der Etatsrath, „ich dachte nur — weil grade Brinkmanns
— und deren Verwandte —"

„Grade Brinkmanns wird es recht gesund sein," antwortete sie mit kurzer Bestimmtheit, „wenn sie einmal sehen,
daß ein Künstler kein Dienstbote ist und daß man sich als
Mensch mit guten Manieren benehmen kann, auch wenn
man kein Hamburg-Altonaer ist und statt der Comptoir-
feder Pinsel und Palette führt."

Der Etatsrath schüttelte lachend den Kopf.

„Na sag mal, Ministerchen," sagte er, „Du bist ja auf
einmal Feuer und Flamme für den Gothen? Aber mir
soll's recht sein, die Geschichte kann ja, wenn's Glück gut
ist, ganz amüsant werden. Also schreib' ihm nur ein Paar
Zeilen und lade ihn ein."

An ihn schreiben — daran hatte sie noch nicht gedacht.
Das war schlimm, und doch mußte es sein. Die Hausfrau
lädt ein; sie konnte es nicht ablehnen, wenn sie sich nicht
verdächtig machen wollte.

Sie hielt Moritz das Glas hin und ließ sich von ihm
Wein einschenken, sie fühlte, wie ihr das Blut aus Lippen
und Gesicht wich und mußte sich Muth trinken.

„Das soll geschehen," sagte sie, indem sie das Glas
niedersetzte, „Moritz kann unterdessen Brinkmanns auf den
,schrecklichen Menschen' vorbereiten."

Sie lächelte, sie hatte sich wieder in der Gewalt.

Als sie aber am nächsten Morgen am Schreibtische
saß, um die Einladung aufzusetzen, stockte ihr die Hand.

Zum ersten Male sollte sie ihn anreden. Wohl eine halbe Stunde zerbrach sie sich den Kopf darüber, in welcher Form sie zu ihm sprechen sollte, und als sie endlich das „Sehr geehrter Herr" auf den Kopf des Briefbogens gesetzt hatte, erschien es ihr wie Spott und Heuchelei. „Göttin! Gewaltige meiner Seele", so hatte er gesprochen und „Sehr geehrter Herr" antwortete sie. Aber schließlich — es war ja gut so; die gesellschaftliche Form ist der Eisumschlag, den man der Leidenschaft auf das erhitzte Haupt legt; sie empfand es heut.

„Sehr geehrter Herr", also schrieb sie, „wir erwarten am nächsten Sonntag die Schwiegereltern und die Braut meines Bruders nebst einigen Freunden zum Mittagessen um vier Uhr. Sie würden uns erfreuen, wenn Sie unser Gast dabei sein wollten. Bitte, geben Sie dem Ueber-bringer mündlichen Bescheid.

Hochachtungsvoll
Dorothea Pfeiffenberg."

Es war vollbracht — die Feder sank aus ihrer Hand, als hätte diese Hand sechs Bogen statt sechs Zeilen geschrieben. Jetzt blieb noch das Convert und die Adresse; und als sie nun wieder die Feder ansetzte, um seinen Namen zu schreiben, erfaßte sie geradezu eine Angst. Endlich war auch das zu Stande gebracht; „An Herrn Heinrich Verheißer" stand darauf, und die Schrift auf dem Convert wie in dem Briefe hätte nicht ahnen lassen, was in der Schreibenden vorgegangen war. Sicher, klar und fest standen die Buchstaben da, in den

schönen Linien, welche die schlanke weiße Hand auf das
Papier zu setzen gewohnt war. Nur in einem wich sie
von der sonstigen Gewohnheit ab: während sie sonst ihre
Briefe peinlich genau noch einmal durchzulesen pflegte,
schob sie diesen Brief, ohne noch einmal hineinzusehen,
rasch in den Umschlag und klingelte nach dem Diener.

„Tragen Sie das zu dem Herrn Maler hinüber,“
gebot sie dem alten Brenz, dem sie den Brief einhändigte;
„und es ist Antwort — bringen Sie mir Bescheid.“

Während der Alte unterwegs war, trat sie an das
geöffnete Fenster und berechnete im Geiste den Augenblick,
da der Maler das Schreiben erhalten würde. Vermuthlich
war er in der Halle — der Weg war nicht weit — jetzt
mußte er ihn haben. Wie er ihn empfangen — was er
sagen — ob er kommen würde? Sie versuchte, sich wegen
ihrer thörichten Aufregung zu schelten, trotzdem vermochte
sie das Pochen ihres Herzens nicht zu bemeistern. Wie
lange das dauerte, bis der Alte zurückkam — wie
unbegreiflich lange. Endlich hörte sie sein vorsichtiges
Räuspern vor der Thür, und in einem Nu war sie vom
Fenster fort, an den Schreibtisch zurück, wo sie in das
Hausbuch versenkt schien, als Brenz wieder eintrat. Sie
gewann es sogar über sich, ihn ein Weilchen warten zu
lassen, bis daß sie sich mit einem gleichgültigen „nun“?
zu ihm umwandte.

Der alte Brenz machte seine. haushofmeisterliche
Verbeugung.

„Der Herr Maler lassen sich empfehlen und sie
würden am Sonntag zum Diner erscheinen.“

Er würde kommen. Sie wußte, was sie zu wissen brauchte, und doch hätte sie noch so vieles wissen mögen. Wie er den Brief aufgenommen, was er für Augen gemacht, als er ihren Namen gelesen, tausend und tausenderlei — aber den Diener befragen? Welch ein Gedanke! Trotzdem blieb sie, halb gegen Brenz gewendet, unschlüssig im Stuhle sitzen. Der Alte kam ihr unbewußt zu Hülfe. Er glaubte, die Gespanntheit in ihren Zügen dahin deuten zu sollen, daß sie sich über die Formlosigkeit ärgerte, mit welcher der Maler ihre Einladung angenommen hatte. Menschen, die da wissen, was sich schickt, sagen doch in solchem Falle „ich werde die Ehre haben".

„Ich bitte um Entschuldigung," sagte er, mit einer Verbeugung, „es waren die eigenen Worte des Herrn Malers: er würde erscheinen."

Dorothea nickte in Gedanken.

„Also — es — war ihm angenehm?"

Brenz zeigte ein süßlich herablassendes Lächeln.

„O mein Gott," sagte er, „es schien dem Herrn Maler ja wohl sehr angenehm zu sein. Er riß das Couvert außerordentlich schnell auf und dann rief er sogleich ganz laut: ‚Ja, ich werde kommen! Jawohl!‘ Erst als ich mich schon zurückziehen wollte, rief der Herr mir noch nach, ‚ich lasse mich empfehlen.‘"

Der Alte schwieg und stand in Erwartung da, was Dorothea zu all' dem sagen würde. Dorothea aber sagte nichts und winkte ihm schweigend, daß er gehen könnte. Er machte eine dritte, noch tiefere Verbeugung und zog

sich, wie der beleidigte Geist des Hauses Pfeiffenberg
zurück.

Er hatte berichtet, was er gesehen und gehört; die
Hauptsache aber hatte er nicht berichten können, denn die
hatte sich erst zugetragen, nachdem er zur Halle hinaus
gewesen war, daß nämlich Heinrich Verheißer, sobald die
Thür hinter dem Diener klappte, sich wie ein Rasender über
den Brief gestürzt, ihn an die Lippen und das Gesicht
gedrückt hatte, als wollte er die Atmosphäre des Weibes,
von dem er kam, mit allen Sinnen in sich trinken, und
daß er ihn endlich, nicht in die Tasche, nein, sondern in
die Brustöffnung seines Hemdes geschoben hatte, so daß
er nun auf seiner Haut das Papier fühlte, auf dem ihre
Hände geruht hatten.

Siebentes Kapitel.

Jn der Küche, bei der Dienerschaft, beim Gärtner und seinen Gehülfen, gab es heut ein Geflüster und Gewisper, „tausend noch einmal — die Herrschaft macht ja ordentlich Staat mit den Brinkmanns und ihren Angehörigen?" Denn mit solchem Eifer hatte die gestrenge Hausgebieterin noch niemals die Zurichtungen zu einer Mahlzeit überwacht, wie an diesem Tage. Heut sollte nicht das Meißener Porzellan allein, sondern auch das aus der Königlichen Porzellan-Manufaktur in Berlin erscheinen, so daß die Gäste, bei den Gängen wechselnd, bald von diesem bald von jenem speisen würden.

Heut thaten sich all' die alten holzgeschnitzten Schränke und Truhen auf und es stieg daraus das köstliche, alte Tafel-Leinenzeug und das uralte, prachtvolle Silbergeräth, der Stolz des Hauses Pfeiffenberg, hervor, das Brenz mit seinen dienenden Gehülfen schon Tage vorher zum Gebrauche hatte putzen und herrichten müssen.

Dorothea war selbst in den Garten gegangen und hatte ihn geradezu geplündert. Die edlen Nelken vom

Lago Maggiore, die in unerschöpflicher Triebkraft immer
neue Blüthen zeitigten, mußten ihr Leben hergeben, um
die Tafel zu schmücken; dazu kamen ganze Berge von
Rosen, die in der großen Schale, inmitten des Tisches,
aufgehäuft wurden. Nun blieb noch eins, und beinah
das Schwerste: die Vertheilung der Plätze.

Wo sollte er sitzen? Neben ihr? Unmöglich! Es
war ihr, als hätte sie ein böses Gewissen; und sie fühlte,
daß sie dann wie gelähmt bei Tische sitzen würde. Also
ein paar Plätze davon — aber auch nicht gar zu weit —
sie mußte ihn ja doch studiren, erforschen, ergründen.

Endlich war auch das erledigt; der Vormittag war
darüber hingegangen; jetzt hieß es, an die Toilette denken.

Zum ersten Male in ihrem Leben war dies heut eine
ernste Frage für Dorothea.

Bisher hatte sie kein Gewicht darauf gelegt, wie sie
gekleidet war. Ein allgemeines Geschmacksgefühl hatte
sie geleitet und meistens auch das Richtige treffen lassen
— danach, ob sie gefiel, hatte sie eigentlich nie gefragt.
Auf den Vater und den Bruder brauchte sie durch ihre
äußere Erscheinung ja nicht zu wirken — wem also hätte
sie gefallen sollen? Es war wirklich nicht der Mühe
werth, sich zu schmücken. Heut war das anders. Heut
wußte sie, daß zwei Augen nach ihr ausschauen, jede
Einzelheit ihres körperlichen Bildes prüfen und wägen
würden — und es waren die Augen eines Kenners der
Schönheit, eines Meisters.

Indem sie jetzt in ihrem Schlafzimmer, bei herab-
gelassenen Vorhängen, an das Umkleiden ging und an
dem hohen Spiegel vorüberschritt, der ihr das Bild ihrer

halb entkleideten Gestalt wiedergab, kam es ihr zum Be=
wußtsein, daß dieses duftige, verschlossene Gemach etwas
enthielt, wonach die Hälfte der Welt verlangend die
Hände ausstrecken würde, einen Gegenstand von un=
bemeßbarem Werthe, für dessen Besitz so mancher Mann
alle übrigen Schätze des Hauses Pfeiffenberg freudig
darangegeben haben würde. Das waren ihre Glieder,
das war sie selbst, und darum galt es heut, diesen Leib
seiner selbst würdig zu behandeln, ihn den Menschen vor=
zuführen in dem Schmucke, der ihm gebührte.

Als sie vor dem Spiegel stand und sich das Haar
durchkämmte, kam ihr der Gedanke, ob sie es nach Art
der Gothin auflösen und herabwallen lassen sollte — aber
das hätte ja geheißen, sich dem Wahnsinn mit offenen
Augen in die Arme liefern. Unhörbar aber zitterten ihre
Lippen und flüsterten seine Worte nach: „Göttin! Ge=
waltige meiner Seele!" Eine Wolke von Sinnlichkeit und
Eitelkeit war um sie her und füllte den Raum wie ein
schwerer, narkotischer Duft.

Eine halbe Stunde, bevor man die Gäste erwarten
durfte, trat Dorothea aus ihren Gemächern hervor, von
Kopf bis zu Füßen in schneeweiße, italienische Seide ge=
hüllt. Das Kleid war tief in den Nacken hinab aus=
geschnitten; die Arme waren bis zu den Ellbogen von
Aermeln umschlossen, die aber aufgeschlitzt und mit goldenen
Schnüren verneftelt waren, so daß die Haut hindurch=
schimmerte; die Unterarme waren nackt.

Eine Reihe von Perlen, ein Erbstück von der Mutter
her und eine Sehenswürdigkeit an sich, umschloß den
vollen, schlanken Hals; ein kleiner Strauß von purpur=

rothen Rosen wiegte sich in den Falten des Kleides über der Brust.

Wie ein wandelndes Schneegebirge, über dem die Sonne aufgeht, so sah sie aus, als sie in den Empfangs-salon trat, wo der Etatsrath und Moritz Pfeiffenberg sie mit lauter, ungeheuchelter Bewunderung begrüßten.

Einige Zeit darauf rollten die beiden schweren Kutschen vor das Haus, welche die Gäste brachten.

Der erste Wagen war ganz mit Damen gefüllt. Neben Frau Brinkmann saß deren Cousine, Frau Spring-muth, und Beiden gegenüber, auf dem Rücksitz, Jettchen und die Tochter der Frau Springmuth, Ottilie. Der zweite Wagen brachte Vater Brinkmann nebst Herrn Springmuth und außerdem zwei jüngere, ledige Herren, beides entfernte Verwandte des Hauses Brinkmann und geschäftlich mit ihm verbunden. Alles stand sich auf Du und Du; Alles war äußerst gesprächig und fidel gewesen während der Herfahrt; die Damen rauschten ausnahmslos in straffer Seide; die Herren waren in Lackschuhen, Frack und weißer Kravatte, Sommerpaletots über den Armen.

Die Begrüßung mit den Wirthen ging in üblichen korrekten Formen vor sich; die Familie Springmuth war den Pfeiffenbergs von früher bekannt; die beiden jüngeren Herren mußten noch vorgestellt werden. Vater Brinkmann besorgte das:

„Liebe Dorothea, wollen Sie erlauben — Herr Fritz Barkhof, Herr Anton Wohlbrink, meine Associé's."

Die Associé's verneigten sich und küßten die Hand, die Dorothea ihnen zustreckte; als sie das Haupt aufrichteten, blieben Herrn Fritz Barkhofs Augen unwillkürlich an

Dorotheen hangen. Er hatte manchmal von Dorothea Pfeiffenberg sprechen gehört — etwas derartiges hatte er nicht erwartet. Das war ja „first rate" und mehr als das!

Während man in plaudernden Gruppen umherstand, wurde die Salonthür von außen geöffnet und es erschien als letzter Gast ein Mann, der zunächst dadurch auffiel, daß er nicht im Frack und weißer Kravatte war. Es war der Maler Heinrich Verheißer. Als er den Unterschied zwischen seiner Bekleidung und der der übrigen Geladenen gewahrte, ging ein verlegenes Erröthen über sein Gesicht; im übrigen aber machte er keine üble Figur; der Ueber= rock saß knapp und gut auf seiner schlanken Gestalt und er bewegte sich mit weltläufiger Gewandtheit.

Im Augenblick, als er eintrat, kniff Jettchen, die neben Moritz, ihrem Bräutigam, stand, diesen mit allen fünf Fingern der rechten Hand in den Arm; mit aller Gewalt mußte sie sich das Lachen verbeißen.

„Da war er ja!" Ihre fragenden Augen flatterten zu Dorotheen hinüber — Dorothea aber sah nichts von ihr. Mit herabhängenden Armen stand sie mitten im Salon, den Gruß des Malers, der sich erst vor dem Etatsrath verneigt hatte und jetzt ihr seine Verbeugung machte, mit einer langsamen, schweren Neigung des Nackens erwidernd. Wohin sie in dem Augenblick sah — ob sie überhaupt Jemanden ansah — man hätte es kaum sagen können — ihre Augen waren für einen Moment ganz glanzlos ge= worden, beinahe wie erloschen.

Durch den Eintritt Heinrich Verheißers war eine Pause in der allgemeinen Unterhaltung entstanden; alles blickte mit einiger Verwunderung auf den inkorrekten

Fremdling. Des Etatsraths joviale Stimme durchbrach die
kurze Stille.

„Erlauben die Herrschaften, daß ich Ihnen vorstelle:
Herr Maler Verheißer."

Ein Schmunzeln ging über Herrn Brinkmanns Züge —
„na ja — das erklärte ja Alles."

Frau Brinkmann hatte die Cousine Springmuth hastig
beiseite genommen und ihr mit erschrecktem Gesichtsausdruck
etwas zugeflüstert, wahrscheinlich von den dreihundert
abgeschnittenen Köpfen.

Vater Brinkmann streckte dem Maler die biedere
Rechte hin. „Freut mich, Ihre Bekanntschaft zu machen,"
sagte er mit halbem Lachen, „habe schon viel gehört —
soll ja sehr interessant sein."

Der Maler sah ihn an und wußte nicht recht, was
er auf diese Komplimente erwidern sollte — glücklicher
Weise thaten sich in dem Augenblick beide Flügel der Thür
von außen auf, zum Zeichen, daß angerichtet war.

Die drei Pfeiffenbergs vertheilten sich, indem man
zur Tafel schritt, wie üblich, auf die drei Brinkmanns,
die beiden Associé's bemächtigten sich der beiden Damen
Springmuth — Heinrich Verheißer folgte, ohne Dame,
hinterdrein.

Dorothea saß zwischen Vater Brinkmann und Herrn
Fritz Barkhof; Heinrich Verheißer hatte seinen Platz an
der anderen Seite der Tafel, ihr schräg gegenüber. Indem
man sich setzte, glitten ihre Augen über ihn hin; sie gewahrte, wie er mit staunenden, beinah bewundernden
Blicken um sich schaute. Die Wände des Zimmers waren
von unten bis oben mit dunkler Holztäfelung bekleidet;

in halber Höhe lief ein Gesims herum, auf dem alter,
gediegener Hausrath von Krügen, Tellern und Gefäßen
aller Art stand; über dem Gesims hingen gute, alte
Familienporträts. Durch das Laub vor den Fenstern
blickte die Sonne herein; ihre Lichter spielten auf dem
braunen Holz der Wände; für ein Malerauge ein reiz-
voller Anblick. Dazu kam die wahrhaft prachtvolle und
in aller Pracht doch geschmackvolle Ausstattung der Tafel
selbst; das massive Silberzeug von edler Form, das starke,
feine, alte Linnen, das alte Porzellan, die Karaffen von
funkelndem Kryſtall und durch den ganzen Raum verbreitet ein zarter, süßer Blumenduft.

Ohne auf die Menschen Acht zu geben, zwischen
denen er saß, blickte Heinrich Derheißer immer noch mit
staunenden Augen um sich. Man sah ihm an, wie die
schwere Pracht, die ihn umgab, alle seine Sinne gefangen
nahm, und er war zu naiv, um den Eindruck, den ihm
das hervorbrachte, hinter einer gleichgültigen Miene zu
verstecken.

Dorothea, von Vater Brinkmann in behaglicher,
von Herrn Fritz Barkhof in energischer Weise ins Gespräch verwickelt, bemerkte das Alles wohl und eine stolze
Eitelkeit schwoll ihr zum Herzen. „Siehſt Du, daß in
unserem Hause Dinge sind, die auch einem Künſtler imponiren können?"

O ja, solche Dinge waren da, und der Gegenstand,
der ihm am meiſten imponirte, saß ihm schräg gegenüber.

Dorothea hatte den Blick wohl gesehen, der zu ihr
hinübergehuscht war und sich dann sogleich auf den Teller
gesenkt hatte, der vor ihm ſtand; wie eine taumelnde

Flamme war der Blick aufgeflackert, und als sie sich jetzt
herumdrehte, um Herrn Fritz Barkhofs beflissenen Worten
zu lauschen, mußte sie heimlich lächeln, weil sie zwischen
seinen Worten hindurch immerfort ein Geflüster zu ver-
nehmen glaubte, das über den Tisch zu ihr herüberklang:
„Göttin! Gewaltige meiner Seele."

Das Tischgespräch, anfänglich nur gemessen und halblaut, als wenn es von der Feierlichkeit der Umgebung
zurückgehalten würde, schwoll mit jedem neuen Gange zu
stärkerer Lebendigkeit an, die edlen Weine aus dem
Pfeiffenberg'schen Keller entzündeten die Gemüther zu
Flammen — schade nur, daß diese Flammen nicht gerade
zur Erleuchtung der Welt dienten. Man war ja „unter
sich" und also drehte sich Alles um die Familie und das
Geschäft, eine Unterhaltungsart, die einen nichtbetheiligten
Fremden zur Verzweiflung treiben mußte.

So ungefähr erging es Heinrich Verheißer, der inmitten der schwatzenden, lachenden, einander zutrinkenden
Leute schweigsam wie der steinerne Gast dasaß. Er wußte
nicht, was er mit ihnen sprechen sollte, sie wußten nicht,
was sie mit dem fremden Menschen anfangen sollten. Nur
einmal hatte Frau Brinkmann, neben der er saß, den Versuch gemacht, ihn anzureden; der Versuch aber schien miß-
glückt zu sein. Dorothea hatte gesehen, wie sie eine Frage
an ihn richtete und wie er, ohne zu antworten, gelacht
hatte. Natürlich zog Frau Brinkmann sich zurück und
unterließ weitere Annäherungsversuche.

So reihte sich Stunde an Stunde; die Falte auf
Heinrich Verheißers Stirn, die beim Beginn der Mahlzeit
fast ausgeglättet gewesen, vertiefte sich allmählich wieder;

er empfand, da er sich nicht unterhielt, die Länge der
Zeit, wie man die Länge der Nacht empfindet, wenn man
nicht schlafen kann. Auch zu Dorothea, die sich ja mit
ihren Nachbarn, insbesondere mit Herrn Fritz Barkhof
sehr gut zu unterhalten schien, blickte er nicht mehr hin;
seine Augen starrten, in finsteren Träumen, vor sich
nieder.

So kam es, daß er auch nicht wahrnahm, wie
Dorotheens Blicke zu ihm herüberkamen und manchmal,
nachdem sie wie suchend an seinem finsteren Profile herum-
getastet hatten, lange an ihm haften blieben. Wie merkwürdig war der Unterschied zwischen ihm und diesen
anderen Menschen! Wie so ganz anders sah er aus!
Ob dieser Mensch überhaupt vergnügt sein konnte? Es
war ihr, indem sie ihn ansah, als stände eine dunkle Gestalt unsichtbar hinter ihm und als säße er im Schatten
dieser Gestalt, im Schatten der träumenden Melancholie.

Noch einmal aber wachte er aus seinem Brüten auf.
Als die Dämmerung hereingebrochen war, wurden mächtige
silberne Armleuchter, mit Wachslichtern besteckt, auf die
Tafel gesetzt, und der rothe flackernde Kerzenglanz verlieh
dem Zimmer einen neuen malerischen Reiz.

Wie die Tafel und das Tafelgeschirr aufblitzte! Wie
die Schatten sich schwarz und dick in den Ecken und Kanten
zwischen Decke und Wänden zusammenballten! Wie ihm
das gefiel! Dorothea sah, wie er das Haupt erhob und
wie seine Augen aufleuchteten; sie fühlte sich beinah beglückt. Ihr Bestreben, einen Schutzwall zwischen sich und
ihm zu errichten, war ja so über alles Maß gelungen,
daß sie beinah bedauerte, ihn zu dieser Gesellschaft hinzu-

gezogen zu haben.   Nun war doch wenigstens etwas, was
ihm Freude bereitete.

Auch die längste Mahlzeit aber nimmt schließlich ihr
Ende; man hörte das knackende Geräusch der Riegel,
die an den zum Garten führenden Glasthüren aufgeschoben
wurden; Dorothea nickte fragend dem Vater zu, und im
nächsten Augenblick rückten die Stühle.   Durch die geöffneten Pforten begab man sich in den Garten, indem
man die Hitze des Zimmers mit der wohlthuenden Kühle
der Natur vertauschte.

„Es ist eben wahr, liebe Dorothea," sagte Frau
Brinkmann, indem sie Dorotheen mütterlich und doch
respektvoll auf die Stirn küßte, „in Ihrem Hause geht
alles wie am Schnürchen — es ist ein Staat!"

Unter den Linden, im Freien, wo es noch leidlich hell
war, stand der Kaffeetisch angerichtet; eine Batterie von
Liqueurfläschchen neben der großbauchigen Kaffeemaschine;
mitten auf dem Tische Cigarrenkisten, die ihre firmen-
geschmückten Deckel zurückgeworfen hatten, stolz, als wüßten
sie, was ihr Inneres barg.   Dorothea bot den Gästen
mit eigener Hand die Kaffeetassen an; der Etatsrath machte
für den Liqueur, Moritz Pfeiffenberg für die Cigarren
den Wirth.

Nachdem sie Damen und Herren versorgt hatte, suchte
Dorothea mit den Augen nach Heinrich Verheißer.   Er
stand abseits, in das Abendroth hinausblickend, das über
den Wipfeln des Parks lag.   Sie mußte einen kleinen
Weg machen, um zu ihm zu gelangen.

Als er ihr Kleid hinter sich rauschen hörte, wandte
er sich hastig um und mit einer Verbeugung nahm er die

Taſſe aus ihren Händen. Er ſagte nichts, er ſah ſie auch
nicht an, aber er war dunkelroth geworden.

Dorothea blieb ſtehen; es mußte doch endlich einmal
geſprochen werden. Sie zwang ihre Stimme zur Ruhe.
„Haben Sie ſich einigermaßen unterhalten?" fragte
ſie. „Ich ſah Sie einmal lachen, als Frau Brinkmann
eine Frage an Sie richtete?"

„Ja ja," erwiderte er raſch, und ein Zucken ging
über ſein Geſicht, „es war aber auch zu drollig, was ſie
frug: ob ich mich nicht grauelte, wenn ich ſo ſchreckliche
Sachen malte."

Dorothea lächelte leiſe. Plötzlich ſah er auf und ihr
aus nächſter Nähe ins Geſicht:

„Finden Sie meine Sachen auch ſo ſchrecklich?"

Die Aufforderung, Bekenntniß abzulegen, kam ſo
plötzlich, daß ſie unwillkürlich zuſammenfuhr und Mühe
hatte, ſich zu faſſen.

„O — nein —," ſagte ſie leiſe. „Ihre ſonſtigen Werke
kenne ich ja nicht, aber was Sie hier —"

Sie brach im Satze ab; Heinrich Verheißer ſchwieg,
und ſo ſtänden ſie eine Zeit lang, Beide ſtumm vor ſich
hin blickend.

War es denn möglich, in dieſem Tone weiter zu
ſprechen? Sie wußte, was er ihr geſchrieben, er wußte,
daß ſie es geleſen hatte — und nun ſollten ſie hier nebeneinander ſtehen und Redensarten wechſeln wie gleichgültige
Geſellſchaftsmenſchen?

Die leicht bewegte Abendluft wehte von ihr zu ihm
hinüber und trug ihm ihren Duft zu, den Duft aus ihrem

Kleide, ihren Blumen, ihrem Haar, den ganzen Duft ihrer
im heißen Zimmer warm gewordenen Lieblichkeit.

Die Stunde kam ihm wieder, da er dieses Weib, das
jetzt so unnahbar, wie ummauert in seinem vornehmen
Kleide neben ihm stand, ganz anders, ganz ohne Schutz
und Schranken gesehen hatte, und die Erinnerung legte
sich wieder, wie eine schwere heiße Hand auf ihn, so daß
er wie an den Boden gewachsen stand und in allen
Gliedern zu zittern begann.

Ob sie seine Gedanken errieth — ob die Gluthwelle,
die in ihm aufstieg, zu ihr hinüber wallte — auch sie
fühlte, wie es schwül in ihr wurde und daß es unmöglich
war, vor den Augen der Gesellschaft länger noch mit ihm
hier zu stehen.

„Ich — wollte Sie noch etwas fragen — über Ihr
Bild," brachte sie stockend, mit heiserem Laute hervor,
gleichzeitig wandte sie sich zur Gesellschaft zurück. Heinrich
Verheißer folgte ihr.

Die Dämmerung hatte inzwischen so zugenommen,
daß man die Einzelnen kaum mehr genau unterschied.
Eine Gruppe roth glühender Cigarren bekundete, daß sich
drüben auf der anderen Seite des Tisches die Herren
zusammengefunden hatten; zu einem wispernden Häuflein
geballt, saßen unweit davon die Damen; an der Seite
des Halbrundes, wo Dorothea jetzt herantrat, waren
einige Stühle frei.

Sie setzte sich; Heinrich Verheißer zog einen Stuhl
neben den ihrigen und nun saßen sie, Seite dicht an Seite,
von den Uebrigen getrennt.

„Ich wollte Sie fragen," begann sie, den Kopf halb

zur Seite, nach ihm hingewandt, damit er ihre halblaut gesprochenen Worte verstände, „was Sie veranlaßt hat, einen so merkwürdigen Gegenstand zu wählen?"

„Weil es mich trieb," entgegnete er, ohne zu zögern, „einen Menschen in einer großen Verzweiflung zu schildern."

„In — Verzweiflung?" fragte sie langsam.

„Ja, einen Menschen, der sein Ganzes und sein Alles an eine große Sache drangesetzt hat und der nun dahinterkommt, daß alle Kraft, aller Muth, alles Kämpfen und Ringen zu nichts hilft, wenn das Schicksal gegen den Menschen ist."

„Und das — ist der Tejas?"

„Jawohl," erwiderte er, „der Tejas, der geglaubt hat, es müßte ihm gelingen, weil er ein Held ist, die Gothen wieder hinaufzureißen zu ihrer alten Herrlichkeit, und der nun dahinterkommt, daß es aus ist mit Allem und daß die Gothen zu Grunde gehen müssen vor einem Eunuchen."

Seine Worte kamen wie geharnischte Männer aus seinem Munde; wie ein Strom von Kraft ging es von ihm aus.

Mit dem Schauer des Weibes, das die Männlichkeit empfindet, lauschte ihm Dorothea. Sie stützte den Ellbogen auf die Armlehne ihres Stuhls, das Kinn auf die Hand und beugte sich tiefer zur Seite.

„Ist es denn richtig," fragte sie weiter, „ich habe immer gehört, daß die Künstler die Gedanken, die sie begeistern, aus ihrem eigenen Innern nehmen?"

„Anders wird's wohl nicht sein," gab er mit einem kurzen Lachen zur Antwort.

„Und also — die Verzweiflung, von der Sie sprachen —"

„Ist eben das," sagte er kurz, „was ich in mir herumgeschleppt habe, Jahre lang."

Dorothea zuckte auf und warf den Kopf zu ihm herum. Sein Gesicht war dicht vor ihrem Gesichte und seine Augen, in der Dunkelheit ganz groß und schwarz, tauchten sich in ihre Augen. Seine Lippen waren auf= einander gepreßt; sie hörte, wie der erregte Athem ihm durch die Nase ging.

„Verzweiflung?" fragte sie, und ihre Frage war ein Hauch.

Er beugte den Mund an ihr Ohr. „Ja," stammelte er, „bis jetzt — aber von jetzt nicht mehr." Plötzlich fühlte sie ihre Hand ergriffen, mit wüthendem Druck in seine Hand gepreßt und gleich darauf seine Lippen auf ihrer Hand.

Entsetzen faßte sie. „Um Gotteswillen!" flüsterte sie, indem sie ihm ihre Hand entriß. Sie wollte aufstehen, aber sie sank an die Rücklehne des Sessels zurück.

Regungslos saß er neben ihr. Dann hörte sie wieder seine Stimme: „Verzeihen Sie mir," sagte er leise.

Ihre Brust hob und senkte sich; ohne sich aufzurichten, drehte sie· den Kopf zu ihm hin. „Wir können hier nicht weiter sprechen," zischelte sie.

„Nein," gab er gedämpft zur Antwort, „aber ich muß Sie sprechen — kommen Sie in die Halle?"

Sie holte das Taschentuch hervor, drückte es an den Mund und antwortete nichts.

„Kommen Sie in die Halle," wiederholte er, dringender als zuvor.

Unter dem Taschentuche nickte sie „ja".

„Wann werden Sie kommen?" fragte er weiter.

„In — den nächsten Tagen," kam es von ihr zurück.

Er rückte ihr wieder ganz nah, so daß sie seinen Hauch an ihrem Ohre fühlte.

„Kommen Sie morgen!"

Durch die Dunkelheit hindurch sah er, wie ihre Finger das Tuch vor ihrem Munde zusammendrückten.

„Kommen Sie morgen!" drängte er noch einmal.

Plötzlich stand sie auf. „Morgen," sagte sie, indem sie den Stuhl zurückschob und an den Tisch unter die Gesellschaft trat.

„Ich glaube, Papa, wir müssen Lichter kommen lassen," wandte sie sich dahin, wo die Cigarren glühten, und Heinrich Verheißer, der auf seinem Platze geblieben war, staunte über ihr Beherrschungsvermögen. Das „Morgen", das sie zu ihm gesprochen, hatte wie das letzte Wort eines Menschen geklungen, der zum Schaffot geht, und jetzt war ihre Stimme gleichgültig ruhig, als hätte kein Lufthauch den Spiegel ihrer Seele bewegt.

Bevor sie noch ein Zeichen zu geben brauchte, erschien bereits der alte Brenz mit einem jüngeren Diener, Beide Windlichter in Glasglocken in den Händen, die sie auf den Tisch setzten. Sobald der Lichtglanz sich verbreitete, erhob sich Heinrich Verheißer und zog sich aus der Helle zurück. Er hatte hier nichts mehr zu suchen; Dorothea gehörte ihm für jetzt nicht mehr; er mußte ihr Zeit lassen, sich in der anderen Welt wieder zurechtzufinden, das fühlte er.

Im Dunkel der Bäume, allen Andern unsichtbar, blieb er stehen und blickte zurück und sah, wie Dorothea, am Tische stehend, vom Kerzenlichte röthlich angestrahlt, den Dienern Weisung ertheilte, den Tisch abzuräumen und den Thee zu bereiten, und wie sie sich alsdann zu den anderen Damen wandte.

Wie sie schön war! Wie er sie bewunderte in ihrer Sicherheit! Er dachte daran, was für ein Augenblick das sein müßte, wenn solch ein stolzes, sicheres, von ihrer Willenskraft umschmiedetes Weib zu schmelzen beginnt, wenn es hülflos wird und widerstandslos in die Arme eines Mannes sinkt. Er war kein Frauenverführer; heut aber, indem er die rasende Wonne empfand, die dieser Gedanke in ihm entzündete, begriff er, was das ist, was Männer zu Frauenverführern macht.

„Es ist ja wohl schon ganz spät geworden," sagte Herr Brinkmann, indem er beim Scheine der Lichter die Uhr hervorzog und feststellte, daß man schon weit in den Abend hineingekommen war. „Kinder, Kinder, wir müssen nach Haus." Frau Brinkmann erhob sich mit einem Ruck und pflichtete ihrem Eheherrn laut und energisch bei; die leise klagenden Einwendungen der jüngeren Gesellschafts-Mitglieder wurden zum Schweigen gebracht; die Aufforderungen der Wirthe, den Aufbruch nicht zu überhasten, wurden dankend abgelehnt.

Am Tische stehend, schlürften die Damen ihren Thee, die Herren ihr Bier, Frau Brinkmann sah sich um.

„Nein, aber wissen Sie, liebe Dorothea," sagte sie, als sie Heinrich Verheißer nicht mehr gewahrte, „dieser Maler, das ist ja wirklich ein ganz komischer Mensch, wie es mir scheint."

Damit war das Eis gebrochen. Alle hatten dasselbe empfunden, aber aus Respekt vor den Wirthen nichts gesagt. Frau Brinkmann hatte die Parole gegeben; eine allgemeine halblaute Zustimmung erfolgte.

„Sitzt den ganzen Mittag," fuhr Frau Brinkmann fort, „und spricht kein Wort, und wenn man ihn etwas fragt, lacht er nur."

Vater Brinkmann ließ das gewohnte Lachen hören, zu dem er sich gedrungen fühlte, wenn das Gespräch auf den Maler kam. „Na," sagte er, „gegessen und getrunken aber hat er ganz wie ein regelrechter Mensch."

„Wär' ja dumm gewesen, wenn er's anders gemacht hätte," meinte der Etatsrath, „von seinen Oelfarben kann doch so ein Maler nicht essen."

Jettchen kreischte entzückt auf; Dorothea blieb völlig theilnahmlos, als ginge sie das Alles nichts an.

Es war ihr in diesem Augenblick ganz recht, daß Herr Fritz Barkhof, der die Scheidestunde bevorstehen sah, sich wieder energisch um sie zu schaffen machte. So brauchte sie nicht darauf hinzuhören, was jene da sprachen.

„Hat er Ihnen denn mehr anvertraut?" wandte sich Frau Brinkmann an Dorothea. „Sie saßen ja vorhin mit ihm zusammen, und er schien Ihnen eine Menge zu er- zählen?"

Dorothea schrak innerlich auf; man hatte also gesehen.

In ihrem Gesichte aber regte sich keine Miene, in ihrer Stimme nicht die leiseste Erregung.

„Wir haben über sein Bild gesprochen,“ erwiderte sie gleichgültig. Es war die Wahrheit, und doch hatte sie, indem sie es sagte, ein Gefühl von Schuld. Ein Geheimniß hatte sie mit dem Manne, und wenn sie an das „Morgen“ dachte, an das Stelldichein, das sie ihm zugesagt, war es dann noch ein harmloses Geheimniß? Die Frage jener Frau war wie der Mahnruf der korrekten Welt, der sie heut noch angehörte und aus der sie morgen vielleicht hinaustreten wollte. Aber daß der Mahnruf auch grade aus diesem Munde kommen, daß grade jetzt Herr Fritz Barkhof ihr zeigen mußte, wie sie ihm gefiel — sie fühlte mit einem Male, daß diese korrekte Welt nicht ihre Welt mehr war.

Eine halbe Stunde danach vernahm Heinrich Verheißer, der ruhelos im Parke umherstrich, das dumpfe Rollen der Wagen, welche die Gäste von dannen trugen, und wieder einige Zeit darauf, erschien an der Stelle, wo vorhin die Gäste gesessen und die Windlichter gestanden hatten und die nun dunkel geworden war, eine einsame weiße Gestalt.

Von dem Orte, wo sie sich befand, senkte sich der Boden des Parks etwas, so daß sie höher stand, als er; deutlich konnte er sie daher gewahren.

Es schien, daß auch sie noch keine Ruhe fand, denn er sah sie unter den Bäumen, die an dem Hause entlang gepflanzt waren, auf und ab und wieder auf und ab gehen.

Wenn er jetzt zu ihr herangetreten wäre, so wären sie ganz für sich und ungestört gewesen — aber eine Scheu hielt ihn zurück; sie hatte heut schon soviel durchgemacht; er wollte sie nicht noch einmal durch seine Nähe quälen und verwirren.

So blieb er, wo er war, und sah ihr zu. Der Mond war aufgegangen und in seinem Lichte leuchtete und blinkte die Gestalt, daß sie aussah, wie eine wandelnde Fee. Die warme, stille Sommernacht um ihn her — es war ihm, als stände er mitten in einem Märchen.

Von armen Eltern geboren, in Dürftigkeit aufgewachsen, hatte er heut zum ersten Male hinter die goldenen Pforten des Reichthums geblickt und seiner sinnlichen Künstlernatur hatte es in dem Lande gefallen, sehr gut. In diesem Gebiete, das ihm so neu war, in dem er sich so unbeholfen vorkam, bewegte sie sich mit der Sicherheit der reich= geborenen Natur — er fühlte sich ihr gegenüber wie ein Vasall gegenüber einer Königin. Und sie selbst hatte ihn hereingerufen in das goldene Land, sie selbst das herrliche, gebietende Weib hatte sich zu ihm gesetzt, zu ihm gebeugt, in seiner Seele geforscht, wie kein Mensch es noch gethan, — wie er ihr dankbar war, wie sein ganzes Wesen ihr zu Füßen lag, wie er sie liebte!

Und immer mehr wollte sie ihm geben, morgen wollte sie kommen, ganz nur sie selbst, ganz nur zu ihm — ein Schauer überrieselte ihn — was würde es ihm bringen, dieses „Morgen"? Es war ihm, als würde ein Schatz von unermeßlichen Kostbarkeiten vor ihn hingetragen werden und als würde er darüber gebieten dürfen, als Herr.

Jetzt wandte sich die Einsame dort oben dem Hause zu; sie trat in die Thür, aber bevor sie im Innern verschwand, kehrte sie sich noch einmal um und blieb auf der Schwelle stehen. Blickte sie nach Jemandem? Suchte sie nach Jemandem? Sah es doch beinah so aus. Ihre Arme hingen nieder, aber es war, als reckte sich die Gestalt, als dehnte sie sich, wie die zum Körper gewordene Sehnsucht, wie ein lang hinströmender Seufzer des Verlangens.

Lange noch, nachdem sie verschwunden, verharrte er an seinem Fleck, und erst als alle Lichter im Hause erloschen waren und das ganze Haus in tiefer Stille versank und entschlief, kehrte er zu seiner Behausung zurück.

Achtes Kapitel.

Das Haus schlief — aber in dem Hause war Eine, die keinen Schlummer fand, die mit wachen, offenen Augen hinausträumte in die dämmernde Nacht — Dorothea.

Wenn der Mensch im Mutterleibe am Abende vor seiner Geburt zu dem Bewußtsein erwachte, daß morgen das Leben beginnt — würde er in der Nacht schlafen? Da sie wußte, daß morgen das Leben für sie begann — konnte sie schlafen? Es war ihr, als thäte sich ein unermeßlich weites Land vor ihr auf, fremdartig, wie sie es nie gesehen. Wolken überschatteten die Gegend, und aus den Wolken klang es wie von flüsternden Stimmen, „komm weiter! komm mit!" Sie wußte nicht, wohin der Weg sie führte, sie wußte und fühlte nur, daß sie gehen und folgen mußte. Ja — sie mußte!

Alles, was sie bisher erfüllt und erregt hatte, war wie ein Rausch gewesen; eine Art von Neugier hatte sie an den fremden seltsamen Mann geknüpft — seit heut Abend war das plötzlich anders geworden, heut Abend hatte sie gehört, daß er unglücklich war und daß sie ihm

helfen konnte, sie — das Fieber war plötzlich zur Wärme
geworden, die Gluth ihrer Sinne zum Herzensgefühl —
sie liebte den Mann.

In ihrer Seele spielte sich während der schlaflosen
Stunden dieser Nacht die ganze Leidensgeschichte des
weiblichen Geschlechtes ab, die heilige Leidensgeschichte,
die aus dem Bedürfniß des Weibes hervorgeht, sich zu
opfern für den bedeutenden Mann.

Das untergeordnete Weib drängt sich an den glänzenden Mann — das bedeutende Weib beugt sich zu den
Schmerzen des leidenden Mannes und indem sie die
Lippen auf seine Wunden drückt, saugt sie die Liebe wie
einen Todestrank in sich, der nur um so tiefer berauscht,
je sicherer sie fühlt, daß er sie tödten wird.

Gegen Morgen hatte Dorothea noch einige Stunden
Schlaf gefunden, so daß sie gekräftigt und stark sich erheben konnte. Alle Qual der Unruhe war von ihr gewichen; das, was sie als ein sträfliches Geheimniß in sich
getragen hatte, war kein Geheimniß mehr, wie eine Aufgabe empfand sie es, wie eine Sendung, von der man zu
Anderen nicht spricht, weil die Sendung eine heilige ist.

So schön, wie an diesem Morgen, als sie mit Vater
und Bruder auf der Terrasse zusammensaß, hatte sie
vielleicht noch nie im Leben ausgesehen; ein weihevoller
Friede lag auf den edlen, blassen Zügen und es fiel ihr
auch nicht schwer, an dem Gespräche der Beiden, die sich
über die gestrige Gesellschaft unterhielten und amüsirten,
mit ruhigem Lächeln theilzunehmen.

Das Alles berührte von nun an ihr eigentlichstes
Wesen nicht mehr; das Alles ging über sie dahin, wie

das Wellenschlagen der bewegten Oberfläche des Meeres
über der Tiefe des Oceans dahingeht, zu der sie nicht
hinunterdringt, nicht hinabreicht, wo ewige, von Stürmen
unbewegte Stille herrscht.

Freilich — es giebt auch für die Tiefe des Oceans
einen Sturm, der nicht von oben, sondern von unten
kommt und der, wenn er einmal kommt, schrecklicher ist,
als die Gewalt des Windes, der Berge einstürzt und
Thäler ausfüllt und ein neues Gesicht in das Land der
Tiefe zeichnet — das Erdbeben. Aber wer denkt an das
Erdbeben, wenn er eben den Grund erreicht hat, der ihm
für alle Zeit fest zu stehen scheint?

Als nachher der Etatsrath mit Moritz Pfeiffenberg
aufbrach, gab ihnen Dorothea, gegen ihre sonstige Gewohnheit, bis an den Wagen das Geleit. Es war ihr
so merkwürdig zu Muthe, beinah, als nähme sie Abschied
von ihrem Vater; nicht weil er davonfuhr, sondern weil
sie auf eine Reise ginge, auf eine weite Reise. Aber es
war kein Fragen und kein Zagen mehr in ihr und darum
auch kein Schmerz.

Von der Schwelle des Hauses blickte sie den Abfahrenden nach, dann wandte sie sich — und nun war
das „Morgen" zum „Heute" geworden und es gab keinen
Aufschub mehr. Es sollte auch keinen mehr geben, und
entschlossenen Schrittes ging sie durch das Haus in den
Garten und auf kürzestem Wege der Halle zu. Im
Augenblick aber, als sie die Halle erblickte, packte sie noch
einmal die Angst und zwar mit solcher Gewalt, daß sie
im raschen Gange jählings stockte und stehen blieb. Das

Herz schlug ihr bis in den Hals, als ob es aus ihr hinaus- springen wollte.

Es war noch nicht möglich — einen Augenblick noch — sie bog noch einmal zur Seite und machte noch einen Gang durch den Park.

Im Gehen kam ihr die Ruhe zurück; ihr Herz hörte auf, zu klopfen; „er braucht Dich ja", flüsterte die Er- innerung ihr zu und indem sie dieses dachte, wurde ihr das Herz wieder warm und Alles war überwunden. Ohne noch einmal zu zögern, schritt sie nun auf die Halle zu und im nächsten Augenblick trat sie ein.

Heinrich Verheißer stand vor seinem Bilde, das Ge- sicht zur Thür gewandt, als Dorothea die Schwelle über- schritt. Sie legte die Thür ins Schloß, dann ging sie auf ihn zu, die Augen mit einem großen, stillen Blick auf ihn gerichtet, er trat ihr einige Schritte entgegen und sie blieb stehen.

„Guten Tag," sagte sie einfach, indem sie ihm die rechte Hand entgegenstreckte. Er ergriff ihre Hand, er erwiderte nichts, küßte auch nicht ihre Hand, sondern hielt sie nur in der seinigen fest und blickte ihr in das Gesicht.

Die Erregung, die sie eben durchwühlt hatte, lag noch wie der Schatten eines fernen Ungewitters auf ihren Zügen; die Augen blickten weit geöffnet aus dem bleichen Antlitz; und durch den stolzen Gliederbau ging ein leises Zittern.

Heinrich Verheißer ließ langsam ihre Hand nieder- gleiten und trat einen Schritt zurück, den Blick auf sie gerichtet.

„Herr Gott," sagte er dann mit dem Ausdruck tiefsten unwillkürlichen Staunens, „wie schön Sie sind."

In demselben Augenblick lag er auf den Knieen vor ihr und hatte ihre beiden Hände erfaßt, die er nun an die Lippen riß und wieder und immer wieder mit Küssen bedeckte.

„Nein, bitte," sagte Dorothea leise, „nein, bitte, bitte, nicht so!"

Aber er hörte sie jetzt nicht. Ganz nah hatte er sich an sie herangeschoben und nun warf er von unten herauf beide Arme mit inbrünstiger Gewalt um sie, indem er sein Haupt an ihren Leib preßte.

Dorothea stützte beide Hände auf seine Arme, um sich von ihnen zu befreien; eine Angst erfaßte sie vor dieser rasenden Leidenschaft. Er bemerkte ihre Versuche, er fühlte, wie ihr Leib sich in seinen Armen sträubte, aber er gab nicht nach. Er warf das Haupt empor; richtete das glühende Gesicht zu ihr auf. „Haben Sie denn wirklich keine Ahnung, wie schön Sie sind? Wie wahnsinnig schön?" flüsterte er.

„Aber so dürfen Sie nicht —" stieß sie hervor, und jetzt klang ihre Stimme zornig und gebietend; in dem-selben Augenblick war sie frei. Seine Arme sanken herab, er sprang auf die Füße, wandte sich ab und griff sich mit der Faust in das kurz gelockte Haar. Mit dem Fuße stampfend, zerrte er sich in den Haaren, als wollte er sich bestrafen für das, was er eben gethan.

Dorothea stand mit wogendem Busen; Empörung toste in ihren Adern, sie hatte Unerhörtes erlebt. Zum ersten

Male hatte ein Mann sie berührt, und Alles, was der
Instinkt ihr von den Männern gesagt hatte, bestätigte sich
ja, es war ein gewaltthätiges Geschlecht. An ihrem Leibe
fühlte sie den Druck seiner umstrickenden Hände noch; es
war ihr, als müßte sie sich glatt streichen von den Spuren,
die sie hinterlassen hatten. Und doch — unbegreiflich —
indem sie, noch der Empörung voll, sich scheuen Blicks
ihm zuwandte und gewahrte, wie er gegen sich selbst
wüthete, wandelte sie beinah eine Lachlust an. Sie
schüttelte den Kopf. Alles, was er gesagt hatte, war so
drollig naiv, so urwüchsig herausgekommen, so ganz das
Gegentheil von der Art, mit der Gecken Schmeicheleien
anbringen. „Haben Sie denn wirklich keine Ahnung, wie
wahnsinnig schön Sie sind?" Hatte je ein Liebhaber so zu
einer Frau gesprochen? Dieser Mensch war ja ein Kind;
sie war die Vernünftige von Beiden; und Kindern muß
man helfen, wenn sie unvernünftig sind.

„Wir haben ja doch miteinander sprechen wollen,"
sagte sie, „da müssen Sie doch selbst einsehen, daß wir
dazu ruhig und vernünftig sein müssen?"

Ihre Stimme hatte wieder den gewohnten, ruhigen
Ton; Heinrich Verheißer warf den Kopf herum und
blickte sie an; ein maßloses Staunen malte sich auf seinem
Gesicht.

„Sehen Sie," sagte er, „das ist nun wieder geradezu
großartig!"

Dorothea lächelte. „Aber was denn nur?"

„Daß Sie jetzt schon wieder so ruhig sein können,"
erwiderte er, „daß Sie sich so in der Gewalt haben! Das

habe ich schon gestern Abend an Ihnen bewundert! Sie müssen wahrhaftig eine kolossal bedeutende Natur sein!"

Die maßlose Huldigung, die in den Worten lag, kam aus so ehrlicher Ueberzeugung, daß Dorothea kein Mensch hätte sein müssen, wenn sie ihr nicht geschmeichelt hätte.

Sie streckte ihm wieder die Hand hin. „Wo kommen wir denn hin," sagte sie, „wenn nicht wenigstens Einer von uns Beiden vernünftig bleibt?"

Wie ein Schulknabe, der ein böses Gewissen hat, stand er da, ohne ihre Hand zu berühren.

„Sind Sie denn auch wirklich nicht mehr böse?" fragte er.

Sie hielt die Hand ausgestreckt. „Nur artig müssen Sie sein," sagte sie. Beinah schalkhaft war sie geworden, die ernste Dorothea, und es stand ihr allerliebst.

Heinrich Verheißer trat heran, nahm ihre Hand und legte sie zwischen seine beiden flachen Hände, so daß es aussah, als packte er sie zwischen denselben ein.

„Mit Vorsicht zu behandeln," sagte er lachend, „kostbar und zerbrechlich." Er sah auf die edelgeformte weiße Hand nieder, die in seiner gebräunten Tatze lag, drückte die Lippen auf die innere Fläche, drehte sie herum und küßte den Handrücken und dann langsam Finger nach Finger.

Dorothea überließ ihm ihre Hand und sah seinem tollen Gebahren lächelnd zu. Als er jetzt aber wieder im Begriffe schien, auf die Knie zu fallen und das Spiel von vorhin zu wiederholen, hob sie leise drohend die Linke. Sogleich wurde er ruhig.

„Nein, nein," sagte er rasch, „soll nicht wieder vorkommen!"

Sie fühlte, daß sie Macht über ihn gewann und nickte ihm freundlich zu. Als Heinrich Verheißer das bemerkte, sprang er vor sein Bild und klopfte mit dem Finger dem gemalten Tejas auf die Schulter. „Du hast's getroffen," rief er, „Du weißt's, was man an ihr hat!"

Mit funkelnden Augen wandte er sich an Dorothea. „Gefällt Ihnen die?" fragte er, indem er auf die Gothin zeigte.

Dorothea trat vor das Bild und blickte lange, schweigend darauf hin. Er stand zu ihrer Seite und beobachtete sie und sah, wie die Gluth von ihrem Halse zu ihrem Gesichte emporstieg. Sie wiegte den Nacken.

„Ich kann mir nur nicht denken," sagte sie, „daß Ihnen an meinem Urtheil etwas liegt."

Mit einem Schritte war er hinter ihr; das Gesicht über ihre Schulter erhebend, flüsterte er ihr zu:

„Was Sie mir sagen, ist mir mehr werth, als was die ganze Welt mir sagt, antike und moderne, civilisirte und uncivilisirte."

„Die Gestalt," sagte Dorothea, laut vor sich hin-sprechend, „ist wie das Bild; Beide finde ich wunderschön."

„Hurrah!" schrie Heinrich Verheißer, mit einer Stimme, daß die ganze Halle widerklang; dann rannte er, mit beiden Armen in der Luft umherfuchtelnd, im Raume auf und ab.

„Das ist der schönste Tag meines Lebens!" rief er, „der schönste Tag!" Wieder blieb er vor Dorotheen stehen.

„Sie müssen nicht denken, .daß ich Ihnen Schmeicheleien sage, schmeicheln kann ich überhaupt nicht, aber wenn ich Sie so vor meinem Bild stehen sehe, und sehe, wie Sie es so ansehen, mit Ihren klugen, bedeutenden

Augen, und wie das Alles in Sie hineingeht, die ganze
Geschichte, daß Ihnen geradezu warm dabei wird und das
Herz zu klopfen anfängt, sehen Sie, Sie müssen das nicht
falsch verstehen, ich kann's Ihnen nicht anders beschreiben,
dann ist mir, als wären Sie eigentlich ich selbst, das heißt,
Sie müssen das nicht falsch verstehen, so das Allerinnerste
in mir, Phantasie und Verstand und Alles zusammen, was
man so die Seele nennt, das meine ich, und wenn das nun
so vor mein Bild hintritt und sagt, es ist gut, na ja, sehen
Sie, das müssen Sie doch selbst einsehen, daß das famos
ist! zum wahnsinnig werden, famos!"

Dorothea war plötzlich ganz ernsthaft geworden und
indem sie ihn mit großen Augen ansah, bannte sie ihn mit
ihrem Blick.

„Wissen Sie denn," sagte sie, „daß das eine sehr
ernste Sache ist, was Sie da eben gesprochen haben?
Anders als aus dem Herzen, können Sie ja doch nicht
sprechen — und wenn es so ist —" sie verstummte mitten
im Satze und senkte nachdenklich das Haupt. Dann wandte
sie sich nach der Bank.

„Sie wollten mir ja erzählen," fuhr sie fort, indem
sie sich niedersetzte, „warum Sie so voller Verzweiflung
gewesen sind."

„Und warum ich es jetzt nicht mehr bin," fiel er ein,
indem er sich neben sie setzte. Er saß unmittelbar an
ihrer Seite — langsam schob sie sich etwas hinweg, so
daß ein Zwischenraum zwischen ihnen entstand.

Es trat eine Pause ein: Sie blickte fragend auf
ihn hin.

„Gott, wissen Sie," sagte Heinrich Verheißer, „Sie müssen nicht denken, daß ich Ihnen eine lange Lebens-geschichte in so und soviel Kapiteln erzählen will." Er hatte die Augen vor sich hin gerichtet. „Es ist eine ganz verdammt einfache Chose, die sich mit zwei Worten be-schreiben läßt: ich bin ein armer Teufel und habe immer hoch hinaus gewollt — das ist die ganze Geschichte."

Dorothea schwieg.

„Kennen Sie die Weinmeisterstraße in Berlin?" fragte er plötzlich.

„Nein," erwiderte sie.

„Na, dann seien Sie froh," sagte er, indem er auf-sprang und, die Hände in den Hosentaschen, auf und niederzugehen begann.

Sie mußte sich das Lachen verbeißen. „Warum denn?" fragte sie, indem sie ihm nachsah.

„Da bin ich nämlich geboren," versetzte er. „Nun stellen Sie sich mal vor: in der Weinmeisterstraße in Berlin geboren, und dabei die Passion, Bilder zu malen à la Raphael und Michel Angelo — ist gut? Nicht wahr?"

„Sie mögen bitter zu kämpfen gehabt haben," meinte Dorothea, „und manchmal Enttäuschungen erlitten haben."

Heinrich Verheißer blieb jählings stehen, warf den Kopf zu ihr herum und drückte beide Hände an die Ohren. „Manchmal?" schrie er, „o heilige Unschuld — Du redest wie eine schöne junge Dame am Ufer der Elbe, zwischen Blankenese und Nienstedten!" Dann trat er dicht vor sie hin. „Manchmal," wiederholte er; „wissen Sie was? Der ganze Kerl, der hier ergebenst vor Ihnen steht, ist eine

einzige, auf zwei Beinen umherwandelnde Enttäuschung!
Wenn Sie das Freudenfeuer gesehen hätten, das ich grade
den Tag, bevor der Werner mir die Bestellung von Ihrem
Herrn Vater brachte, mit meinen Entwürfen angezündet
habe — ich sage Ihnen —"

„Verbrannt haben Sie sie?" fragte Dorothea erschreckt.
Sein Gesicht wurde plötzlich finster, wie an dem Tage, da
er zum ersten Male zu ihr und zu den Ihrigen auf die
Terrasse gekommen war.

„Denken Sie denn," sagte er, indem er die düsteren
Augen über sie hinweg gehen ließ, „daß ich geprahlt
habe, als ich Ihnen von meiner Verzweiflung sprach?
Wie denken Sie denn, daß solch eine Verzweiflung entsteht?
Vielleicht von heut zu morgen? Nein, nein; Verzweiflung,
sehen Sie, das ist der Schatz der armen Teufel, der wird
langsam gesammelt. Das ist der Schweiß, sehen Sie, den
man auf dem sogenannten Lebenswege schwitzt. Aber er
ist ein bischen anders als der gutartige, den man ver-
gießt, wenn man in der Sonne spazieren geht. Er hat
eine Farbe, die so ein Bischen roth aussieht, so ungefähr
wie Blut. Und das läuft nicht nach außen an Einem ab,
das bleibt hübsch in Einem drin, das fließt nach innen,
verstehen Sie, Tropfen nach Tropfen, dahin, wo das
sogenannte Herz im Leibe sitzt, bis daß ein See um das
Herz herum entsteht, in dem es zappelt und springt, weil
es heraus will und nicht kann. Und das wird dann
immer tiefer, immer tiefer — bis daß ein Tag kommt —"

Er verstummte; in seinen Augen schwamm ein dunkler
Traum; seine Hand schwebte in der Luft, ungefähr wie

damals, als er angedeutet hatte, wie Tejas die dreihundert Römer geköpft hatte.

Dorothea sah zu ihm auf, wie er vor ihr stand, von finsterer Schwermuth überschattet.

„Mein Gott," sagte sie leise, „wie müssen Sie gelitten haben," und beinah ohne zu wissen, was sie that, ergriff sie seine Hand und drückte sie.

Bei dieser Berührung kam er zu sich; seine Augen senkten sich auf das schöne Antlitz, das voll Mitgefühl zu ihm aufblickte, und ohne ein Wort zu sagen, ließ er sich auf ein Knie vor Dorotheen nieder.

„Nein, nein, erschrecken Sie nicht," sagte er ruhig mit tiefem Tone, als er sie ängstlich zurückfahren sah, „ich thue Ihnen nichts wieder zu leide."

Er hatte wieder ihre Hand in seine beiden Hände gelegt und küßte sie mit sanfter Ehrerbietung.

„Sehen Sie," sagte er, „wir Künstler sind Phantasiemenschen und Phantasiemenschen haben Talent zu hoffen. Ich habe immer geglaubt und gehofft, es würde eines schönen Tages ein Engel zu mir herabsteigen und mich erlösen aus dem dunklen See — und sehen Sie — da sitzt er nun vor mir und ist da."

Er ergriff dann auch ihre andere Hand, und in ihre beiden Hände drückte er das Gesicht, so daß die Handflächen auf seiner Stirn und seinen Augen lagen. So verharrte er lange Zeit und keins von Beiden sprach ein Wort.

Dorothea saß regungslos, wie in einem Banne. War sie das noch selbst? In ihren Händen eines Mannes Gesicht, so daß sie seine Augenbrauen und Augenwimpern

an ihren Händen fühlte, in ihrem Schooße eines Mannes
Haupt — und das Alles ertrug sie? Ja — und noch
mehr: indem sie auf das dunkellockige Haupt niederblickte,
das auf ihren Knieen lag, stieg ein Verlangen in ihr
auf, sich niederzubeugen und die Lippen darauf zu drücken.
Aber sie wagte es nicht. Ein dunkles Bewußtsein war
in ihr, daß sie damit einen Schritt thun würde, dem
andere Schritte folgen würden, deren Ende und Ziel nicht
abzusehen war. Darum begnügte sie sich damit, ihr Be-
gehren zu empfinden und sich einzureden, daß vom Be-
gehren, so lange es nicht zur That geworden, der Rückweg alle Zeit offen stehe.

„Leben Ihre Eltern noch?" fragte sie endlich.

Heinrich Verheißer ließ ihre Hände fahren und
sprang auf.

„Sind Beide todt," sagte er, „und wissen Sie, so
sonderbar Ihnen das klingen mag, es ist auch am aller-
besten so." Er hatte seine Wanderung durch die Halle
wieder aufgenommen. „Mein Vater," fuhr er fort, „war
Registratur-Beamter beim Magistrat und hatte es bis zum
Büreau-Vorsteher gebracht. Ich war der einzige Filius,
und also mußte was Besonderes aus mir werden, das
versteht sich. Insoweit, daß ich was auf der Schule
lernte, war das ja nu auch ganz gut — aber was nun
später? Auch Registrator werden? Und wenn's Glück
gut ging, Büreau-Vorsteher? Und mit dem Kronenorden
vierter Güte auf der hochklopfenden Brust umhergehen?
Ich danke! Alle Morgen, die Gott werden läßt, ins
Büreau hin und alle Nachmittage wieder zurück? Jahr
aus, Jahr ein, und zwischendurch jedes Jahr vier Wochen

Urlaub, nach Ahlbeck oder sonst wohin, wo es häßlich
und billig ist? Und dann wieder in die Tretmühle zurück,
in die Weinmeisterstraße in Berlin?"

Er unterbrach sich und blieb stehen. „Sie müssen
nämlich nicht denken," wandte er sich zu Dorotheen, „daß
ich mich über meinen armen Alten lustig machen will,
wenn ich Ihnen das Alles so erzähle; ich habe die Ge=
schichte, die man das Leben nennt, seitdem viel zu gut
kennen gelernt, um nicht zu wissen, daß das eine verflucht
ernsthafte Chose ist und daß es schließlich ganz vernünftig
ist, wenn Jemand lieber im Tretrade geht, als daß er
unter die Räder kommt — aber der Kuckuck weiß, woher
ich das gehabt habe, daß ich mein Leben lang, schon als
Junge, immer das Gefühl gehabt habe, als ob ich nicht
nach der Weinmeisterstraße, sondern nach dem Westen von
Berlin gehörte, wo die schönen Häuser stehen, verstehen
Sie, wo die Vornehmen und Reichen wohnen. Sehen
Sie —" und er griff sich mit der Faust in die Stirn=
locke — „es ist wirklich gräulich und doch kann ich's beim
besten Willen nicht anders beschreiben, immer, wenn ich
an die Jahre und die Wohnung bei meinen Eltern
zurückdenke, kommt mir ein Gefühl, wie man es hat,
wenn man zu Menschen zum Besuche kommt und im
Augenblick, wo man in den Flur tritt, riecht es nach
Cichorienkaffee! Kennen Sie das? Das ist gräßlich!" Er
schüttelte sich, und man sah ihm an, daß sein Schauder
ernst gemeint war. „Ich sage Ihnen — wenn das
schönste Mädchen Einem dann entgegenkommt, und der
Geruch ist um sie her — aus ist's mit der Schönheit und
der Poesie und der Liebe, und mit Allem!"

Nachdenklich sah er Dorotheen an, und indem sein
Blick auf ihr ruhte, ging ein Leuchten darin auf. Plötzlich saß er wieder an ihrer Seite und es war, als wenn
er das Bedürfniß empfände, den Arm um sie zu schlingen.
Aber er beherrschte sich und flüsterte, zu ihr gewandt, über
ihre Brust hin:

„Nicht wahr? Von dem Allen haben Sie keine
Ahnung?"

„Wovon denn?" fragte sie, unwillkürlich lächelnd,
„von — Cichorienkaffee?"

Er nickte stumm.

„Wenn Sie das beruhigt," sagte sie lachend, „nein,
ich weiß kaum, wie er riecht."

Mit einen Griffe faßte er ihre Hand und riß sie an
die Lippen.

„Ach Sie — Engel — Göttin!" flüsterte er.

Dann sprang er auf, als wenn die Unruhe, die ihn
erfüllte, ihm nicht Muße zum Sitzen ließ.

„Das ist es ja eben," sagte er, indem er sie mit den
Augen verschlang, „was so herrlich an Ihnen ist, so zum
Wahnsinnigwerden herrlich, daß Sie so schön, so reich,
so vornehm sind und eigentlich gar keine Ahnung davon
haben, weil's einfach Ihre Natur ist! Sehen Sie, Sie
müssen nicht denken, daß ich Ihnen Schmeicheleien sage,
schmeicheln kann ich überhaupt nicht, es ist so etwas
um Sie her — ich weiß gar nicht, wie ich Ihnen das
klar machen soll — so wie eine Wolke, eine Art von
Duft, aber ein Duft ist's wieder eigentlich nicht, denn
mit den Sinnen kann man's gar nicht wahrnehmen, so,
als wenn Ihre Natur, das heißt, ich meine das Innerste

Jhrer Natur, die sogenannte Seele in Jhnen mit den
Flügeln schlüge und die Luft um Sie her in Bewegung
setzte, und da möchte man dann gleich stehen bleiben und
sein Lebenlang nichts weiter thun, als diese Luft einathmen
— Gott — sehen Sie — ich will's Jhnen mit einem Worte
sagen: Sie sind gradezu das Gegentheil von einer Cichorien-
Natur!"

Dorothea senkte die Augen und ließ diesen Strom von
Begeisterung, der wie ein toller Wildbach Schönheiten und
Verrücktheiten durcheinander wälzte, über sich dahingehen.
Es war ihr, als säße sie an einem Erdspalt, aus dem
ein Quell emporsteigt, nicht in Steine gefaßt, nicht in
artige Rinnsale geleitet, sondern aufsprudelnd, wie er
aus dem heißen Erdinnern kommt, in unmittelbarer
Wildheit. Sie fühlte die ungestüme Lebenskraft in diesem
Menschen, die wie schäumender Wein in ihre Nerven ein-
drang, und es bereitete ihr ein neugieriges Behagen, halb
lächelnd, halb schauernd, zuzuhören, wie er sich in tausend
krausen Wendungen bemühte, ihr das zu beschreiben, was
ein korrekter Mensch ihr mit einem einzigen hergebrachten
Worte gesagt haben würde: „ich liebe Dich".

„Nur Ruhe," sagte sie leise, „nur etwas Ruhe," indem
sie mit einem Blicke zu ihm aufsah, der ernst und ver-
mahnend sein sollte und der in einem Lächeln schmolz:
„wir sind ja noch mitten drin in Jhrer Lebensgeschichte."

Heinrich Verheißer strich sich über Stirn und Haar.

„Gott im Himmel — die Lebensgeschichte," erwiderte
er, „ich habe Jhnen ja schon gesagt, daß sich meine ganze
Lebensgeschichte mit zwei Worten erzählen läßt. Wenn
Sie durchaus wollen, will ich Jhnen noch eins dazu nennen,

das so gewissermaßen den Schlüssel darstellt; wenn Sie den herumdrehen, geht der Kasten auf und Sie können die ganze Herrlichkeit mit einem Blick übersehen."

„Und dieses eine Wort?" fragte Dorothea gespannt.

„Na — das wollen wir also mal so ausdrücken: Einsamkeit!"

„Einsamkeit?" wiederholte sie.

„Ja, Einsamkeit, totale Einsamkeit," versetzte er, indem er zwischen ihr und dem Bilde hin- und herging. „Mein armer Alter hatte genug mit seinen Acten und Schreibereien zu thun, als daß er sich viel um mich hätte kümmern können. Mit anderen Jungen gab ich mich gar nicht ab. Sobald ich aus der Schule nach Haus kam, wurde ·hin- gesetzt und Webers Weltgeschichte illustrirt — Herr Du meine Güte — sämmtliche Kreuzzüge, Gottfried von Bouillon mit allen seinen Rittern habe ich angekreidet — wenn's hundert Kreuzzüge gegeben hätte, ich hätte sie alle hundert gemalt. Meine gute Mutter, sehen Sie, für die galt ich nu als ein Genie. Für die gab es gar nichts Schöneres, als wenn sie so mit ihrer Stickerei am Fenster sitzen konnte, auf dem Fenstertritt, verstehen Sie, und mitten in der Stube, am Tisch, da saß ich mit einem riesigen Bogen Papier und zeichnete und zeichnete und sah nichts und hörte nichts — stundenlang haben wir so gesessen, die ganzen Jahre und kein Wort mit einander geredet." Er senkte plötzlich das Haupt. „Bis sie dann eines schönen Tages nicht mehr auf ihrem Fenstertritt saß."

„Da — war sie gestorben?" fragte Dorothea.

Heinrich Verheißer schlug mit der Hand durch die Luft.

„Ja, ja, ja," rief er, indem er den Kopf zurückwarf

und seine haftige Wanderung fortfetzte, „habe Ihnen ja
gefagt, es war am Beften fo. Sie ift in Hoffnung ge-
ftorben. Was würde fie gefagt haben, wenn fie's mit-
angefehen hätte, wie es ihrem theuren Filius fpäter
erging."

Er machte eine Paufe und blieb ftehen. Sein Geficht
verfinfterte fich; die fchweren Erinnerungen vergangener
Tage drängten fich in feinem Innern herauf.

„Immer wenn ich von der Schule nach Haus kam,
dachte ich, daß meine Mutter mir eines fchönen Tages
entgegenkommen und fagen würde: Der Onkel aus
Californien ift da, und nun ift alles in Ordnung!"

„Hatten Sie einen Onkel in Amerika?" fragte Dorothea.
Er brach in lautes Lachen aus.

„Keine Idee," rief er, „weder in Amerika noch in
Europa oder in einem der umliegenden Welttheile. Ich
fage Ihnen ja, daß ich einfam gewefen bin mein Leben
lang; es hat nie einen Menfchen gegeben, der einen voll-
ftändigeren Mangel an Onkeln und Tanten und fonftigen
Hülfsgefchöpfen aufzuweifen gehabt hätte! Das erzähle
ich Ihnen nur, damit Sie fehen können, was für eine
verfchrobene Mafchine der ergebenft vor Ihnen Stehende
fein Leben lang gewefen ift. Denn ich habe mir immer
eingebildet, es müßte mir einmal fo ein Goldonkel oder
fonft ein Glück irgendwie und irgendwo vom Himmel
regnen! Wie es damit alfo nichts gewefen ift — na —
hab' ich bei mir gedacht, alfo wird das Glück wohl vom
Parnaß kommen; los dafür! Und fo — weil nun unter-
deffen mein armer Alter auch das Zeitliche gefegnet und
ich die paar Kröten, die er fich in feinem Leben zufammen

gespart, als Erbe in der Tasche hatte — Kopf zwischen
die Beine und 'rein in die Malerei!"

„Sind Sie denn nun auch noch einsam geblieben?"
meinte Dorothea. „Da haben Sie doch Kameraden gefunden?"

„Den Teufel hab' ich gefunden!" schrie Heinrich
Verheißer, wie wüthend auf. „Da hab' ich erst kennen
gelernt, was einsam sein heißt! Kliquen habe ich gefunden,
wo Jeder, der drin steckte, ein Genie, und Jeder, der
draußen blieb, ein Esel war! Sogenannte Schulen, das
heißt Kerle, die Tags über an ihren Nägeln kauten, weil
ihnen nichts einfiel, und Abends in der Kneipe zusammen-
kamen und ihre sogenannte Methode auf den Tisch stellten
und sie anbeteten."

Er blieb vor Dorotheen stehen.

„Wenn Jemand etwas malen will," sagte er, „dann
wissen Sie, gehört dazu die sogenannte Phantasie. Und
das ist der Unterschied von sonst und jetzt! Sonst, wenn
einer malen wollte, und hatte keine Phantasie — na —
dann wurde er schließlich Stubenmaler oder sonst etwas;
jetzt — wenn einer keine hat, was thut er? er sucht sich
noch ein paar Andere, die ebensowenig haben, und dann
setzen sie sich zusammen und erfinden sich eine sogenannte
Richtung und dekretiren: Phantasie ist überhaupt Blech!
Und wer mit Phantasie malen will, ist ein Charlatan!
Na — also können Sie's hören und sehen: ich bin ein
Charlatan!"

Ein grimmiges Lachen brach aus ihm hervor. Dorothea
richtete beinah angstvoll die Augen auf ihn.

„Ihr eigenes Bewußtfein wird Ihnen doch immer gesagt haben, daß Sie keiner sind?"

„Na ja," erwiderte er, und ein höhnischer Trotz ver= zerrte sein Gesicht, „da wär' ich auch was Rechtes ge= wesen, wenn ich mich von solchen Kunstinvaliden hätte kurz kriegen lassen. Nein, ich bin geblieben, was ich war. Aber ich will's Ihnen nur gesteh'n, als ich merkte, was das für eine verteufelte Geschichte ist, wenn man fort= während auf dem Isolirschemel sitzt und langsam ver= hungert, hab' ich's versucht, mit ihnen zusammen zu thun und meine eigenen tollen Gedanken mit der alleinselig= machenden Schablone todtzuschlagen — ja, ja — ich hab's versucht, aber es ist nicht geglückt. Ein Weilchen hab' ich's ausgehalten, dann hat mich das graue Elend gepackt und ich bin von der Sippe davongelaufen, um allein zu sein mit meinem Kopfe; allein, wie ein Wolf auf der Haide, wie ein wildes Thier —"

Er drückte beide Fäuste an die Schläfen.

„Ach, wenn Sie wüßten, was das für ein Teufels= geschenk von der Natur ist, wenn sie einen heutzutage in Deutschland geboren werden läßt und einem einen selbst= ständigen Kopf zwischen die Schultern setzt!"

Er schwieg, und als sein Schweigen länger andauerte, erhob Dorothea das Gesicht. Sie sah ihn, die Hände immer noch an die Schläfen gedrückt, brütend zur Erde starren. Die Erinnerung kam ihr zurück, wie sie die Familie Brinkmann über ihn hatte lachen hören und es ahnte ihr, daß sie in dem Augenblick einen Ausschnitt aus der leidensvollen Geschichte mitangesehen hatte, die dieses Mannes Leben hieß. Unwillkürlich schoben sich ihre, im Schooße ruhenden Hände, ineinander.

„Ich meine doch," sagte sie, und in ihrer tiefen Stimme war ein weiches, süßes Zittern, „daß es gut für Deutschland und die Kunst ist, wenn die Natur solche selbstständige Köpfe schafft; und daß solche Menschen sich sagen sollten, daß sie eine große Aufgabe haben; und daß sie sich über das hinwegsetzen müßten, was die Menschen sagen, die um sie her sind, weil — nun sehen Sie, ich finde nicht so recht den Ausdruck — aber ich meine, weil solche Menschen eigentlich mit etwas viel größerem verkehren, als mit der umgebenden Welt, nämlich mit den großen Geistern aller Zeiten?"

Heinrich Verheißer verharrte regungslos, so daß es Dorotheen den Eindruck machte, als hätte er gar nicht auf sie hingehört. Sie lächelte verlegen.

„Was ich Ihnen von meinem Laien-Standpunkte sage, kann für Sie natürlich keinen großen Werth haben."

Jetzt ließ er die Arme sinken.

„Keinen Werth?" fragte er langsam, „was Sie da eben gesagt haben, hätte keinen Werth?"

Er wiegte, wie in staunendem Nachdenken, das Haupt, dann trat er auf Dorotheen zu, nahm ihre beiden Hände in die seinigen und sah ihr mit einem Blick in die Augen, daß sie bis ins Innerste erschrak.

„Sie sind viel mehr als klug," sagte er, „Sie sind weise, und Sie sind so weise, als Sie schön sind — und mehr ist nicht möglich."

Sie fühlte, wie seine Hände sich heißer und fester um ihre Hände legten, sie hatte ein Gefühl, als stände sie vor einer unmittelbaren Gefahr, als müßte sie aufspringen und entfliehen — aber es war schon zu spät. Zwei Arme schlangen sich plötzlich um ihren Leib; es war ihr, als vergingen ihr die Sinne: wie von einem Sturmwinde fühlte sie sich emporgerissen, an seine Brust gepreßt, und auf ihren Lippen brannten seine Lippen in einem langen, lechzenden Kusse.

„Mein Gott," stammelte Dorothea, indem sie todtenbleich auf die Bank zurücksank und beide Hände vor die Augen drückte. Aber er saß schon neben ihr, den Arm um sie geschlungen, so daß er sie nah an sich gepreßt hielt.

„Aengstige Dich nicht," flüsterte er ihr zu, „Götter brauchen sich nicht zu fürchten; hab ich Dir nicht geschrieben, daß Du eine Göttin bist? Sagt es Dir Dein eigenes herrliches Selbst nicht, daß Du eine bist? Menschen von Deiner Art sind dazu da, daß sie geben; was Du gethan hast, mußtest Du thun, das war Deine Natur, die Dich zwang, und Natur ist Schicksal. Fühlst Du nicht, daß es Schicksal war, was uns zusammengeführt hat? Daß Du mir geben mußtest? Daß ich von Dir empfangen mußte? Hast Du denn eine Ahnung, was Du mir gegeben hast? Was Du mir in jedem Augenblicke giebst, bloß, weil Du da bist? Jedes Deiner Worte erlöst mich; Deine körperliche Nähe berauscht mich, erweckt mich, beglückt mich und macht mich zu einem Künstler, wie ich nie vorher gewesen bin. Göttin — Gewaltige meiner Seele — Erlöserin! Erlöserin!"

Seine halblaut geflüsterten Worte drangen in sie ein, wie ein dunkelbrodelnder Strom, bis in ihre innersten Nerven, in ihr Mark, alles umwälzend, was da drinnen war, alles schmelzend, alles verwandelnd, daß ihr war, als säße ein anderer Mensch an der Stelle, wo sie saß, nicht mehr sie selbst. Wenn sie jetzt sprach — würde ihre Stimme noch so klingen wie vorher? Jetzt, da ihre Lippen wie verwandelt waren? Da sie den heißen Druck noch empfand, wo er sie geküßt hatte? Und dazu der furchtbare Schreck, als er sie plötzlich mit „Du" angesprochen hatte — an ihrer Hüfte seine heiße anpressende Hand — sie fühlte sich vernichtet, hülflos, einer Gewalt hingegeben, von der keine Schranke sie mehr trennte. Sie wollte etwas sagen — aber sie brachte nichts hervor, als ein stöhnendes Seufzen — sie wollte sich losmachen, sich erheben — aber es gelang ihr nicht und kraftlos sank sie in die Arme zurück, aus denen sie fliehen wollte, und ihr Haupt fiel an die Brust des Mannes, vor dem sie erzitterte. Und nun kam es wie eine Sturmfluth über sie her. Auf das schöne bleiche Antlitz, das mit geschlossenen Augen an seiner Brust lag, drückte Heinrich Verheißer im rasenden Ueberschwalle der Leidenschaft wieder und immer wieder Kuß auf Kuß. Dazu stammelte er in rauhen, abgerissenen Lauten trunkene Worte in ihr Ohr: „Du meine Göttin — Seele meiner Seele — wie ich Dich liebe — wie ich Dir danke — wie ich Dich hier in den Flammenmantel meiner Küsse hülle, so will ich Dich in das Gewand meiner Phantasie kleiden, daß die Menschen vor Dir stehen und Dich anbeten sollen, wie ich Dich anbete — komm doch zu Dir — thu' Deine Augen auf, Deine klugen, weisheitsvollen, göttlichen Augen — fühle doch, was Du mir gegeben hast — soll ich's Dir denn sagen? Ahnst Du denn nicht, daß ein Geheimniß über uns Beiden ist? Soll ich's Dir sagen? Soll ich's Dir nennen?"

Ohne das Haupt aufzurichten, denn sie fühlte sich wie gebrochen, schlug Dorothea an seiner Brust die Augen auf und blickte in sein Gesicht, das über sie gebeugt war.

„Ein — Geheimniß?" fragte sie.

Kichernd wie ein glücklicher Knabe, nickte er ihr zu.

„Ja, ja, ja," flüsterte er, „mit dem Bilde da, mit unserem Bilde, das uns Beiden gehört, Dir wie mir!"

Mit einem Ruck setzte Dorothea sich auf und strich mit beiden Händen über das Haar, das sich in der wilden Umschlingung ganz verwirrt hatte; ihre Augen gingen zu dem Bilde hinüber und blieben starr darauf geheftet. Hatte sie denn Alles vergessen? Die Gestalt des Weibes dort auf dem Bilde — hatte sie ihn nicht fragen wollen, welch ein Geheimniß an dieser Gestalt war? Mit ihrer Linken ergriff sie seine Hand; den Zeigefinger der Rechten legte sie auf ihren Mund, als wollte sie ihn bedeuten, leise zu sein. Dann beugte sie sich zu ihm und hauchte kaum vernehmbar: „Ist das Geheimniß — an der Frau dort — auf dem Bild?"

„Ja, ja, ja," gab er eben so leise zurück.

Wieder verstummte sie und wieder hingen ihre Augen an der Malerei. Ihre Lippen zitterten, brachten aber keinen Laut hervor. Er beugte sich von Neuem zu ihrem Ohre. „Hast Du sie denn nicht erkannt? Weißt Du denn nicht, wer es ist, den ich da gemalt habe? Hast Du mir nicht gesagt, daß sie schön ist? Wunderschön?"

Sie erwiderte nichts, sie saß wie versteinert, aber er

fühlte, wie von der Hand, die seine Hand umklammert
hielt, ein Druck ausging.

„Weißt Du denn, warum sie so schön geworden ist?"
fuhr er fort und seine Lippen waren so nah an ihrem
Ohre, daß sie es feucht an ihrem Ohre empfand, „so
wunderbar schön, daß sie Jeden berauschen wird, der sie
sieht? Weil Du es bist, Du, so wie Gott Dich geschaffen
hat; Dein Leib, den ich nachgeschaffen, nachgemalt habe
in seiner himmlischen Schönheit, als ich ihn gesehen habe
in einer Stunde —"

Dorothea hatte seine Hand aus der ihrigen geworfen,
ihre Augen waren weit aufgerissen, wie im Entsetzen.

„Ge — sehen?" fragte sie rauh, mit unterdrückter
Stimme.

Heinrich Verheißer glitt von der Bank zu ihren
Füßen nieder, drückte das Haupt in ihren Schooß und
umklammerte sie mit beiden Armen. „Aber nicht zürnen!"
rief er, „nicht böse sein! nicht böse sein!"

„Gesehen?" wiederholte sie noch einmal.

„Ja, ja, ja," sagte er, wie im Fieber, „da drüben,
wo nur der blaue Himmel Dich sah, unter Blumen und
duftenden Bäumen, wie Du aus dem Wasser stiegst, in
Deiner marmornen Einsamkeit, im —"

Mit einem dumpf abgebrochenen Laute fuhr Dorothea
von ihrem Sitze auf, so jählings, daß sie ihn, der vor ihr
lag, mit den Knieen zurückstieß. Mit beiden Händen
deckte sie das Gesicht und zwischen den Fingern sah man
die purpurne Gluth, die ihr Gesicht überfluthete.

„O mein Gott," sagte sie, „o mein Gott!" und beide

Male war es ein Aechzen, das sich aus ihrem Innersten
rang.

Auf den Knieen schob Heinrich Verheißer sich ihr
nach; als er sie aber wieder in seine Arme fangen wollte,
stieß sie ihn leidenschaftlich zurück.

„Gehen Sie!" sagte sie mit zuckenden Lippen, „nie
mehr! nie mehr!"

Dann ging sie von ihm hinweg, mit wankenden
Schritten, an die Mauer der Halle. Dort lehnte sie den
Arm an und stützte das Haupt in den Arm und so stand
sie, halb ohnmächtig, nach Athem ringend, indem sie ihm
und seinem Bilde den Rücken kehrte.

Heinrich Verheißer hatte sich erhoben und blickte
stumm zu ihr hinüber. Er wagte keinen Laut von sich zu
geben und so entstand in dem weiten Raume zwischen den
beiden Menschen eine lange, qualvolle Stille.

Endlich sah er, wie Dorothea ihr Taschentuch hervorzog und es zum Gesichte führte — war es Schweiß, den
sie trocknete? oder waren es Thränen? Dann streckte sie,
ohne das Gesicht zu ihm zu wenden, die Hand aus.

Mit einem lautlosen Sprunge war er heran und fing
ihre Hand in seinen bebenden Händen.

„Sie müssen fort," sagte sie mit gebrochener Stimme,
„das müssen Sie selbst fühlen — Sie — müssen fort."

Er gab keine Antwort; sie fühlte nur, wie er ihre
Hand aus seinen Händen gleiten ließ, so daß sie schlaff an
ihren Leib sank.

„Sie — können doch nicht mehr bleiben?" fuhr sie
fort, auf eine Antwort harrend. Aber es war, als stände
ein Todter neben ihr.

„Fühlen Sie das denn nicht selbst?" stieß sie hervor, mit dem Fuße wie in Verzweiflung aufstampfend.

„Ja," erwiderte er, und seine Stimme klang völlig verändert, schwer und metalllos, „ich überlege nur, was ich Ihrem Herrn Vater sagen soll —"

Ein abermaliges Schweigen entstand, denn hierfür wußte auch Dorothea keinen Rath. Endlich fuhr er fort: „Aber so wird es sich machen lassen: in Berlin wird zum Herbst die Kunstausstellung eröffnet — da werde ich meinen Karton ausstellen — ich werde ihn selbst hinbringen — auf die Weise fällt es nicht auf, wenn ich fortgehe."

Diesmal war er es, der auf eine Antwort lauerte. Mit brennenden Augen sah er zu ihr hin, würde sie nichts dagegen einzuwenden haben, daß er ginge? Nein — sie nickte zustimmend — er sollte es so machen, sollte gehen.

Er trat einige Schritte zurück.

„Ich werde an Ihren Herrn Vater schreiben," sagte er, und seine Stimme drang kalt, wie aus der Ferne zu ihr herüber, „er wird ja wohl nichts dagegen haben, dann kann ich schon morgen, spätestens übermorgen von hier fort. — Meinen Sie nicht?" fuhr er fort, als sie im Schweigen verharrte.

Dorothea richtete das Haupt auf, das noch immer auf den Arm gestützt lag. „Jawohl," hauchte sie, „so wird es am besten sein."

Sie trat von der Wand hinweg. Langsam wandte sie sich zu ihm um, zagend, daß sie seinem Blicke begegnen würde — sie begegnete ihm nicht, er sah nicht zu ihr hin. An seinem Bilde stand er, die Augen zum Fenster gerichtet, mit schlaff herniederhängenden Armen, die Falte in der Stirn tief eingesenkt. Ob er bemerkte, daß sie sich zu ihm gewandt hatte, daß sie ihn ansah? Es ließ sich kaum sagen; er stand ohne Laut und ohne Regung, wie aus Erz gegossen. Und nun stand sie und blickte zu ihm hinüber und konnte sich nicht entschließen, zu ihm heranzutreten, und auch nicht, hinwegzugehen, denn sie sagte sich ja, daß sie ihn nun heute, nun dort zum letzten Male sähe und daß, wenn die Thür zwischen ihm und ihr sich schlösse, sie ihn nie wiedersehen würde, nie im ganzen langen Leben mehr. Und indem sie also dachte, indem sie diesen Menschen, der eben noch des jauchzenden Lebens voll gewesen war, nun dastehen sah, wie verstummt, wie gelähmt — da überkam sie ein so schweres Gefühl, daß sie, ohne zu überlegen, mit drei raschen Schritten zu ihm herankam und ihm die Rechte zustreckte.

„Wollen wir uns nicht — Lebewohl sagen?" flüsterte sie.

Es sah aus, als bemerkte er wirklich erst jetzt ihre Nähe. Die Lippen zuckten, aber sie konnte nicht verstehen, was er sagte, ob er überhaupt etwas sagte. Als er ihre ausgestreckte Hand sah, war es, als überlegte er einen Augenblick, dann nahm er, ohne Gegendruck, ihre Hand auf, und ohne die Augen zu ihr zu erheben, machte er eine Verbeugung, wie an dem Tage, als sie zum ersten Male mit ihrem Vater in die Halle gekommen war.

Als Dorothea das sah, diese kalte, leere Geberde, die in ihrer Stummheit so deutlich sprach, ihr so vernehmlich sagte, daß sie von ihm nichts mehr zu befürchten hätte, daß sie ihn los sei, für immer — griff es ihr wie ein

Krampf an das Herz; ein Schluchzen quoll in ihr auf und die Thränen brachen aus ihren Augen.

Heinrich Verheißers Gesicht wurde todtenblaß; die Glieder schlugen ihm am Leibe und noch einmal fiel er vor ihr nieder, in die Kniee. Seine Arme schlangen sich noch einmal um sie her, aber es war nicht mehr die frühere, inbrünstige Gewalt darin, es war, als wenn seine Muskeln die Kraft verloren hätten. „Ach," sagte er, „wie schade!" und es klang, als wenn die Seele dieses Menschen einen Riß bekommen hätte.

Dorothea stützte die Arme auf seine Schultern und beugte sich zu ihm herab.

„Seien Sie doch nicht so verzweifelt!" stammelte sie.

Aber er erwiderte nichts, er hob nicht die Augen auf und sie sah nur, wie er den Kopf schüttelte, langsam und schwer, als wiederholte er immer nur das eine Wort: „Wie schade — wie schade."

Da legte sie die Hand auf seine dunklen Locken und bog ihm den Kopf nach hintenüber, so daß er ihr in die Augen sehen mußte und so daß sein Gesicht dicht vor ihrem Gesichte war. Seine Augen waren wie erloschen, sein Gesicht ganz bleich. Und nun beugte sie sich tiefer, und plötzlich senkte sie die Lippen auf seine Stirn, drückte ihre Lippen alsdann auf sein eines, dann auf sein anderes Auge und endlich küßte sie ihn auf den Mund und ließ ihre Lippen auf den seinen ruhen, lange, lange, bis daß sie sich, wie mit Gewalt, losriß und ihm zuflüsterte: „Lebewohl! Lebewohl! Lebewohl!"

Dann raffte sie sich auf und wandte sich von ihm

und ging mit haſtigen Schritten bis an die Thür. In der Thür blieb ſie noch einmal ſtehen und drehte ſich noch einmal um. Er hatte ſich an die Bank geſchleppt und lag vor der Bank, die Ellbogen aufgeſtützt, den Kopf in den Händen.

„Lebewohl,“ hauchte ſie noch einmal zu ihm hinüber. Aber er wandte ſich nicht zu ihr hin, er antwortete nicht, nur mit der einen Hand winkte er ihr zu „geh nur — geh nur“ — und ſie ging.

Als die Thür hinter ihr ins Schloß fiel, gab es einen dumpfen Hall, und ſie hatte ein Gefühl, als würde dieſer Klang in ihren Ohren nachdröhnen, immerdar, ein Leben lang, und indem ſie von der Halle hinweg dem Hauſe zuſchritt, war ihr, als wäre es kalt, trotz der Sommerhitze, die ſie umgab — und ſie erinnerte ſich, wie kalt ſeine Lippen geweſen waren, als ſie ihn geküßt hatte. —

Neuntes Kapitel.

„Jetzt giebt's doch aber keine Rosen mehr zu okuliren — wo bleibt denn heute Dorothea?" sagte der Etatsrath am nächsten Morgen, als er ungeduldig den Frühstückstisch umkreiste. Wohl ein Dutzend Schiffe hatte er stromauf und abwärts an sich vorüberziehen lassen; die Kappe saß weit zurückgeschoben auf dem Hinterkopfe. Man muß den Menschen auch nicht zu lange vor dem gedeckten Tische warten lassen — da verwandelt sich die unverwüstlichste Laune schließlich in gährend Drachengift. Es dauerte heut wirklich lange, bis sie kam. Moritz Pfeiffenberg hatte seine Zeitung beinah von Anfang bis zu Ende durchgelesen. Jetzt aber rauschte ein Kleid. Nicht aus dem Garten, heut kam Dorothea aus dem Hause.

Sobald er der Tochter ansichtig wurde, war die Unwirschheit des Etatsraths verraucht.

„Na sag' mal, Ministerchen, das hat ja heute lange mit Dir gedauert?" Damit faßte er sie unter das Kinn. Dorothea drückte einen flüchtigen Kuß auf seine Stirn.

„Ich muß wirklich um Entschuldigung bitten," sagte

sie, „ich war gegen Morgen noch einmal eingeschlafen und —"

„Und haſt die Zeit verſchlafen," lachte der Etatsrath, „na ſieh mal, das iſt ja ein Troſt für unſereinen, daß auch Dir mal ſo etwas paſſiren kann. Menſchen ſind wir eben Alle — nun wollen wir frühſtücken."

Mit breitem Behagen ſetzte er ſich an den Tiſch, Moritz Pfeiffenberg warf ſeine Zeitung beiſeite, und im nächſten Augenblick war Alles in voller Thätigkeit. Pfeiffenberg Vater und Sohn mit ſolchem Eifer, daß ſie gar nicht bemerkten, wie wenig gut Dorotheens Aus=ſehen war.

Sie ſchien eine ſchlechte Nacht hinter ſich zu haben und ſah blaß und überwacht aus.

Als das Frühſtück ſich dem Ende näherte, erſchien aus dem Salon der alte Brenz, einen Brief in Händen, den er dem Etatsrath mit gemeſſener Verbeugung überreichte.

„Wer iſt denn das?" ſagte der Etatsrath. Weitſichtig wie er war, ſtreckte er den Brief zwiſchen den Fingern von ſich, „die Handſchrift kenn' ich ja gar nicht?"

„Der Herr Maler hat ihn heut früh für den Herrn Etatsrath abgegeben," erwiderte Brenz, mit dem Tone reſignirten Vorwurfs, den ſeine Stimme annahm, ſobald er genöthigt war, von dieſem inkorrekten Menſchen zu ſprechen.

„Von dem Gothen? Was will denn der?" Damit hatte der Etatsrath den Umſchlag aufgeriſſen und fing an, ſich in den Inhalt des Briefes zu vertiefen. Er hatte aber kaum die erſte Seite geleſen, als er in ein ſchallendes

Lachen ausbrach. Dann wandte er sich an Brenz: „Ist
er denn schon fort?"

„Der Herr Maler," erwiderte Brenz, „muß ja wohl
schon gestern Abend Alles fix und fertig gepackt haben,
denn heute früh ist er mit dem ersten Zuge nach Altona
auf und davon."

„Auf und davon!" wiederholte der Etatsrath, indem
er den Brief auf den Tisch warf und lachend mit der
flachen Hand darauf schlug. „Und das Bild — auch
futsch?"

„Es scheint ja wohl. Wenigstens trug der Herr
Maler, als er das Haus verließ, eine große, außerordentlich große Rolle im Arm."

Der Etatsrath steckte beide Hände in die Hosentaschen
und warf sich im Stuhle zurück.

„Na, die Geschichte ist aber wirklich gut," sagte er,
„das ist denn doch das verrückteste Huhn, das mir je im
Leben über den Weg gelaufen ist!" Er wandte sich an
den Diener. „Es ist gut, Brenz — hat er denn nichts
weiter hinterlassen?" rief er ihm nach, als dieser sich
zurückzuziehen begann.

Brenz blieb stehen. „Wegen der Staffeleien hat er
gebeten, daß sie ihm nachgeschickt werden möchten."

„Nachgeschickt, hat er denn seine Adresse angegeben?"

„Eine eigene nicht," versetzte Brenz mit langsamem
Nachdruck, als wollte er andeuten, daß er ihm eine eigene
Wohnung überhaupt nicht zutraute. „Er hat gebeten,
unter der Adresse des Herrn Direktors von Werner,
Königliche Akademie, in Berlin."

„Na — ist gut also, kann geschehen," sagte der Etatsrath. „Aber nun sagt einmal," wandte er sich an Tochter und Sohn, „was soll man zu solch' einem Menschen sagen?"

Moritz Pfeiffenberg hatte in Gemüthsruhe weiter gefrühstückt.

„Was ist denn eigentlich los überhaupt?" fragte er.

„Was los ist?" wieherte der Etatsrath über den Tisch, „weg ist er, über alle Berge, mit sammt seinem Karton! Und ob wir unser famoses Freskobild jemals besehen werden — die Chancen dafür stehen unter Pari! Arme Dorothea!"

Mit seiner kurzfingrigen fleischigen Hand klopfte er auf die weiße schmale Hand Dorotheens, die in nervöser Mattigkeit auf dem Tische auflag. Wie unter einem körperlichen Schmerz zuckte Dorothea auf und riß die Hand vom Tische.

„Na — na," begütigte der Etatsrath, „ich glaube wirklich gar, Du läßt Dich von der Geschichte aufregen?"

Er gewahrte erst jetzt die fahle Blässe auf ihrem Gesicht, die tief liegenden Augen. Er beugte sich zu ihr.

„Ist Dir nicht wohl?"

Dorothea lehnte sich zurück, als wollte sie ihm aus- weichen; mit dem Taschentuche, das in einen schweren, nervenanregenden Parfüm getaucht war, fuhr sie rasch über das Gesicht.

„Ich habe die Nacht etwas schlecht geschlafen," er- widerte sie kurz.

„Was schreibt er denn?"

Der Etatsrath nahm den Brief auf und las:

„Hochgeehrter Herr!

Die Kunstausstellung in Berlin steht vor der Thür, und da meine Farbenskizze soweit fertig ist, werden Sie meinen Wunsch begreiflich finden, dieselbe bekannt zu machen. Ich darf nicht zögern, wenn ich das Bild noch rechtzeitig anbringen will und rechne daher auf Ihre freundliche Entschuldigung, wenn ich unverweilt abreise und den Karton gleich selbst mitnehme. Mit bestem Danke für das mir bewiesene Interesse

hochachtungsvoll ergebenst

Heinrich Verheißer."

„Punkt — Streusand!" rief der Etatsrath, indem er das Papier auf den Tisch zurückfallen ließ. „Daß er wiederkommen und das Bild auf die Wand malen wird, davon kein Sterbenswort!"

Moritz Pfeiffenberg langte über den Tisch, um das Schreiben noch einmal durchzulesen.

„Das hat man davon," sagte er übellaunig, indem er es auf den Tisch zurückwarf, „wenn man sich mit solchen unzuverlässigen Menschen einläßt. Sitzt drei Monate in unserem Hause, ißt, trinkt, benutzt unsere Halle als Atelier, und dann brennt er einfach durch und läßt uns sitzen. Die reine Blamage!"

Die Uebellaunigkeit des Sohnes gab dem Etatsrath seine Heiterkeit zurück.

„Du denkst an Brinkmanns," sagte er, „die werden sich freilich einen Ast lachen."

„Mein Gott, ja," erwiderte Moritz Pfeiffenberg, „nachdem nun einmal alle Welt von dem Bilde erfahren hatte —"

„Das, nebenbei gesagt, Niemand kennt,“ fiel der Etats=
rath ein, indem er sich paffend eine Cigarre anzündete.

„Denn was er da schreibt von dem ihm bewiesenen
Interesse, das ist doch einfach der reine Hohn.“

„Ich habe es gesehen,“ sagte jetzt Dorothea.

Beide Pfeiffenbergs fuhren mit den Köpfen zu ihr
herum. „Wahrhaftig?“

Sie lehnte schweigend im Stuhle und blickte auf den
Tisch, auf den Brief mit den wohlbekannten Schriftzügen,
die heut so kalt, so geschäftsmäßig gesprochen hatten, und
von denen sie wußte, wie sie zu sprechen vermochten.

„Na — ist denn was dran?“ fragte Moritz Pfeiffenberg.

Dorothea biß die Zähne aufeinander; es war ihr fast
unmöglich, auf diese Frage zu antworten. Wie das heraus=
kam — hochnäsig, protzenhaft, beschränkt! Für bedeutend
hatte sie ihren Bruder ja nie gehalten — aber jetzt —
wie sie ihn so dasitzen sah in seinem Sommerflanell, so
mit sich und seinem Schicksal zufrieden — so fertig, Leib
und Seele so zugeknöpft, weil er genug hatte und nichts
weiter dazu brauchte — und daneben der Andere, der
nicht mehr an ihrer Seite war, nie mehr an ihrer Seite
sein würde — eine wandelnde Feuerflamme, die keine Stätte
hat — und so unglücklich — so unglücklich —

Niemand, der das schöne bleiche Weib dort hinter
dem weiß gedeckten sauberen Tische in scheinbarer Ruhe
sitzen sah, würde geahnt haben, welch ein Wirbelsturm
durch sie dahinbrauste. Ein Sturm, der nicht länger
währte, als einige Sekunden und in diesen wenigen Sekunden
das Bild der Welt, wie es Jahrzehnte lang in ihrer Seele
gestanden hatte, umwarf und zu oberst und unterst kehrte.

„Das Bild," sagte sie tonlos, ohne einen der beiden Männer anzusehen, „ist außerordentlich schön."

Ein verblüfftes Schweigen trat ein. Also wirklich doch? Wenn Dorothea es sagte, mußte es ja wohl so sein.

Der Etatsrath war der Erste, der sich wiederfand.

„Na —" sagte er, „dann will ich nur wünschen, daß er Glück damit hat auf der Ausstellung; jedenfalls — ob ich ihn nun entschuldige oder nicht, das kommt ziemlich auf eins heraus, will mir scheinen; mit der Polizei," fügte er lachend hinzu, „werde ich sein Bild ja wohl nicht zurückholen lassen."

Dorothea richtete sich auf.

„Aber weißt Du, Papa," sagte sie, „ich bin der Ansicht, wir müssen ihn entschädigen für seine Arbeit."

Der Etatsrath nahm die Cigarre aus dem Munde und blickte sie mit großen Augen an. Er schien nicht recht verstanden zu haben.

„Wir hatten das Bild doch bestellt," fuhr sie fort, indem sie den Vater ernst und ruhig ansah, „er hat Monate lang daran gearbeitet, dafür sind wir ihm doch etwas schuldig, sollt' ich meinen."

„Aber sag' mir, Dorothea," mischte sich jetzt Moritz Pfeiffenberg ganz erregt in das Gespräch, „das scheint mir doch wirklich etwas zu viel verlangt? Der Mensch hat doch die ganze Zeit freie Station bei uns gehabt? So etwas rechnet doch mit?"

„Wie kann man eine solche Thätigkeit so auffassen?" erwiderte Dorothea, indem sie den Kopf zu ihm herum-warf und ihn mit einem zuckenden Blicke maß. So hart

und scharf, wie jetzt, hatte sie noch nie im Leben zu ihrem
Bruder gesprochen. Ihre Brust hob und senkte sich.

„Na, nur ruhig, Ministerchen," sagte schmunzelnd der
Etatsrath, „wir können die Sache ja in Ruhe überlegen."

„Er hat ja aber selber gar nichts verlangt?" wandte
Moritz Pfeiffenberg ein, in dem sich der Krämer bockbeinig
zur Wehre setzte.

„Weil er zu vornehm dazu ist!" knirschte Dorothea
zurück. Sie drückte das Taschentuch an den Mund. Das
Wort, das sie eben vernommen hatte, verursachte ihr etwas
wie körperlichen Widerwillen.

Er hatte nichts verlangt — nein — so wie er an dem
Morgen gekommen war, mit bestaubten Stiefeln, weil er
kein Geld gehabt hatte, um herauszufahren, so war er
wieder gegangen, dahin zurück, woher er gekommen war,
in die Armuth — wie ein Bettler — ja — aber wie ein
adliger Mann in Bettlerlumpen, während diese da saßen,
diese Millionäre, und ihm die Bissen Brod nachzählten,
die er genossen hatte! Einen Zaubergarten der Schönheit
hatte er aufblühen lassen in dem kahlen, nüchternen Kauf-
mannshause — und hatte nichts dafür verlangt von dem
Pfeiffenbergschen Geld — nur eins hatte er begehrt —
und weil ihm das versagt wurde, war er gegangen —
gleich, ohne sich noch einmal umzusehen — wie ein ver-
armter König, der nicht zweimal bitten kann, weil er das
Betteln nicht gelernt hat! Wie sein Bild vor ihre Seele
trat — in seiner Trauer — seinem Leide — seiner düsteren
Schönheit — Wie sie seine Hand winken sah: „geh nur
— geh" — Die Erinnerung schwoll in ihr empor, so
stark, so über Willen und Verstand, daß sie die Fassung

verlor und das Tuch an die Augen drücken mußte, weil
ihr die Thränen aus den Augen quollen.

Moritz Pfeiffenberg saß ganz entsetzt, mit offenem
Munde; so etwas hatte er an seiner überlegenen Schwester
noch nie erlebt. Der Etatsrath klopfte sie begütigend in
den Rücken.

„Aber Dorothea," sagte er, „Ministerchen, wer wird
sich denn so aufregen? Sag' mir um Alles in der Welt,
was ist denn nur los?"

Sie hatte den Anfall überwunden und schüttelte den
Kopf. „Ich hab's Euch ja gesagt," erwiderte sie, „ich
bin etwas nervös — ich habe die Nacht schlecht ge=
schlafen."

Ihre Stimme hatte wieder den herrisch gebietenden
Ton, den Vater und Bruder an ihr gewöhnt waren, und
das beruhigte diese schneller, als sonst etwas vermocht
hätte.

„Wir müssen doch berücksichtigen," fuhr sie fort, indem
sie hastig noch einmal über das Gesicht wischte und das
Tuch alsdann in die Tasche zurückschob, „daß er in der
Zeit, wo er bei uns gearbeitet hat, andere Bestellungen
hätte bekommen können, die ihm nun entgangen sind."

Der Einwand verfing; man sah es den Gesichtern
der beiden Pfeiffenbergs an. Sie war eben die Tochter
eines klugen Kaufmanns, die kluge Dorothea.

Noch ergab sich indessen der alte Schlaukopf nicht.

„Na ja, mein Töchterchen," sagte er, „aber sieh mal,
wenn er mit dem Bilde auf Niewiederkommen davongeht,
dann ist's doch ein Bischen zu viel verlangt, daß ich ein
Bild bezahlen soll, das mir gar nicht gehört?"

„Es ist ja noch nicht gesagt,“ versetzte sie stockend, „ob er nicht wiederkommt, das fresko auszuführen.“

„Glaubst Du das wirklich?“ forschte der Etatsrath, indem er sie zwinkernd mit den kleinen, runden Augen ansah.

Eine dunkle Röthe ergoß sich über Dorotheens Gesicht; sie senkte das Haupt und verstummte. Von Allen wußte sie ja wohl am besten, daß er nicht wiederkommen würde.

„Ich — verlange ja nicht,“ nahm sie zögernd wieder auf, „daß Du das Bild bezahlst — nur, daß Du ihm etwas für die Arbeit zukommen läßt.“

„Na — darüber läßt sich ja sprechen,“ meinte der Etatsrath, indem er Dorotheens Hand in seinen Händen hätschelte. „Was meinst Du — wenn ich ihm fünfhundert Mark schicke?“

„Tausend,“ versetzte Dorothea kurz und rund.

Der Etatsrath fuhr vom Stuhle auf. „Na, nu er- lauben Sie, Herr Minister,“ sagte er, „erlauben Sie mal!“

Dorotheens Mundwinkel verzogen sich. „Aber Papa,“ stieß sie aus trockner Kehle hervor, „was bedeutet denn das für Dich?“

„Also siebenhundert,“ dekretirte der Etatsrath, indem er einen Ton anschlug, der weitere Einwendungen aus- schloß. „Was meinst Du, Moritz, ist das genug?“

Moritz Pfeiffenberg ließ nur ein dumpfes Knurren hören. Er fürchtete sich vor der Schwester, sonst würde er erklärt haben, daß es siebenhundert Mal zu viel sei.

„Aber wie lassen wir's ihm zukommen?“ fragte der Etatsrath. „Der Gothe hat ja gar keine Adresse hinter- lassen?“

„Das besorge ich Alles gleich nachher selbst," erwiderte Dorothea hastig, „ich schreibe an Minister Kügler
und schicke ihm das Geld, der kann's ihm durch Herrn
Direktor von Werner zustellen lassen."

„Ist aber auch wahr," sagte der Etatsrath, „sie hat
doch einen Kopf für Dreie!" Er nahm Dorotheens Gesicht zwischen beide Hände, wie er es in Augenblicken der
höchsten Bewunderung zu thun pflegte, und als er das
schöne Gesicht zwischen seinen Händen ansah, überkam ihn
ein menschliches Rühren.

„Na, weißt Du was," sagte er, „Dir zu Liebe lege
ich noch die dreihundert zu."

Dorothea lächelte leise. „Habe ich ja gewußt, Papa,"
erwiderte sie.

„Hat sie gewußt!" rief der Etatsrath, indem er ihren
Kopf zwischen seinen Händen schüttelte, „hat sie gewußt!
Moritz," fuhr er fort, „wenn ich mal schwach werde,
übernimmt Dorothea das Geschäft! Die versteht's besser,
als Du und ich zusammen!"

Die Stimmung war wiederhergestellt; Dorothea war
zuthulich zum Vater, dessen gutes Herz sie wieder einmal
empfunden hatte, und Moritz Pfeiffenberg fügte sich mit
einem etwas säuerlichen Lächeln in das Unvermeidliche.

„Na ja, nu kann sie schmeicheln," lachte der Etatsrath, als er sich von Dorothea am Arme zu seinem Geld-
schranke gezogen fühlte, „aber Du hast Recht, man muß
das Eisen nicht kalt werden lassen, wenn man's schmieden
will."

Wie ein Adler mit der Beute schoß Dorothea nach
ihrem Zimmer davon, sobald sie die zehn Hundertmark-

scheine in Händen hatte, und während draußen noch das
Rollen des abfahrenden Wagens verklang, saß sie schon
am Schreibtische, um das Geld einzupacken und an Minister
Kügler .zu schreiben.

Welch eine köstliche Thätigkeit das war! Welch eine
Wonne, zu wissen, daß sie ihm das errungen hatte, daß
ihm das helfen würde! Denn schließlich — mag der
Seelenschmerz des Menschen noch so groß sein, ganz giftig,
ganz vernichtend wird er doch immer erst, wenn die ge-
meine Noth, der Hunger hinzutritt. Hatte sie nicht von
ihm selber gehört, wie schrecklich das sei, wenn man sich
langsam verhungern fühlte? Und wovon lebte er denn
jetzt? Sie konnte sich kaum vorstellen, wie er es überhaupt
möglich machte, von heute zu morgen durchzukommen.
Und hier kam nun eine Hülfe; und sie selbst war es, die
ihm das Brett unter die Füße schieben und ihm sagen
konnte: „Tritt darauf, damit Du nicht in den Abgrund
versinkst."

Ihre Hände flogen; sie hatte ein Gefühl, als könnte
es jeden Augenblick zu spät sein.

Trotzdem kam sie nur langsam von der Stelle, denn
der Brief an Minister Kügler war nicht leicht.

Natürlich durfte nicht die Ahnung erweckt werden,
daß sie die Hände im Spiele hatte; Alles mußte, als von
ihrem Vater ausgehend, dargestellt werden; das forderte
diplomatische Kunst. Von dem Menschen, bei dessen Andenken ihr das Herz brannte, mußte sie wie von einer
gleichgültigen Persönlichkeit sprechen. Das legte ihr einen
Zwang auf. Aber schließlich that der Zwang ihr gut.
Es bereitete ihr eine gewisse Lust, ihren Verstand, die

Waffe von klarem Stahl, mit der sie früher so sicher durch
das Leben geschritten war, wieder einmal hervorzuholen
und zu empfinden, daß sie noch nicht schartig geworden
war. Drei Seiten des Briefes hatte sie bereits mit ihren
reinlichen, schönen Schriftzügen gefüllt — nun aber stockte
sie. Sollte sie Minister Kügler bitten, daß er Heinrich
Verheißer die Hoffnung des Etatsrathes aussprechen möchte,
ihn wiederkehren und das Bild auf die Wand übertragen
zu sehen? Konsequenter Weise mußte sie das, denn natürlich mußte dem Etatsrath daran gelegen sein. Aber —
konnte sie das schreiben?

Sie sagte sich, daß es ja nur eine Form sein, daß er
doch nicht wiederkommen würde; aber gleichzeitig fühlte
sie, daß sie dann doch von Tag zu Tag darauf warten
und lauern würde, was er dazu sagen, ob er nicht vielleicht doch wiederkommen würde? Und wie lange sollte
das fortgehen? Wie lange sollte sie so fortleben in Erwartung, Unruhe, Hoffnung und Sorge? Nein — der
Verstand war wieder stark in ihr geworden, und mit einer
raschen Entscheidung fügte sie einen kurzen Schluß an den
Brief, ohne ein Wort über Heinrich Verheißers Wieder-
kehr zu verlieren. Aufseufzend schob sie den Brief von
sich. Dieser Brief bedeutete einen Abschluß, und ihr
Seufzer sagte: es muß so sein, es ist gut so.

Rasch war der Brief geknifft und in das Couvert gesteckt, und in dem Couverte verschwanden sodann auch die
Banknoten. Im Augenblick aber, als sie zusiegeln wollte,
griff sie noch einmal hinein und holte die Geldscheine
heraus. Das würde nun der letzte Gegenstand sein, den

12*

ihre und seine Hände gemeinschaftlich berührten. Und unwillkürlich, als könnte der todte Gegenstand ihm verrathen,
von wem er kam, hob sie die Scheine an das Gesicht, so
daß sie den moorigen Geruch des Papiers empfand, und
drückte die Lippen mitten hinein. „Lebewohl," hauchte
sie, „lebewohl."

Dann schob sie die Banknoten hastig in den Umschlag
zurück, schloß das Couvert mit fünf Siegeln zu und ohne
weiter einen Augenblick zu verlieren, klingelte sie nach
dem Bedienten.

„Besorgen Sie das hier auf die Post," gebot sie dem
alten Brenz, „aber unverzüglich, die Sache hat Eile,"
fügte sie hinzu, als sie sah, daß der Alte in seiner saum-
seligen Gravität wieder zu einer Ansprache ausholte.

Mit gebührendem Respekt nahm Brenz den Brief in
Empfang; an der Schwelle aber blieb er dennoch stehen.

„Ich wollte mir nur zu fragen erlauben — die Stuben
da drüben, wo der Herr Maler gewohnt hat — sollen
die Sachen von da nun wieder ausgeräumt und zurück-
gebracht werden?"

Sein Zimmer — daran hatte sie ja wirklich gar nicht
gedacht! Indem sie jetzt daran erinnert wurde, ging ein
süßer Schauer durch ihre Brust; etwas von ihm war ja
noch da, das Zimmer, das er bewohnt, die Sachen, die
er gebraucht hatte!

„Lassen Sie Alles vorläufig, wie es ist," erwiderte sie
rasch. „Ich — werde selbst zusehen — und nachher werden
Sie Bescheid bekommen."

„Aufzuwarten," und der alte Brenz verschwand, um
den Geldbrief auf die Post zu tragen.

Kaum daß er hinaus war, so war Dorothea schon unterwegs, zum Gärtnerhause hinüber. Eine fieberhafte Ungeduld hatte sie erfaßt. Seit dem Tage, da sie für ihn die Zimmer eingerichtet, hatte sie den Weg nicht mehr gemacht. Wie sie damals gegangen war, und wie sie heute ging! Denn es war nicht das Verlangen allein, den Raum zu betreten, der ihn umschlossen hatte, noch etwas Anderes war, was sie trieb, eine Hoffnung, eine ganz leise, ganz versteckte, ob nicht vielleicht in seinem Zimmer etwas für sie liegen würde, irgend ein Andenken, vielleicht gar ein letztes Wort, ein Brief — wie ein Sturmwind rauschte ihr Kleid die Treppe hinauf; jetzt riß sie die Thür auf, und gierig flog ihr Blick von der Thür zum Tische hinüber, der vor dem Sopha stand — nichts. Die Tischplatte war leer. Langsam schloß sie hinter sich die Thür und trat vollends ein; dann blickte sie im Zimmer umher. Lag denn nicht irgendwo irgend etwas? Kein letztes Zeichen? Kein Fetzen? Kein Schnipsel Papier? — Nichts. — Im Nebenzimmer vielleicht —? die Thür stand offen — sie blickte hinein. Das Zimmer war nach seinem Weggange schon wieder aufgeräumt worden, alle Möbel standen an ihrem Platze — die elenden Möbel, die sie ihm hinein-gestellt hatte! Auch im Nebenzimmer war nichts. — Er war fort, so ganz fort, als wäre er nie dagewesen. Wie ein Schatten, der in der Luft erlischt, ohne Wort, ohne Laut, ohne Spur.

Dorothea trat an das Sopha, setzte sich darauf nieder, legte die Arme auf den Tisch, das Gesicht auf die Arme und weinte.

Zum zweiten Male nahm sie Abschied von ihm —
und dieses Mal, das fühlte sie, für immer.

So tief also war die Wunde gewesen, die man ihm
geschlagen hatte, daß er stumm davongegangen war, wie
Menschen thun, die plötzlich verstummen, weil der Tod
ihnen an das Herz greift? Immer wieder sah sie die
Hand, die ihr den Abschied gewinkt; jetzt erst verstand sie
ja, was sie hatte sagen wollen: „geh nur — ich habe
genug.“

Jetzt erst verstand sie das „wie schade“, das er trostlos
in ihren Schooß geflüstert, als er sie zum letzten Male
umfing: „Wie schade, daß Du nicht die bist, die ich in Dir
gesehen.“

„Bleibe Du nur in Deinem reinen, weißen Kleide, in
Deinem schönen Hause, in Deiner Kälte und Deinem Geld
— bleibe Du nur — ich werde geh'n.“

Und er war gegangen. Es war ihr, als sähe sie
ihn, wie er die Hausthür draußen zuwarf und noch einmal
über die Achsel zurückblickte, mit einem letzten, verächtlichen
Blick — nichts hatte er mitgenommen, als nur seiner
Hände Werk, seinen stolzen, verzweifelnden Tejas, sein
Selbst. Ach — wie sie sich beugte vor diesem wilden,
stolzen, königlichen Selbst!

Und nun — wenn nun der Brief in Berlin ankommen
und man ihm das Geld in die Hände geben würde —
mein Gott, mein Gott — hatte sie denn so gar nicht mit
dieser Natur zu rechnen gewußt? Eine kalte Angst umklammerte ihr plötzlich das Herz — wie würde er es denn
aufnehmen, dieses Geld? Wie konnte er es anders aufnehmen, als so, daß man ihn abfinden wollte?

Sein stolzes, mißtrauisches Gemüth würde ihm natürlich sagen, daß sie mitgethan hatte daran, daß man ihm das Geld schickte — sie — vor der er gekniet hatte, wie der Mann vor dem ersehnten Weibe, wie der Künstler vor dem leibhaftig gewordenen Gebilde seiner Phantasie — sie hatte ihn zurückgestoßen und schickte ihm zur Ent» schädigung Geld?!

Dorothea griff sich in das Haar; vor ihrer krankhaft überreizten Phantasie sah sie den dumpf erstaunten Blick, mit dem er die Hand ausstreckte, um die schmutzigen Banknoten zu nehmen. Ja — er würde sie vielleicht nehmen, weil er sie nehmen mußte, weil er verhungerte, wenn er sie nicht nahm — aber wie ihr Bild in seiner Seele sich verwandeln würde — jählings — unwieder» bringlich — gräßlich! Wie er sie hassen würde, daß sie ihm solche Schmach anthun konnte, sie, die er in einer Stunde, da der Mann vor dem Weibe keine Geheimnisse hat, hatte hineinblicken lassen in sein gequältes, ver» zweifelndes, verhungerndes Leben!

Ob sie den Brief zurückverlangen sollte von der Post? Aber er war vielleicht schon unterwegs. Und dann — wo eine Erklärung finden, nachdem sie unter Thränen das Geld erbeten hatte?

Eine dumpfe Rathlosigkeit umkreiste ihr Haupt; ein Jammergefühl umlagerte ihr Herz. Ihr eignes Thun er» schien ihr plötzlich in einem ganz veränderten Licht. Sie hatte es so gut zu machen geglaubt, und jetzt sagte sie sich, daß sie unbewußt, als reiche Tochter des reichen Mannes, nichts Anderes gethan hatte, als was der öde, blöde Reich»

thum in allen Leidensfällen der Menschheit thut: daß er
Geld auf die Wunden schmiert. Geld auf das brechende
Herz — Geld auf die brennende Kränkung — immer nur
Geld — immer nur der eine scheusälige Gedanke: gemein
sind wir doch Alle, also befriedigt nur die gemeinen Bedürfnisse — die sogenannten edlen schlafen dann von
selber ein. —

Dorothea richtete sich im Sopha auf und trocknete
sich das thränenbenetzte Gesicht.

Hier war nichts mehr zu ändern und zu thun —
diese trostlose Gewißheit gab ihr, wenn auch nicht den
Frieden, so doch die äußere Ruhe zurück. Um mit der
Verzweiflung zu spielen, war ihre Natur zu wenig
sentimental — man mußte vorwärts blicken.

Was war's denn schließlich? Ein Mensch war in ihr
Leben getreten und wieder hinausgegangen. Hörte ihr
Leben darum auf? Hatte sie nicht ganz glücklich, ganz
wunschlos gelebt, bevor dieser Mensch gekommen war?
Was hinderte sie, das alte Leben da wieder aufzunehmen,
wo sie es verlassen hatte?

Freilich — indem sie so dachte, kostete es ihr Mühe,
sich zu erinnern, womit sie eigentlich früher ihre Tage
ausgefüllt hatte. Wirthschaftsangelegenheiten, Garten-
pflege — war denn das wirklich Alles gewesen? Es war,
als wenn ihr Gedächtniß gelitten hätte.

Aber so war es nicht — in der Bahn ihres Lebens,
die früher so glatt gewesen, hatte sich ein Berg erhoben,
und über den konnte sie nicht hinübersehen auf ihren
früheren Lebensweg — darum erkannte sie ihn nicht
wieder.

Gut denn — mochte der Berg stehen bleiben, wo er
stand, ihr Weg ging von ihm hinweg; sie durfte sich nicht
umsehen nach ihm, hinter ihr mußte er bleiben, in ihrem
Rücken.

Drei Monate Leben mußten ausgestrichen werden aus
ihrem Dasein, vergessen mußte sie, was in diesen drei
Monaten gewesen war — das mußte sie, das mußte sie.
Und hatte er es ihr denn nicht leicht gemacht? Hatte er
ihr nicht unzweideutig zu verstehen gegeben, daß er von
ihr nichts mehr wissen wollte? War ihre Natur so elend
verwandelt, so allen Stolzes baar geworden, daß sie mit
Klagen hinter einem Manne drein schleichen sollte, der ihr
den Rücken kehrte? Wer ihr solche Möglichkeit auch nur anzudeuten gewagt hätte, damals, vor drei Monaten, als sie
zum ersten Male dieses Zimmer betrat! Nein. — Sie
erhob sich vom Sopha. In Krisen des Leibes und der
Seele braucht man Radikalmittel, und ein solches hatte sie
bei der Hand: eines neuen Inhalts bedurfte sie für ihr
Leben — sie mußte, wie sie ihn sich schaffen konnte, sie
wollte sich ihrem Bruder und seiner Braut widmen, ihr
Leben einrichten für die bevorstehende Ehe. Zwar würde
sie dabei mit den Brinkmanns und all' den Andern
zusammenkommen müssen, die ihr so wenig sympathisch
waren — aber gleichviel — das war Luftveränderung —
es giebt auch Luftveränderung für das Gemüth. In
diesen Kreisen, die zu ihr emporschauten, wie zu einem
überlegenen Wesen, würde sie am schnellsten wieder zum
Bewußtsein ihrer selbst kommen — unter diesen Menschen
würde sie am schnellsten vergessen. Also gut so — recht so.

— Und nun konnte sie ja wohl den Befehl geben, daß die Zimmer hier wieder ausgeräumt würden. Ja, natürlich.

Mit schnellen Schritten verließ sie das Gärtnerhaus, und als sie die Villa erreichte, kam Brenz ihr entgegen, um ihr den Postschein zu übergeben. Die Gelegenheit war da; sie öffnete den Mund — aber — bildete sie es sich nur ein, oder war in den Zügen des Alten eine lauernde Gespanntheit, ob er nun nicht endlich Auftrag erhalten würde, mit dem Menschen aufzuräumen? Sie blickte auf den Postschein nieder, als wollte sie den Inhalt studiren; eine flüchtige Röthe ging über ihr Gesicht — „es ist gut," sagte sie, und weiter nichts — morgen wollte sie den Befehl geben, die Zimmer auszuräumen. —

Das aber sollte die letzte Anwandlung von Schwäche gewesen sein; sie versprach es sich.

Zehntes Kapitel.

Gleich beim Mittagessen griff sie daher den neuen
Lebensplan an.

„Weißt Du, Papa," begann sie, „es ist mir eingefallen,
ich möchte eigentlich morgen einmal mit Euch hineinfahren.
— Ich muß doch Brinkmanns endlich meinen Besuch
machen," fuhr sie fort, als sie den überraschten Ausdruck
im Gesichte des Vaters sah.

„O Dorothea," sagte Moritz Pfeiffenberg, „das ist
ein vortrefflicher Gedanke. Ich glaube wirklich, Brinkmanns haben beinah schon angefangen — es ein wenig
peinlich zu empfinden —"

„Daß ich mich so wenig um sie bekümmert habe," fiel
sie ihm ins Wort, „ja, das begreife ich. Aber es ist nicht
das allein; ich denke mir, Jettchen fängt doch nun an,
wegen ihrer Aussteuer Vorbereitungen zu treffen — da
kann ich ihr mit Rath und That zur Hand gehen und sie
bei ihren Einkäufen begleiten."

„Famos," rief der Etatsrath, „und dann kommen wir

bei Ehmke zum Gabelfrühstück zusammen; oder bist Du
mehr für den Alster-Pavillon?"

„Ich akkommodire mich," entgegnete sie lächelnd. Der
Etatsrath stieß sein Glas an das ihre.

„Natürlich," sagte er lachend, „wie gewöhnlich. Im
Kleinen giebt man nach, um im Großen zu herrschen —
o Du Tochter Eva's!"

Moritz Pfeiffenberg hatte an der Vergnügtheit des
Vaters nicht theilgenommen; eine offenbare Verlegenheit
malte sich auf seinem Gesichte. Neben Dorothea war jetzt
noch eine zweite Frau vorhanden, deren Befehlen er zu
gehorchen hatte, das war die künftige Schwiegermutter,
Mama Brinkmann. Er hatte es bereits zu einem an-
sehnlichen Grade von Unterwürfigkeit ihr gegenüber
gebracht und wußte jetzt gar nicht, wie sie es aufnehmen
würde, wenn Dorothea sich um Jettchens Aussteuer be-
kümmerte. Bei allem Respekt vor den Pfeiffenbergs war
Mutter Brinkmann eine Frau, die ganz genau den Kreis
ihrer Pflichten, aber auch ihrer Rechte kannte. Jettchen
war unleugbar ihr Kind, und um die Aussteuer ihres
Kindes hatte Niemand sich zu kümmern, als sie selbst.
Moritz Pfeiffenbergs ängstliche Seele witterte etwas von
drohenden Konflikten; mit seinen großen Ohren sah sein
Gesicht wie das eines Hasen aus, dem eine Ahnung sagt,
daß die Schonzeit vorüber ist.

„Weißt Du — Dorothea," hob er zagend an, „der
Gedanke, wie gesagt, ist ja ganz vortrefflich — nur —
weißt Du — Mama Brinkmann wäre es vielleicht lieb,
wenn sie einige Vorbereitungen zu Deinem Besuche treffen
könnte —"

„Was braucht es denn da Vorbereitungen?" fragte Dorothea, indem sie den Bruder ansah. Sie hatte keine Ahnung von den Sorgen, die ihn erfüllten; es schien ihr ganz selbstverständlich, daß das Haus Brinkmann sich ebenso unter sie beugen würde, wie das Haus Pfeiffenberg es that.

Der Vater Etatsrath, wie immer ganz auf Seite der Tochter, schnitt alle weiteren Diskussionen kurz ab.

„Natürlich kommt sie mit, wenn sie will," erklärte er. Der Gedanke, mit seiner Dorothea hineinzufahren, statt immer nur mit dem ledernen Moritz, und dann mit ihr bei Ehmke oder im Alster-Pavillon zu frühstücken — da wären Brinkmanns auch gerade die Leute dazu ge= wesen, denen zu Liebe er auf so etwas verzichtet hätte — nein —

„Kann hübsch werden, Dorothea," sagte er vergnügt, indem man sich von Tische erhob, „kann sehr nett werden! Erst setzt Ihr mich in der Paille=Maille beim Büreau ab, dann fahrt Ihr Beiden zu Brinkmann's und Mittags, ich denke, so um ein Uhr, halb zwei, Rendezvous bei Ehmkes bei einem guten Happen und einem Glas Sekt? Ein= verstanden, Herr Minister?"

Er hatte alle fünf Finger der Hand ausgespreizt über ihr Gesicht gelegt, so daß ihre Augen wie aus einem Gitter hervorsahen — dann küßte er sie, zwischen seinen Fingern hindurch, lachend auf beide Augen — er war im höchsten Maße aufgeräumt.

Und diese fröhliche Stimmung verstärkte sich noch, als er am nächsten Morgen zum Frühstück erschien und Dorothea, bereits fix und fertig zur Reise, bei der Zu=

bereitung des Thees vorfand. Wie sie aber auch aussah
in dem grauen Kreppkleide, das sie zur Fahrt angelegt
hatte! Wie die Hand, durch einen einfachen Goldreif
vom Unterarme getrennt, heut doppelt weiß und zart erschien, indem sie die Tassen zurechtschob und das Frühstück
auffüllte! Wie der Strohhut ihr stand, der nach der
neuesten Mode weit über das Gesicht ragte und mit einer
schwarzen, nickenden Feder geschmückt war!

„Ministerchen, Ministerchen," sagte der Etatsrath,
indem er zärtlich den Rand des Strohhutes herauf- und
herabbog, „Du wirst ordentlich Mühe haben, Dein Frühstück unter Dach zu bringen."

Unter dem Hute sah er ihr ins Gesicht und gestand
sich, daß man sich in dieses Gesicht ohne Weiteres ver-
lieben müsse; es war ja heute noch schöner als gewöhnlich;
so ohne alle Herbigkeit, so sanft und still und wahrhaft
lieblich.

Die schweren Kämpfe des gestrigen Tages waren
hinuntergekämpft, und nun war Ruhe in ihre Züge
zurückgekehrt, die Ruhe, die ein fester Entschluß verleiht.

In der Stille der Nacht, in der keuschen, gewohnten
Umgebung des Schlafgemaches war die jungfräuliche
Seele wieder wach in ihr geworden und mit Schrecken
war sie sich bewußt geworden, wie nahe daran sie gewesen war, dieses Alles unwiederbringlich zu verlieren.
Eilend, nachdem sie sich entkleidet, hatte sie das Licht ge-
löscht, denn es war ihr gewesen, als tauchten sie wieder
herauf, die heißen, wilden, verzehrenden Augen, und als
müßte sie sich vor ihnen verbergen im Dunkel der Nacht.

Nichts mehr davon — nichts mehr von ihm —

zurück zum sanften, stillen, ordnungsmäßigen Leben, wo
Ruhe war und Frieden und vorwurfsloses Glück; zurück
zu den einfachen Menschen, die ja sicherlich viel besser
waren, als sie bisher gedacht, mit denen sie nur deshalb
nicht zu verkehren gewußt, weil sie sie nicht gesucht hatte.
Jetzt wollte sie sie suchen, wollte ihnen entgegenkommen,
freundlich und gut, als Gleiche den Gleichen.

Ja, ja, das wollte sie, das beschloß sie — und in
diesem Entschlusse war sie sanft eingeschlafen und erst mit
dem vorschreitenden Morgen aufgewacht.

Und dieser Entschluß stand in ihr fest, als sie nun an
der Seite des Vaters im Wagen saß und mit ihm und
Moritz Pfeiffenberg, der ihnen gegenüber den Rücksitz ein-
nahm, auf der Chaussee, die von Nienstedten nach Altona
führt, dahinrollte. Die Sonne war von leichten Wolken
verdeckt, es war ein grauer, weicher Sommertag, eine
Stimmung in der Luft, so recht zum Denken und Träumen
geeignet.

Das that Dorothea denn auch. Sie sprach wenig,
fast gar nicht; die Augen in die Landschaft hinausgerichtet,
saß sie in' den Polstern des Wagens, mit einem Gefühle
im Herzen, als ginge sie einem neuen Leben entgegen,
und hinter den Lippen ein stummes Gebet. —

Im Brinkmannschen Hause gab es einen Allarm, als
der Pfeiffenbergsche Wagen vor der Pforte anrollte, und
dieser Allarm ging von Jettchen aus, die aus dem Fenster
gesehen und Dorothea im Wagen erkannt hatte. Mit
schmetterndem Jubelschrei stürzte sie zu der Mutter, die
gerade in den hintersten, nach dem Hofe gelegenen Räumen
der Wohnung mit Wäschezählen beschäftigt war.

„O Gott, Mama, Mama," und sie flog der Mutter
um den Hals, so daß Frau Brinkmann ein ganzes Pack
frisch gewaschener und gestärkter Hemden Herrn Brinkmanns zu Boden fallen ließ, „Moritz ist unten! Und
rathe, wer noch mitgekommen ist! Dorothea ist da!"

Frau Brinkmann war bei ihrer Thätigkeit warm geworden; sie war korpulent, und in dem engen, mit hohen
Schränken vollgepfropften Raume herrschte eine stickige
Luft. Außerdem war sie im Morgenanzuge, ganz und
gar nicht zum Empfange von Besuchen gekleidet. —

„Mein Gott, aber — gerade jetzt" — das war Alles,
was sie erwiderte.

Sie blickte auf ihre Füße, die in rothwollenen
Strümpfen und gestickten alten Morgenschuhen steckten, auf
ihre Hausschürze — „na geh' doch nur und empfang' sie,"
wandte sie sich zu ihrer Tochter, „ich komme nachher
nach."

Während Jettchen davonschoß, verfügte sie sich in ihr
Schlafzimmer, um sich einigermaßen Ansehen zu verleihen;
dabei gab sie ihren Gedanken Audienz, und wenn ihre
Gedanken laut geworden wären, hätte es ein Konzert von
Brummstimmen gegeben.

„Was ist denn das für eine Manier, daß man die
Menschen so unangemeldet überfällt? Zu einer Zeit, wo
Alles in seiner Wirthschaft zu thun hat? Aber das kennt
man, das ist so die Art der Prinzessinnen — nur immer
der eigenen Laune folgen — das kommt davon, wenn
man von seinem Vater so verzogen wird — da muß man
sich ja schließlich einbilden, man wäre, wer weiß was."

„Emma!!" ein zorniges Klingeln rief das Dienst-

mädchen herbei, damit sie ihr das braune Seidenkleid
herausholte und anzöge, „denn daß sie nachher in ihrer
Villa da draußen mit dem Etatsrath die Nase über mich
rümpft, das könnte mir passen."

Emma kam gerade von der Wäsche; es dauerte ziemlich
lange, bis sie sich die Hände soweit getrocknet hatte, daß
sie das braune Seidenkleid ohne Gefährdung desselben an=
fassen konnte. Das trug natürlich nicht dazu bei, Frau
Brinkmanns Laune zu verbessern.

„Wochenlang kümmert sie sich nicht um Einen, und
dann fällt sie Einem mit einem Male auf den Hals! Was
soll's denn nur heißen, daß sie heute plötzlich kommt?"
Halt — Was ihr da einfiel: hatte Moritz nicht
erzählt, daß gestern früh der Maler abgereist war? Ob
denn da — irgend ein Zusammenhang —? Es war ja
wohl kaum denkbar — aber immerhin — so lange er da=
gewesen, hatte sie keinen Fuß gerührt — und nun mit
einem Mal —?

Wie von einem jähen Gedanken erfaßt, blieb Frau
Brinkmann mitten im Zimmer stehen, so daß Emma,
die mit dem Kleide bereit stand, erschrak, weil sie etwas
versehen zu haben glaubte.

„Dazu immer die Parteinahme für den Menschen —
vom ersten Augenblick an — und neulich Abend, nach dem
Diner, wo er sich so flegelhaft gegen Frau Brinkmann be=
nommen hatte — der Mensch — sie hatte es ja wohl
deutlich genug gesehen, wie die Beiden im Garten nachher
im Dunkeln zusammengesessen und miteinander geflüstert
hatten; sie hatte ja auch Dorotheen darauf angesprochen
und die war freilich ruhig genug geblieben — aber

das kennt man — das kennt man" — mit einem heroischen Entschlusse fuhr Frau Brinkmann in das braunseidene Kleid, daß es knatterte und krachte.

Inzwischen hatte Jettchen vorne die Pflichten der Hausfrau geübt und Dorotheen an der Thür mit stürmisch kindlichen Liebkosungen empfangen.

„Gott, Dorothea, wie einzig nett, daß Du kommst! Du mußt nur entschuldigen, wenn Alles ein Bischen in Unordnung bei uns ist, wir haben gerade Wäsche heute —"

Damit hatte sie sie in den Flur hereingenöthigt, der lang und schmal an den Zimmerthüren entlang durch die ganze Wohnung lief. Im Augenblick, als Dorothea hineintrat, schlug ihr ein fataler Geruch entgegen, von Cichorien-Kaffee. Vermuthlich hatten sich die Wäscherinnen in der Waschküche hinten den Trank gebraut — aber jedenfalls war der Geruch da; und während Jettchen ihn gar nicht zu spüren schien, wirkte er auf Dorothea so unangenehm, daß sie Mühe hatte, ihren Widerwillen zu verbergen.

„Aber nun bitte, hier herein," sagte Jettchen, die inzwischen den Bräutigam umhalst und mit einem lauten Kuß begrüßt hatte. Sie riß eine Thür auf und indem sie auf der Schwelle stehen blieb, forderte sie Dorotheen mit strahlendem Blicke auf, hineinzutreten. Man merkte ihr den Stolz an, den es ihr bereitete, Dorotheen in den Salon des Hauses Brinkmann einzuführen.

Mit einem leisen Lächeln überschritt diese die Schwelle; hier war sie wenigstens vor dem Kaffeedunst sicher. Sie bemerkte, daß sie sich in der „guten Stube" befand.

An den Seitenwänden des vierfenſtrigen Raumes
waren, ſtreng ſymmetriſch über- und nebeneinander, Kupfer-
ſtiche und Bilder in engliſcher Schwarzkunſt angebracht,
Antonius an der Leiche Cäſars, Wellington und Blücher,
ſich auf dem Schlachtfelde von Waterloo begrüßend, und
andere, im zweiten Jahrzehnte des Jahrhunderts oft
wiederholte und gern geſehene Gegenſtände. An der
Rückwand prangte in bunten Farben eine große Schweizer-
landſchaft in Oeldruck.

Vor den Fenſtern ſtanden auf kleinen, runden, mit
vergoldeten Kettchen behangenen Tiſchen hohe, ſchmal-
brüſtige Alabaſtervaſen, aus denen künſtliche Blumen und
Rankengewächſe hervorquollen; von der Mitte der Decke
hing ein großer Kronleuchter herab, den man aber nicht
genauer zu erkennen vermochte, weil er ganz in einem
grauen Ueberzuge ſteckte und daher wie ein großer Sack
ausſah. Vom gleichen grauen Stoff waren auch die
Ueberzüge, mit denen die Sophas und ſämmtliche Stühle
bekleidet waren.

Das Alles hatte Dorothea mit einem Blick überſehen.
Als ſie jetzt auf einem der Fauteuils Platz nehmen wollte,
ſtürzte ſich Jettchen auf den Stuhl.

„O Gott, nein, Dorothea, Du mußt erlauben, daß
ich den Ueberzug abnehme!“ Damit fing ſie an, geſchäftig
die Bänder zu löſen, welche die ſchützende Umhüllung feſt-
hielten. Dorothea verſuchte einen Einſpruch, aber der
Eifer der Kleinen ließ ſich nicht zügeln.

„Hätten wir geahnt, daß Du heute kommen würdeſt,
wir hätten ja natürlich alle Ueberzüge abgenommen; aber
daß Du auf einem ſitzen ſollſt — nein, nein!“

13*

Die Hülle sank und der Fauteuil zeigte sich in seiner
Pracht von rother Seide.

„Wie schön,“ sagte Dorothea, indem sie sich lächelnd
niedersetzte. Daß der eine rothe Sessel nun einen ab-
scheulichen Kontrast gegen seine anderen, weniger be-
günstigten Möbel-Kollegen bildete, sagte sie natürlich nicht.
Jettchen schien es nicht zu empfinden; sie rollte einen
Fauteuil neben Dorotheen und setzte sich dicht neben sie;
Moritz Pfeiffenberg saß ihnen gegenüber, und zwar auf
einem überzogenen Stuhl; er gehörte schon zum Hause,
mit ihm wurden weniger Umstände gemacht.

So saß man nun und wartete, daß Dorothea etwas
sagen würde. Wer sollte sprechen, wenn sie nicht sprach?
Dorothea aber brachte nichts heraus. Es war ihr, als
müßte sie sich besinnen, warum sie überhaupt gekommen
war. Diese dürre Geschmacklosigkeit rings umher — war
denn das wirklich der dauernde Aufenthalt von Menschen?
Sie hatte das Gefühl von einem unmöglichen Zustande.
Das gutherzige kleine Ding an ihrer Seite, das wie ein
Schulmädchen dasaß und nichts weiter konnte, als ihre
Hände drücken und mit stumm begeisterten Augen zu ihr
aufblicken — was in aller Welt sollte sie mit ihr sprechen?
Endlich schüttelte sie mit Gewalt den Bann ab, der auf
ihr lag.

„Weißt Du, Jettchen,“ sagte sie, indem sie ihr über
das Haar strich, „ich habe mir gedacht, ich könnte Dir
vielleicht ein wenig behülflich sein, wenn Du jetzt an Deine
Aussteuer gehst? Hast Du schon Leinewand eingekauft?
Sonst könnten wir vielleicht zusammen Gänge machen?“

Jettchen ergriff voller Enthusiasmus ihre beiden Hände.

„Dorothea, das wolltest Du thun? Das ist ja zu einzig nett von Dir! Du mit Deinem praktischen Sinn und Deinem großartigen Geschmack!"

Sie hätte sich vielleicht noch länger in Dank und Jubel ergossen, wenn nicht in diesem Augenblick Frau Brinkmann erschienen wäre. Da sie durch die Thür in Dorotheens Rücken eintrat, bemerkte diese erst an Moritzens Aufspringen, daß Jemand gekommen war.

„Guten Tag, Mama," sagte Moritz Pfeiffenberg, indem er, den Hut in der Hand, der Schwiegermutter entgegen eilte und ihr die Hand küßte.

Dorothea hatte sich lässig erhoben und streckte ihr die Hand zu. „Guten Tag, liebe Frau Brinkmann."

„Liebe Dorothea, welch' unverhoffte Freude," sagte Frau Brinkmann, indem sie auf sie zutrat und sie umarmte. Dorothea liebte es nicht übermäßig, sich mit Frauen zu küssen, besonders, wenn sie korpulent und erhitzt waren; trotzdem konnte sie nicht verhindern, daß sie an das braun= seidene Kleid gepreßt und herzhaft geküßt wurde.

„Aber behalten Sie doch nur Platz," sagte Frau Brinkmann mit kleinbürgerlicher Höflichkeit, die nicht fühlt, daß sie unhöflich ist, und indem Dorothea mit dem leisen Lächeln, das all' diese ungewohnten Manieren ihr un= willkürlich entlockten, sich wieder niederließ, schob Frau Brinkmann, von Moritz unterstützt, einen Fauteuil heran, von dem aus sie, weit vorgebeugt, Dorotheen betrachtete.

Kam es Dorotheen nur so vor, oder versuchte diese Frau wirklich, in ihrem Gesichte zu lesen? Jedenfalls wurde

es ihr beinah peinlich, sich in dieser Weise anstarren zu
lassen und sie senkte die Augen. Vielleicht nahmen ihre
Züge dabei, ohne zu wissen und zu wollen, einen etwas
abweisenden Ausdruck an; Frau Brinkmann bestätigte sich
stillschweigend, daß sie stolz wäre wie eine Prinzeß. Wie
sie dasaß in ihrem eleganten grauen Kleide, mit dem
neumodischen, breit überschattenden Hute! Und was ihr
Jettchen daneben für eine Backfischfigur machte! Wieder
saßen sich vier Menschen gegenüber, die sich nichts zu
sagen hatten.

„Papa läßt Sie schön grüßen, Mama," theilte Moritz
Pfeiffenberg, um doch irgend etwas hervorzubringen, der
Schwiegermutter mit.

„Danke, danke," erwiderte Frau Brinkmann, „es geht
dem Herrn Etatsrath doch hoffentlich gut?"

Ihre Frage war eigentlich an Dorothea gerichtet, in
der Hoffnung, diese zum Sprechen zu bringen. Statt ihrer
aber, die schweigend verharrte, antwortete Moritz.

„Gott sei Dank ja — trotz der großen Hitze."

„O Gott ja — diese Hitze — nicht wahr, liebe
Dorothea? zum Umkommen!"

„Ich leide nicht so sehr darunter," erwiderte Dorothea.

„Ja nun freilich, bei Ihnen da draußen in Ihrem
schönen Park, mit der köstlichen Masse Schatten unter den
Bäumen — o wie war es neulich schön bei Ihnen! Bei
dem Diner! Und trotz der vielen Menschen so gar nicht
heiß im Speisesalon! Wir haben nachher noch lange davon
gesprochen und Brinkmann hat gesagt: ‚Wenn ich nur
’rauskriegte,' hat er gesagt, ‚wie Fräulein Dorothea das
immer zustande bekommt!'"

Dorothea gab sich innerlich einen Stoß. Sie lächelte freundlich und streckte Frau Brinkmann die Hand zu.

„Das freut mich aufrichtig," sagte sie, „wenn es Ihnen bei uns gefällt."

Bevor aber Frau Brinkmann die dargebotene Hand noch ergreifen konnte, hatte sich schon Jettchen darüber hergestürzt, indem sie sie mit beiden Händen an die Brust drückte.

„Wie soll es Einem bei Euch denn nicht gefallen?" rief sie, „das ist ja, als wenn man ins Paradies käme, wenn man da draußen bei Euch ist!"

„Nun müssen Sie uns aber versprechen," unterbrach Frau Brinkmann den Jubelerguß ihres Töchterchens, „daß Sie nächstens einmal auch bei uns zu Mittag speisen."

„Gewiß, sehr gern," erwiderte Dorothea.

„Natürlich müssen Sie vorlieb nehmen," fuhr Frau Brinkmann fort, „Jeder giebt's, so gut er's kann."

„Aber beste Frau Brinkmann" — Dorothea erröthete ganz verlegen; dann lächelte sie wieder.

„Wie eine Prinzeß," stellte Frau Brinkmann abermals für sich fest.

„Gott, Mama," mischte sich Jettchen ein, „das trifft ja herrlich zusammen: Weißt Du, was Dorothea mir für einen Vorschlag gemacht hat? Daß sie mich begleiten will, wenn wir das Leinenzeug für meine Ausstattung kaufen."

Frau Brinkmann richtete sich kerzengerade auf; Moritz Pfeiffenberg erbebte.

„Sie müssen wirklich entschuldigen, liebe Dorothea," sagte Frau Brinkmann, indem sie sich räusperte, weil ihr plötzlich die Kehle trocken geworden war, „Jettchen ist ja

wohl noch ein ganzes Kind. Du weißt doch," wandte sie
sich an diese, „daß Dein Ausstattungs=Leinen längst in
Arbeit ist und gar nicht hier gekauft wird? Sie können
sich ja wohl denken, liebe Dorothea" — und durch den
Ton ihrer Worte klang eine gewisse Mahnung, sich nicht
um fremde Angelegenheiten zu kümmern — „daß wir so
etwas nicht auf die lange Bank schieben. Jettchens
Leinen wird in Landshut=in Schlesien gewebt; da wird so
etwas sehr gut und billig gemacht und außerdem hat
Brinkmann dort Geschäftsverbindungen."

Jettchen war ganz kleinlaut geworden und saß, wie
mit Blut übergossen, in ihrem Stuhle.

Dorothea strich ihr lächelnd über das Haar.

„Also müssen wir's lassen," sagte sie, „vielleicht kann
ich mich bei anderer Gelegenheit nützlich machen."

Immer und ewig dieses Lächeln, das Einem zu ver=
stehen gab: ich lasse mich eben heut einmal zu Euch
herab!

Frau Brinkmann wurde ganz nervös davon; plötzlich
fing sie auch an, zu lächeln.

„Na —" sagte sie, indem sie die Hände auf die
Kniee stützte und sich erwartungsvoll vorbeugte, „und er
ist also glücklich fort?"

„Wer?" fragte Dorothea, unwillkürlich aufzuckend.

„Na — der — kauderwelsche Mensch, der Maler!
Haben Sie uns nicht erzählt, lieber Moritz, daß er Knall
und Fall davongegangen ist? Sammt seinem schrecklichen
Bild?"

„Gewiß, gewiß," stotterte Moritz Pfeiffenberg. Er

sah, wie seine Schwester erblaßt und wie das Lächeln von ihrem Gesichte verschwunden war.

Frau Brinkmann hatte das auch gesehen.

„Gott, wissen Sie, liebe Dorothea," fuhr sie fort, „im Stillen hab' ich ja immer gedacht, daß das einmal so kommen würde. Brinkmann sagte das auch. Es ist ja nun einmal auf diese Art Menschen zu wenig Verlaß."

Jettchen hatte ihr Taschentuch hervorgezogen und stopfte es sich leise kichernd in den Mund. Dabei sah sie verstohlen zu Dorothea auf. Diese hielt die Augen gesenkt, und ihre Hand begann nervös mit der Quaste an der Armlehne des Fauteuils zu spielen.

Was sollte sie auf solche Worte erwidern?

Frau Brinkmann verwandte kein Auge von ihr. Es war also wirklich richtig — der Fortgang dieses Menschen stand in irgend einem Zusammenhang mit Dorotheens Innerem. Sie schlug sich auf die Kniee.

„Und obendrein hat ihm der Herr Etatsrath noch Geld geschickt? Nein, aber sagen Sie, liebste Dorothea, das finde ich denn doch wirklich des Guten zu viel."

Ein Blitz fuhr von Dorotheen zu Moritz Pfeiffenberg hinüber. Er hatte also natürlich wieder geklatscht! In seiner einfältigen, engherzigen Weise!

„Mein Vater wird es eben wohl für richtig so gehalten haben," sagte sie in ihrer knappen, scharfen Art, indem sie der Fragerin gerade in die Augen sah.

Frau Brinkmann fühlte plötzlich wieder den altgewohnten Respekt. „O mein Gott," stammelte sie, „wer denkt daran, den Herrn Etatsrath kritisiren zu wollen."

Dorothea faßte sich rasch. Als sie die Verlegenheit

der Frau sah, that es ihr schon wieder leid um sie. Das
Alles hatte sie ja erwarten müssen. Daß die Frau diese
Verhältnisse in ihrer Art auffaßte, war ja nur natürlich;
hatte sie sich denn das nicht gesagt? Die Frau meinte es
ja offenbar durchaus gut — warum also schon wieder
der Rückfall in den alten heftigen Stolz?

Mit dem freundlichen Lächeln von vorhin wandte sie
sich an Frau Brinkmann.

„Die Sache ist ja wirklich sehr viel einfacher, als sie
aussieht," erklärte sie. „Hat Ihnen Moritz denn nicht
gesagt, daß die Kunstausstellung in Berlin bevorsteht?
Das ist für die Maler eine sehr wichtige Sache, so ungefähr
wie eine Industrieausstellung für Geschäftsleute. Und da
hat — Herr Verheißer sein Bild noch rasch anbringen
wollen, ehe es zu spät war."

„Ja freilich, das erklärt ja Alles," versetzte Frau
Brinkmann kleinlaut. Mit dieser Dorothea zog man
doch immer den Kürzeren; sie hatte ihre Gedanken
und Worte am Schnürchen. Daß Dorotheens Zunge
einen Augenblick gestockt, als sie den Namen des
Malers nannte, hatte Frau Brinkmann überhört. Dorothea
hatte ihn mit Absicht genannt, sie hatte sich gezwungen;
sie fühlte, daß dies die erste Gelegenheit war, von ihm,
wie von einem gleichgültigen Menschen zu sprechen. Es
war vollbracht. Nun mochte das Gespräch fürderhin auf
ihn kommen, sie konnte mit Ruhe zuhören, sie brauchte
nicht mehr zu erzittern.

„Ich denke ja," fuhr sie gleichmüthig fort, „wenn die
Ausstellung zu Ende ist, wird Herr Verheißer zurückkommen
und das Bild auf die Wand übertragen."

Es bereitete ihr eine Art von Vergnügen, den Sieg, den ihre Selbstbeherrschung errungen hatte, auszubeuten und noch mehr zu sagen, als nöthig war.

„Gott, Moritz," jauchzte Jettchen, indem sie aufsprang und über ihren Bräutigam herfiel, das ist ja einzig! Dann kommt das Bild in die Halle, grade ungefähr, wenn wir heirathen! Wie eine Art Hochzeitsgeschenk!"

Dorothea blickte zu den Beiden hinüber. Das Bild ein Hochzeitsgeschenk für sie — du heilige Einfalt. — Sie erhob sich von ihrem Sitze.

„Wenn Ihr fertig seid mit Euren Zärtlichkeiten," sagte sie lachend, „dann schlage ich vor, daß wir uns fertig machen. Papa erwartet uns zum Frühstück bei Ehmke am Gänsemarkt. Leisten Sie uns nicht auch Gesellschaft?" wandte sie sich an Frau Brinkmann.

„O Gott, liebste Dorothea," erwiderte Frau Brink-mann, „ich thäte es ja gern, obschon wir eigentlich nie frühstücken, aber ich habe große Wäsche im Hause."

„Aber Jettchen bekommt doch Urlaub?" sagte Dorothea, indem sie die Kleine an sich zog.

„Aber iß und trink nur nicht zu viel, Kind," ver-mahnte Frau Brinkmann.

Dorothea lachte. „Ich will schon aufpassen."

„Ja, Gott, sehen Sie, liebe Dorothea, Sie essen immer erst ganz spät," sagte Frau Brinkmann mit dem Selbst-bewußtsein kleinbürgerlicher Demuth, „wir anderen Leute hier in der Stadt essen ja viel früher."

Dorothea sah nach der Uhr; dann ließ sie Jettchen los.

„Also mach' Dich fertig," sagte sie, „wir haben noch Zeit, einen Gang um das Alsterbassin zu machen und uns ein Bischen die Läden unter den Arkaden anzusehen, dann treffen wir grade mit Papa zusammen."

Wie ein Wiesel schoß Jettchen davon.

Frau Brinkmann ergriff Dorotheens Hand.

„Nun müssen Sie mir aber noch einmal versprechen, daß Sie auch bei uns einmal zu Mittag essen?"

Dorothea lächelte. „Aber gewiß doch — gern."

„Wir laden auch Niemanden weiter ein, als die neulich bei Ihnen draußen waren, bei dem entzückenden Diner. Den Herrn Maler können wir ja freilich nicht dazu bitten — erinnern Sie sich, wie er mich ausgelacht hat, als ich ihn etwas fragen wollte? O, was war das für ein Mensch!"

Dorothea wandte sich schweigend ab und blickte zum Fenster hinaus. Daß sie auch immer wieder auf ihn zurückkommen mußte, die Frau, und immer in dieser Art!

Glücklicher Weise kam in dem Augenblick Jettchen zurück, einen runden kleinen Strohhut auf dem lockigen Köpfchen.

„Solch einer, wie Du ihn trägst," sagte sie, indem sie vor Dorotheen stehen blieb und bewundernd ihren Hut ansah. „Siehst Du, das ist nun geradezu einzig!" Dann ging sie vor einen der hohen schmalen Spiegel, die zwischen den Fenstern hingen. „Aber ich weiß nicht, ob er mir stehen würde — dazu muß man ein so bedeutendes Gesicht haben, wie Du." Sie hüpfte zu dem Bräutigam und warf die Arme um ihn: „O Gott, Moritz, so bedeutend wie Dorothea bist Du doch lange nicht — aber ich habe Dich auch so lieb!"

„Nun kommt, nun kommt," mahnte Dorothea.

„Viele Grüße an den Herrn Etatsrath und auf Wieder=
sehen, liebste Dorothea," sagte Frau Brinkmann, und noch
einmal fühlte diese sich an das braunseidene Kleid gepreßt.
Moritz Pfeiffenberg küßte der Schwiegermutter zum Ab=
schiede die Hand, dann klappte die Thür — der Besuch
bei Brinkmanns war vollbracht.

Den Arm in Dorotheens Arm gehängt, tänzelte Jettchen
neben dieser die Treppe hinunter. Als sie auf die Straße
hinaustraten, blieb Dorothea stehen.

„Aber das geht doch nicht," sagte sie, „hier auf der
Straße muß doch Dein Bräutigam Dich führen?"

Die Kleine aber war nicht von ihrer Seite zu bringen.

„O — das nimmt Moritz nicht übel — nicht wahr,
Moritz? Siehst Du, Dorothea, so mit Dir Arm in Arm
zu gehen, das ist ja eine Wonne — Du glaubst es gar
nicht!"

Sie preßte Dorotheens Arm mit ihrem Arme, sie drückte
sich eng an sie.

So durch die Straßen Hamburgs zu schlendern, am
Arme von Dorothea Pfeiffenberg, der schönen, eleganten,
berühmten Dorothea Pfeiffenberg — sie sah die Be=
gegnenden beinah herausfordernd an, ob sie nicht staunten,
sie in solcher Gesellschaft zu sehen — ihr kleiner Kopf
war wie berauscht von Stolz und Seligkeit.

Moritz Pfeiffenberg hielt sich hinter den Beiden; an
Stellen, wo das Trottoir leer war, schritt er an Jettchens
anderer Seite, und dann hing diese sich mit dem linken
Arme in seinen rechten und schaukelte förmlich zwischen
den beiden Pfeiffenbergs. Dabei stand ihr der Mund
nicht einen Augenblick still; Alles, was in ihrem Kopfe

und Herzen war, kam über die frischen plappernden Lippen, und Alles waren die harmlosen Aeußerungen eines Kindes. Tausend Fragen hatte sie zu thun, bald nach rechts, bald nach links; meistens waren es solche, die einer Antwort gar nicht bedurften, und wenn geantwortet werden mußte, besorgte das Moritz Pfeiffenberg.

Dorothea ging schweigend an ihrer Seite; ihr war nicht redselig zu Muthe.

Wie Vogelgezwitscher schlug ihr Jettchens Geplauder ans Ohr; dieses junge Geschöpf, das an ihrem Arme hing, war glücklich durch und durch; das fühlte sie. Un- bewußt glücklich, wie ein Kind, das als selbstverständlich annimmt, daß alle anderen Menschen ebenso glücklich sein müssen. Und von ihr selbst, von Dorothea ging die Glückseligkeit aus, welche dieses kleine Ding da erfüllte — innerlich staunend schüttelte sie den Kopf. Der Mensch fühlt sich nie ärmer, als wenn Glück von ihm auf Andere ausgeht und er selbst kein Glück empfindet.

Dieses Kind, das zu ihr aufblickte, wie ein Schul- mädchen zur Lehrerin, sollte das ihr eine Lebensgefährtin sein? Es hatte wohl eine Zeit in ihrem Leben gegeben, da ihr solche Verehrung geschmeichelt, eine solche An- betung sie befriedigt hätte — wie lange war das her — jetzt war etwas Anderes in ihr, ein Sehnen und Ver- langen nach Leben und nach dem, was das Leben erfüllt — und wo fand sie das? Hier etwa? Bei den Menschen, bei denen sie eben gewesen war? Deren ganzer Lebensbegriff dem ihrigen so fremd in die Augen sah, als wären sie Geschöpfe von verschiedenen Planeten? In deren Zimmern Oeldrucke an den Wänden

hingen? Und doch mußte sie ja zu diesen Menschen; sie
selbst hatte ja zu ihnen gewollt, hatte mit ihnen sein
wollen, als Gleiche mit Gleichen, und wollte es ja auch
noch jetzt, denn sonst — — es war ihr, als thäte sich eine
unermeßliche, graue Oede vor ihr auf, und indem sie den
kindischen Egoismus des Glücks an ihrer Seite schwatzen
und plaudern hörte, überkam sie das lähmende Gefühl
der Glücklosigkeit.

Sie war so in ihre Gedanken versunken, daß sie kaum
auf den Weg achtete und beinah erschreckt zusammenfuhr,
als sie sich plötzlich, indem sie vom Jungfernstieg in die
Alster-Arkaden einbiegen wollten, angesprochen hörte. Ein
Herr in tadellosem Straßenanzuge stand vor ihr und begrüßte sie, indem er den schwarzen Cylinderhut weit vom
Kopfe streckte — es war Herr Fritz Barkhof. Er trug
eine Rose im Knopfloche; sein Gesicht blühte förmlich von
Gesundheit und Lebenslust; man sah ihm das Vergnügen
an, das ihm die Begegnung verursachte. Mit raschem
Händedrucke begrüßte er Jettchen und Moritz Pfeiffenberg;
dann beeilte er sich, an Dorotheens Seite zu kommen, die
gesenkten Hauptes ihren Weg fortsetzte.

„Welch ein Festtag, gnädiges Fräulein, Ihnen einmal
in Hamburg zu begegnen — vermuthlich auf dem Wege,
um dem jungen Paare behülflich zu sein, bei Einkäufen
für den zukünftigen Hausstand?"

Dorothea bejahte leise.

„Dann würde man von nun an hoffentlich öfter das
Glück haben, sie in der Stadt zu sehen? Es sei ja er-
klärlich genug, daß man Villa Pfeiffenberg nicht gern mit
dem heißen Straßenpflaster vertauschte, denn Villa Pfeiffen-

berg — er hätte, so wie alle Anderen, in der Erinnerung
an das neuliche Fest geschwelgt — geradezu geschwelgt —"

So ging es fort; Begeisterung, Huldigungen, Schmeicheleien — wie ein plätschernder Strom, wie ein Wasserfall,
so daß Dorotheen Hören und Sehen verging. Aus dem
Allen klang ja viel mehr, als landläufige Höflichkeit; das
waren Plänkeleien, die auf eine Belagerung hindeuteten;
und wenn Dorothea es nicht selbst gefühlt hätte, würde
Jettchen ihrem Verständnisse nachgeholfen haben, die fortwährend von der Seite zu ihr aufblickte und sie mit ver-
haltenem Kichern heimlich in die Hüfte puffte.

Schließlich wurde es Dorotheen unheimlich: Sie blieb
stehen und zog die Uhr hervor.

„Höchste Zeit," sagte sie, von Herrn Fritz Barkhof
abgewandt, zu Moritz und Jettchen, „Papa erwartet uns
sicherlich schon."

„Verabredung mit dem Herrn Etatsrath?" fragte
Herr Fritz Barkhof.

„Ja — Sie müssen entschuldigen."

„Zum Frühstück bei Ehmke!" schrie Jettchen ihm zu.
Herr Fritz Barkhof lächelte verbindlich.

„Wünsche guten Appetit und bitte, mich dem Herrn
Etatsrath angelegentlichst zu empfehlen."

Der schwarze Cylinderhut entfernte sich noch einmal
in wagerechter Linie vom Haupte, auf dem er saß, und
während die Drei sich auf ihren Schritten umdrehten, um
zum Gänsemarkt zu gelangen, blieb Herr Fritz Barkhof,
ihnen nachblickend, stehen.

Wie sie dahinschritt! Jettchen an ihrem Arme sah
aus wie ein Packetchen mit Proben ohne Werth; Moritz

Pfeiffenberg, der hinter ihnen folgte, wie ein Lakai in Civil.

„First rate," bestätigte sich Herr Fritz Barkhof, mit den Lippen unwillkürlich schmatzend, „wirklich, first rate!" Dazu diese großartig geordneten Familienverhältnisse! Und das Alles jetzt durch die bevorstehende Verbindung mit Brinkmanns so herangebracht, so handlich gemacht, daß man eigentlich nur zuzulangen brauchte, wenn man Hände am Leibe und Finger an den Händen hatte — na — und daran fehlte es ja Herrn Fritz Barkhof nicht!

Auf dem Absatze machte er kehrt, und mit elastischen, gehobenen Schritten wandte er sich dem Innern der Stadt zu. Unwillkürlich, indem er an den Spiegelscheiben der glänzenden Schaufenster vorüberging, suchte er sein Bild zu erhaschen, und das, was er sah, gefiel ihm ganz leidlich. Er war doch nicht der Uebelste.

Ein großartiger Plan dämmerte in seiner Seele: eine Wasserpartie auf der Elbe — ganz weit hinaus, vielleicht bis Kuxhaven — wo man Pfeiffenbergs in Nienstedten abholte und dann bei der Rückkehr wieder absetzte — auf eigens gemiethetem Dampfer, oder was noch besser, auf eigener Dampfer-Yacht, da eine solche zu kaufen war — da könnte man sich zeigen — Donnerwetter — ja!

Elftes Kapitel.

Der Etatsrath war inzwischen bei Ehmkes bereits
eingetroffen und hatte sich ein besonderes Zimmer anweisen
lassen. Nachdem er die Speisekarte ein paar Mal durchmustert hatte, that die Thür sich auf und die Erwarteten
traten ein.

„Na — seid Ihr endlich da?"

Dorothea ging rasch auf ihn zu und umarmte ihn.
Sie war heut wider ihre Gewohnheit weich und zärtlich.
Es war ihr so merkwürdig zu Muthe, als müßte sie sich
zu ihm hinflüchten. Der Vater erschien ihr heut wie der
erste Mensch, mit dem sie sprechen konnte, mit dem sie sich
verstand.

Der Etatsrath blickte ihr blinzelnd ins Gesicht. Er
hatte sich wohl gedacht, daß der Besuch bei Brinkmanns
sie ein wenig angreifen würde; aber die Sache schien ihm
mehr zum lachen, als um sie tragisch zu nehmen. Sentimental
war er nun einmal nicht; besonders, wenn er vor einem
guten Gabelfrühstück stand.

„War Alles hübsch?" fragte er.

„Etwas warm ist's," sagte Dorothea, indem sie ihren
Hut abnahm und ermüdet auf einen Stuhl sank.

„Und da habt Ihr ja das Jettchen auch mitgebracht; ist recht, daß Du kommst!" Damit streckte er der Kleinen beide Hände hin und schmatzte sie auf die frischen, rothen Lippen.

„Ich darf aber nur ganz wenig zu mir nehmen," beugte Jettchen vor.

„Na, laß nur gut sein, wir schaffen Dich nach Hause, wenn Du nicht mehr auf Deinen Vogelbeinchen stehen kannst."

Jettchen kreischte vor Entzücken und entlud ihre Wonne auf den Bräutigam, dem sie, wie in allen solchen Fällen, um den Hals stürzte.

Moritz Pfeiffenberg entledigte sich der Grüße, die ihm die Schwiegermutter für den Vater aufgetragen hatte. Der Etatsrath nahm sie mit einer Gelassenheit entgegen, die Frau Brinkmann vielleicht etwas zu weitgehend ge-funden haben würde.

„Jetzt wollen wir frühstücken," erklärte er.

Und nun wurde gefrühstückt, ehrlich, gehörig, wie man in Hamburg frühstückt. —

Es dauerte nicht lange, so gerieth der Etatsrath in eine außerordentlich heitere Stimmung. Moritz Pfeiffenberg thaute gleichfalls beim Champagner auf, und Jettchen versicherte einmal über das andere, daß sie sich heilig einen Spitz tränke, wenn das so weiter ginge.

Dorothea war die einzige, die Speisen und Getränken keine rechte Ehre anthat; sie stocherte mit der Gabel in den Leckerbissen, die der Vater auffahren ließ, nippte ein wenig an ihrem Glase, und als jetzt die Thür von außen aufgerissen wurde, fuhr sie in nervösem Erschrecken auf. Vater Brinkmann war's, der mit breitem Lachen hereintrat.

„Schöne Geschichten," sagte er, „da komme ich ja gerade zurecht, um mein liederliches Töchterchen nach Hause zu schaffen."

Jettchen aber klammerte sich an ihren Bräutigam.

„O nein, Papa, ich gehe noch nicht!"

„Die geht noch lange nicht," bekräftigte der Etats= rath, indem er sie in die Backen kniff; das kleine, runde, von Lebenslust und Wein glühende Ding gefiel ihm heute, wie sie ihm noch nie gefallen hatte.

Er schlug auf den Stuhl, der neben ihm stand. „Da setzen Sie sich her, Brinkmann, und sei'n Sie kein Spiel= verderber; nachher sollen Sie auch eine Cigarre bekommen, wie man sie in Hamburg=Altona nur an hohen Feiertagen zu rauchen kriegt."

Vater Brinkmann war durchaus kein Spielverderber, und nachdem er Platz genommen hatte, wurde die Stimmung immer gemüthlicher.

„Also woll'n wir mal anstoßen," sagte der Etatsrath, „auf was denn? Na — auf jedes hübsche Frauenzimmer, das zu der Einsicht kommt, daß der Mensch nicht einsam sein soll."

Mit allgemeinem Jubel wurde der Trinkspruch auf= genommen; der Etatsrath wandte sich an Dorothea, die in Gedanken versunken, ihr Glas nicht aufgenommen hatte.

„Na komm, Ministerchen, trink' mit, wird Dir nichts schaden." Er drückte ihr das Glas in die Hand und klopfte sie in den Rücken. „Was noch nicht ist, kann ja noch werden," setzte er weinlustig hinzu.

Dorothea wurde feuerroth und setzte das Glas nieder.

In dem Augenblick aber kam Jettchen über sie her und hing sich ihr um den Hals.

„Nein, nein, böse darfst Du nicht werden!" Kichernd wie ein Kind beugte sie sich zu ihrem Ohre: „denk' doch nur an den von vorhin, unter den Arkaden! mit der Rose im Knopfloch! wie er Dich ansah! als ob er Dich aufessen wollte!"

„Hallo," rief der Etatsrath, „wer ist das? Von wem wird da gesprochen?"

Jettchen, die ganz dreist geworden war, drehte den Kopf zu ihm herum, während ihre Arme um Dorotheens Hals geschlungen blieben.

„Aber Papa Etatsrath," sagte sie, „wer wird so neugierig sein? Das sind Geheimnisse."

„Geheimnisse gelten beim Frühstück nicht," versetzte der Etatsrath. „Brinkmann, was sagen Sie?"

Vater Brinkmann schob sich dichter an den Tisch heran, legte beide Arme auf die Tischplatte und beugte mit einem neugierig vertraulichen Lächeln das Gesicht zu Dorotheen hinüber. „Geheimnisse gelten nicht," wiederholte er.

Jettchen preßte ihren Mund dicht an ihr Ohr. „Soll ich's sagen, Dorothea? Soll ich's sagen?"

Mit einem Ruck aber machte Dorothea sich von ihr frei und beinah unsanft schob sie die Kleine zur Seite.

„Was soll denn das Alles heißen?" sagte sie. „Du erstickst mich ja!"

Vater Brinkmann rückte wieder vom Tische ab. Der Ton, in dem Dorothea gesprochen hatte, war so ärgerlich gewesen, daß das Thema plötzlich zu Boden fiel. Und ebenso erging es mit der guten Laune der Anwesenden;

ein allgemeines Stillschweigen trat an die Stelle des bisherigen Lärms.

Dorothea war es, die es unterbrach.

„Weißt Du, Papa," sagte sie, indem sie vom Stuhle aufstand, „ich möchte nach Haus fahren."

Mit einem „na — aber —" versuchte der Etatsrath, ihr dareinzureden, aber ihr Entschluß war gefaßt.

„Es ist mir zu heiß hier und ich bekomme Migräne."

Der abgespannte Ausdruck auf ihrem bleichen Gesichte schien ihre Worte zu bestätigen. Sie setzte den Hut auf und knüpfte sich die Bänder unter dem Kinn zusammen.

„Wenn's Dir recht ist," fuhr sie fort, „nehme ich den Wagen. Die freie Luft wird mir gut thun. Du kannst ja mit Moritz einmal in der Eisenbahn herauskommen."

„Natürlich, natürlich," erwiderte der Etatsrath. Moritz Pfeiffenberg erhob sich. „Du bist doch nicht unwohl, Dorothea?"

„Keine Idee," versetzte sie, „Du weißt ja, daß ich das Frühstücken nicht gewöhnt bin."

Jettchen wollte sie durchaus begleiten, aber mit aller Bestimmtheit lehnte es Dorothea ab.

„Nein, nein, bleib'; Du amüsirst Dich ja, und ich finde meinen Weg schon allein."

Damit war sie hinaus, und eine halbe Stunde später saß sie im Wagen. Den Weg, den sie gekommen war, zogen die Pferde sie zurück, diesmal noch schneller im Laufe als vorhin, weil sie wußten, daß es nach dem Stalle ging. —

Zwölftes Kapitel.

Von der See hatte sich der Wind erhoben, der den Strom herauf und der Fahrenden entgegen wehte. Dorothea saß in die Ecke des Wagens geschmiegt, und es that ihr wohl, sich von der bewegten Luft umspielen zu lassen. Wie eine körperlich widerwärtige Empfindung lag die Erinnerung an das, was sie diesen Vormittag erlebt hatte, auf ihr. Erst der Besuch bei Brinkmanns, dann die Begegnung mit jenem Menschen und endlich die Zecherei beim Frühstück! Sie empfand einen Ekel, wenn sie daran zurückdachte. Diese plumpe Lust am dicken materiellen Genuß! Sie sah die vom Weine erhitzten Gesichter vor sich und athmete noch einmal den stickigen Dunst der Weinstube — nun spülte das reine Element alles das von ihr ab, und sie pries ihren Entschluß, der sie hatte entrinnen lassen.

Und indem sie so dachte, überkam sie eine seltsame traumhafte Vorstellung, als sei sie auf der Flucht, aber nicht auf der Flucht nur von Hamburg nach der Villa

Pfeiffenberg, sondern weit darüber hinaus, und immer weiter! Der Wind hatte eine Wolkenbank aufgethürmt, die er in langsamen Stößen ins Land hinein schob; Dorotheens Augen hingen an dem phantastischen Gebilde. In der Mitte zum dunklen Kern geballt, breitete sich die Wolke nach rechts und links wie in zwei weit gereckten Armen aus, und indem das Gewölk ihr ent- gegen zog und der Wagen sie dem Gewölk entgegen- trug, war es Dorotheen, als stände da draußen, wo die Unendlichkeit des Meeres begann, etwas auf, wie eine ungeheure Gestalt, die ihrer wartete, die Hände nach ihr streckte, und der sie in die Arme getragen wurde, halb wider Willen und doch ohne Widerstand. Was war das? Wer war das? Kannte sie die Gestalt? Vielleicht — denn in die Wagenkissen zurücksinkend, schloß sie un- willkürlich die Augen. Ach — so, von zwei Armen ergriffen und herausgerissen zu werden aus aller Kleinlichkeit, Häßlichkeit, Erbärmlichkeit! So in glühender Umarmung an das Herz eines großen Menschen gedrückt zu werden, auch wenn die Umarmung tödtlich gewesen wäre, auch wenn man darin hätte sterben und umkommen müssen!

Erst das Rasseln der Räder auf dem Steinpflaster des Hofes weckte sie aus ihrer Betäubung, und beim Anblick des alten Brenz, der mit tadellos korrekter Rückenbeugung den Wagenschlag öffnete, kam ihr die Wirklichkeit zurück. Als sie die Frühstücksstube in Hamburg verließ, um zu der Villa zurückzukehren, war ihr zu Muthe gewesen, als rettete sie sich nach einem Asyl — jetzt, in der Villa an- gelangt, hatte sie ein Gefühl, als käme sie in den Kerker zurück.

Wie eng Alles! Wie öde und leer! Sie überlegte, ob sie einen Gang durch den Park machen sollte — aber dann wäre sie an der Halle vorbeigekommen, und das wollte sie nicht. Das Licht, das dort geleuchtet hatte, war ausgelöscht. So stieg sie in ihr Zimmer hinauf und nachdem sie Hut und Ueberwurf abgelegt hatte, saß sie mit müder, dumpfer Seele vor ihrem Schreibtische. Wie viel Stunden waren es her, seitdem sie dieses Zimmer verlassen hatte, wie still war ihre Seele gewesen, als sie es verließ, was für Entschlüsse hatten darin gestanden — jetzt war ihr, als lägen Tage und Wochen dazwischen, als müßte sie sich gewaltsam an das erinnern, was sie heute früh gewollt hatte. Mit der Absicht, zu entsagen, zu vergessen, war sie gegangen — mit dem Gedanken der Entführung spielend, war sie zurückgekehrt.

Sie stützte die Ellbogen auf den Tisch und drückte die Schläfen zwischen die flachen Hände.

Andere Frauen würden geweint und in Thränen Erleichterung gefunden haben — Dorotheens Augen feuchteten sich nicht leicht. Aber sie fühlte, wie in ihrem Innern etwas weinte, und das Bild kam ihr zurück, das er gebraucht hatte, als er von dem blutigen Schweiße des Lebens sprach, der nach innen fließt, in das Herz, bis daß er einen See bildet, aus dem das verzweifelnde Herz nicht mehr heraus kann.

Mußten denn alle Wege zu dem einen Punkte, alle Gedanken zu dem einen Menschen führen? In Verzweiflung sprang sie auf, um nun doch einen Gang durch den Park zu machen und sich in der alten, vertrauten Umgebung Ruhe zu ergehen. War denn alle Willens=

kraft in ihr erlahmt? Gab es denn nichts und gar nichts
in der Welt, wo sie die Augen hinrichten, wo sie Ersatz
für das finden konnte, was sie verloren hatte? Bei den
Brinkmanns und deren Leuten jedenfalls nicht, das wußte
sie seit heut; aber seit der Frühstücksstunde bei Ehmke
wußte sie noch mehr; seitdem wußte sie, daß auch der
einzige und letzte Mensch ihr abhanden kommen könnte,
an dem sie noch eine Art von Rückhalt gehabt hatte, ihr
Vater. Eine Art von Rückhalt — mehr war es ja nie
gewesen. Seit sie erwachsen, war es ihr Stolz gewesen,
zu wissen, daß sie auch ihm imponirte und daß auch er
sich ihrem Willen beugte. Immerhin war es doch ihr
Vater, den sie liebte und von dem sie wußte, daß er sie
zärtlich liebte. Und nun, in der Stunde, da sie sich ihm
an die Brust geworfen hatte, weil sie meinte, daß er der
Einzige sei, der sie verstehen müsse, war von seinem Munde
das Wort gekommen, das sie wie ein Peitschenhieb getroffen hatte, das häßliche, rohe, abscheuliche Wort: „Was
noch nicht ist, kann ja noch werden."

Nicht in ihren Ohren nur, in ihrer ganzen Seele
klang es nach und erfüllte sie mit unsäglichem Widerwillen.
Mochte sie sich hundert Mal sagen, daß der Wein aus
ihm gesprochen hatte — was half ihr das? Läßt doch
der Wein die heimlichen Gedanken des Menschen über
die Lippen treten — und das also waren seine heimlichen
Gedanken?

Schließlich — sie war doch nun achtundzwanzig Jahre
alt und noch immer nicht „untergebracht". Ihr war das
höchst gleichgültig gewesen, da sie an Heirathen überhaupt
nicht dachte, und so hatte sie auch ihren Vater beurtheilt.

Nun mußte sie erfahren, daß er denn doch anders über die Sache dachte, daß es ihm recht lieb sein würde, wenn seine Tochter den Weg anderer vernünftiger Frauen wandelte, wenn sie dahinterkäme, daß „der Mensch nicht einsam sein soll"?

Und auf wen würden seine Augen sich zu dem Zwecke richten? Natürlich auf Einen, der des reichen Schwieger= vaters und der reichen Partie würdig sei; und das würde wieder ein Reicher sein. Auch würde er ja gar nicht lange zu suchen brauchen; der Betreffende würde schon von selbst kommen, ja, er war ja eigentlich schon da.

Bei der ersten Begegnung mit Herrn Fritz Barkhof hatte ihr der Instinkt gesagt, daß dieser Mann sich nicht damit begnügen würde, einen Besuch bei Pfeiffenbergs zu machen und dann wieder zu verschwinden. Als er damals am Abende abschiednehmend ihre Hand an die Lippen geführt, hatte ein unmerklicher Druck ihr gesagt: „Ich komme wieder." Und er würde wiederkommen; seit der Begegnung unter den Arkaden wußte sie das.

Und wenn er nun kam — was dann? Zwar, was sie sagen würde, das wußte sie schon jetzt. Denn an dieses Menschen Seite durch das Leben zu gehen — sie konnte ja nur lachen, wenn sie daran dachte. Aber der Vater? Würde der auch mit einem „nein" bei der Hand sein? Würde er sich mit ihrem „nein" begnügen? Sie sah im Geiste sein erstauntes Gesicht und hörte seine Fragen: „Was hast Du denn gegen den Mann? Er ist ein durch und durch anständiger Mensch, vorzüglich situirt und dazu von außen doch wirklich ganz passabel? Sag' mir nur, warum Du nicht willst?"

Warum nicht — was sollte sie darauf erwidern? Was für jede andere Frau gegolten haben würde, daß sie den Mann nicht liebte — galt es denn auch für sie? für die verständige, überlegene Dorothea? Wie sie im Geiste die Augen von Vater und Bruder auf sich gerichtet sah, die zum ersten Male im Leben ihren Haus-Minister nicht verstanden! Ihnen etwa sagen, daß sie einen Anderen liebte? Und wen? Den Maler? Dieses Nichts? Diesen Menschen, dem man tausend Mark schicken mußte, nur damit er nicht verhungerte? Es war ihr, als würde die ganze Villa Pfeiffenberg in einen Schrei des Entsetzens und der Entrüstung ausbrechen, als legte sich eine kalte Hand ihr auf Herz und Mund — „unmöglich," stammelte sie vor sich hin, „unmöglich!"

Und so, indem sie die Unmöglichkeit fühlte, das aus- zusprechen, was in ihr vorging, blieb ihr nichts übrig, als die Dinge ihren Gang gehen zu lassen, ihren ver- hängnißvollen Gang. Sie von ihrer Seite würde schweigen und warten, bis die Gegner sprachen.

Das Herz zuckte ihr. Ihr Vater, ihr Gegner! Und dennoch so. Seit dem Frühstück bei Ehmke wußte sie, daß er mit seinen Gefühlen und Gedanken nicht bei ihr, sondern bei den Anderen stand; seitdem fing sie an, ihm zu miß- trauen, ihn zu fürchten.

In dieser Stimmung empfing sie Vater und Bruder, als sie am Nachmittage des Tages mit der Eisenbahn herauskamen, und in dieser Stimmung lebte sie die nächsten Tage mit ihnen.

Ihr Gesicht war ruhig wie in früherer Zeit, aber dies Gesicht war nicht mehr der Spiegel ihres unangefochtenen

Gemüths, eine Maske war's, hinter der sich eine auf-
gescheuchte Seele verbarg, die jedes Wort und jeden Blick
der Ihrigen belauerte, weil sie hinter jedem einen Fallstrick
witterte, in den sie hineingerathen würde, wenn sie nicht
Acht gab.

Die ersten Tage vergingen in Frieden; der verhängnißvolle Name wurde nicht einmal genannt. Einige
Zeit darauf aber kam aus Hamburg in einem großen
quadratischen Couvert ein Brief von Frau Brinkmann,
worin diese „zu einem kleinen freundschaftlichen Mittagessen" einlud.

„Na ja, die kleinen freundschaftlichen Mittagessen bei
Brinkmanns, die kennt man," knurrte der Etatsrath. „Da
werden wir zur Rückfahrt Vorspann nehmen müssen, denn
wir werden schwer geladen haben."

Er las den Brief zu Ende.

„Du hast ihr ja schon zugesagt," wandte er sich, über
den Frühstückstisch hin, zu Dorotheen.

„Als sie neulich mit mir zum Besuche bei Mama
war," fiel Moritz Pfeiffenberg ein.

Dorothea bestätigte nickend, daß es so sei. Sie war
gefangen; eine Absage war jetzt nicht mehr möglich, ohne
Frau Brinkmann tödtlich zu beleidigen.

„Wer wird denn Alles dabei sein?" fragte sie nach
einiger Zeit mit scheinbarer Gleichgültigkeit.

Der Etatsrath nahm den Brief, den er auf den Tisch
gelegt und den Dorothea nicht angerührt hatte, noch einmal auf.

„Es scheint ja," sagte er, „sie will unser Diner von
neulich so ziemlich naturgetreu kopiren. Natürlich die

unvermeidlichen Springmuths und dann Herr Wohlbrink
und Fritz Barkhof."

Ein huschender Blick ging von Dorotheen zum Vater
hinüber. Warum sagte er „Fritz Barkhof" und nicht wie
er es bei dem Anderen gethan hatte, „Herr" Barkhof?
Fühlte er sich ihm bereits näher stehend? Jedenfalls
hatte ihm doch Jettchen neulich, nachdem sie von Ehmke
fortgegangen war, erzählt, daß er es gewesen war, der
ihnen unter den Arkaden begegnet war?

Sie saß wie auf Nadeln; die innere Erregung schnürte
ihr die Kehle zu, so daß sie nichts zu sagen und nichts
weiter zu thun vermochte, als den Diener herbeizuklingeln,
damit er den Tisch abräumte.

Der Etatsrath war noch kaum fertig mit seinem
Frühstück. „Na aber sag' mal," rief er. „Du hast es ja
heut schmählich eilig?"

„Ich glaubte, Du wärest fertig," gab sie verwirrt
zur Antwort.

Jetzt brach der Etatsrath in lautes Lachen aus;
Moritz Pfeiffenberg stimmte ein, und Beide lachten sich
über den Tisch an, ohne zu sagen, worüber.

Dorothea wurde immer aufgeregter. Sie blickte von
dem Einen zu dem Anderen, und als deren Heiterkeit
unvermindert blieb, fuhr sie leidenschaftlich dazwischen.

„Sagt mir um Alles in der Welt, was los ist?
Warum Ihr lacht?"

Der Etatsrath klopfte begütigend auf ihre Hand.

„Na, nur nicht so hitzig, Ministerchen, es ist ja doch
kein Unrecht, wenn der Mensch lacht?"

Diese nichtssagende Antwort sagte ihr genug. Vater

und Bruder waren im Einverständniß; sie war es, über die man gelacht hatte. Verstummend lehnte sie sich in den Sessel zurück.

Der Etatsrath aber war augenscheinlich nicht gesonnen, sich in seiner guten Laune stören zu lassen. Mit vielem Behagen zündete er sich die Cigarre an; während er das that, ging ein heimliches Schmunzeln um seinen Mund und seine Augen blickten listig vergnügt. Er merkte ja ganz wohl, was in Dorotheen vorging, aber das schadete ihr nichts. Er hatte keine Anlage zur Sentimentalität, und seit dem Frühstück bei Ehmke, wo sie so übelnehmerisch und sauertöpfisch neben dem lustigen, drallen, kleinen Ding, dem Jettchen, gesessen hatte, war er zu der Ansicht ge= kommen, daß sie denn doch bedenklich altjüngferlich zu werden anfinge. Für Altjungfernthum und Prüderie aber hatte er erst recht kein Verständniß.

„Der Fritz Barkhof," fing er zu seinem Sohne Moritz an, indem er mit einer Art von Trotz den Cigarrendampf über den Tisch blies, „hast Du mir nicht erzählt, daß er sich eine Dampfer=Yacht bauen läßt?"

„Papa Brinkmann sagte mir so," entgegnete Moritz Pfeiffenberg, „Fritz Barkhof ist ja berühmt für allen Wassersport."

„Soll ein großer Seefahrer vor dem Herrn sein," meinte der Etatsrath, „das hab' ich auch gehört. Voriges Jahr erst ist er in Ostasien gewesen? Hm?"

„Vor zwei Jahren," berichtigte Moritz Pfeiffenberg. „In China und Japan, und wie ich mir habe sagen lassen, hat er eine ganze Masse von Verbindungen an= geknüpft."

Der Etatsrath nickte befriedigt.

„Unternehmendes Kerlchen — hat auch im ganzen Wesen so etwas, wie man heutzutage sagt, Schneidiges; bist Du schon näher mit ihm bekannt geworden?"

„Wir haben uns in letzter Zeit öfters getroffen," erwiderte Moritz Pfeiffenberg, „und ich kann sagen, angefreundet; er gefällt mir wirklich ganz ausgezeichnet gut."

Blaß und schweigend, krampfhaft bemüht, vollständige Gleichgültigkeit zur Schau zu tragen, hatte Dorothea dabei gesessen, während die Beiden sich unterhielten. Jetzt riß sie die „Hamburger Nachrichten", die Moritz auf den Tisch neben sich gelegt hatte, an sich und verbarg sich hinter dem großen Zeitungsblatt.

Der Etatsrath schaute blinzelnd zu seinem Sohne hinüber; Moritz lächelte stumm; Beide tauschten einen verständnißvollen Blick.

Eine Pause trat ein; der Etatsrath schmunzelte vor sich hin. Er fühlte, wie Dorothea unter dem Gespräche litt — aber das schadete ihr nichts. Er kam sich vor wie ein Wundarzt, der den Kranken sondirt, und die Gelegenheit schien ihm günstig. Mochte die Sonde auch ein bischen tief gehen und dem Patienten weh thun — daran stirbt man nicht.

„Was mich wundert," fuhr er laut fort, „daß er immer noch nicht geheirathet hat; wie alt mag er denn sein?"

„Dreißig, taxire ich, oder etwas darüber," gab Moritz Pfeiffenberg zur Antwort, „übrigens hat er das Heirathen keineswegs verschworen; er hat nur erst mit seinen Reisen fertig sein wollen, dann, hat er mir gesagt, geht er los."

„Dann geht er los," wiederholte der Etatsrath, „na — jetzt ist er ja wohl fertig mit Reisen?"

Moritz Pfeiffenberg glaubte so; der Etatsrath räusperte sich und wieder trat eine vieldeutige Pause ein. Dann wandte sich der Etatsrath nach dem Zeitungsblatt, hinter dem seine Tochter saß.

„Na sag' mal, Dorothea, das kennt man ja gar nicht an Dir, daß Du beim Frühstück die Zeitungen liest? Und noch dazu mit einem Eifer —"

Dorothea ließ das Blatt sinken und hinter demselben erschien ein ganz fahles, beinah entstelltes Gesicht. Sie sah aus, als hätte sie auf der Folter gelegen.

„Wovon sprecht Ihr?" sagte sie, „ich habe nicht Acht gegeben."

Das war nun eine so handgreifliche Unwahrheit, daß der Etatsrath, um nicht wieder laut herauszuplatzen, die Backen dick aufblies und einen Strom von Cigarren-qualm entlud. Ihr Anblick forderte geradezu sein Mitleid heraus und würde ihn zu anderen Zeiten besorgt gemacht haben. Jetzt aber sah er in ihren seelischen Schmerzen nur Zimperlichkeit und mit der Brutalität der gesunden Natur ging er darüber hinweg.

„Wovon wir sprechen?" sagte er. „Von einer sehr wichtigen Sache: Moritz erzählt mir eben, daß Fritz Barkhof zu haben ist."

Dorothea warf den Kopf zurück; ein feindseliger Trotz leuchtete aus ihren Augen.

„Ich verstehe nicht, was das heißen soll," erwiderte
sie, „und begreife noch weniger, wieso mich das in=
teressiren soll!"

„Was das heißen soll?" entgegnete der Etatsrath,
„na — sehr einfach doch, daß er unter den Töchtern des
Landes Umschau hält. Ich habe mir immer sagen lassen,
daß Frauen sich für so etwas interessiren."

Dorothea verzog höhnisch den Mund. „Das ist ja
das erste Mal, daß Du mir die Frauenschablone auf=
nöthigst, ich fürchte, ich passe nicht recht hinein."

Der Etatsrath schob die Kappe auf dem Kopfe
zurück; der höhnische Ton in ihren Worten reizte ihn.

„Jedenfalls aber ist es nicht das erste Mal," sagte
er, „daß Du das hohe Pferd reitest; wenn man ein Pferd
aber zu oft reitet, wird es lahm!"

Moritz Pfeiffenberg saß sprachlos mit weit offenen
Augen da; es sah aus, als würden seine Ohren vor
Entsetzen zu wackeln beginnen. Dorothea und der Vater
zankten sich — das war ihm, so lange er denken konnte,
noch nicht vorgekommen.

Dorothea bebte am ganzen Leibe; ihre Lippen preßten
sich aufeinander, daß alles Blut daraus entwich. Der
Krieg war ausgebrochen, mit einem Mal und gleich mit
aller Gewalt. Sie hatte auf die letzte Bemerkung des
Vaters eine wüthende Antwort geben wollen — im letzten
Augenblick aber hatte sie sich besonnen und Alles hinunter=
geschluckt. Ein Rest von Besonnenheit sagte ihr, wo die
Andeutungen des Vaters hinauswollten und daß die Frage
über ihrem Haupte hing, ob Herr Fritz Barkhof Glück
haben würde, wenn er bei ihr anklopfte. Das mußte

vermieden werden! Mit aller Willenskraft, die ihr noch zu Gebote stand, raffte sie sich zusammen.

„Ich glaube gar, wir hätten uns beinah gezankt," sagte sie. Dabei lächelte sie; aber das Blut sauste und brauste in ihren Ohren, so daß ihre eigenen Worte ihr wie aus weiter Ferne herüberklangen. Der Etatsrath war auch wieder ruhig geworden; seine Hitze war nur eine fliegende gewesen.

„Wäre auch der Mühe werth gewesen," sagte er, jovial lachend. Damit erhob er sich, und der Friede war vorläufig wiederhergestellt.

Vorläufig — denn indem sie die Sachlage mit klarem Verstande überblickte, sagte Dorothea sich, daß dieses Alles nur die Einleitung zum wirklichen Kampfe sei, zu der Entscheidung, die kommen würde, kommen mußte.

Eine verzehrende Unruhe war in ihr. Menschen und Dinge um sie her nahmen fremdartige, ungeheuerliche Gestalt und Verhältnisse an; sie fing an zu begreifen, wie Menschen dahin gelangen können, daß sie in Verfolgungs- wahn verfallen. Eine so gleichgültige Angelegenheit, wie ein Mittagessen bei einer befreundeten Familie, wurde ihr zu einem Schreckniß, dem sie mit einem Gefühle entgegen- ging, als drohten ihr tödtliche Gefahren. Sie malte sich aus, wie Alles kommen würde: natürlich würde Alles gethan werden, um ihn möglichst nah an sie heranzubringen; womöglich bei Tische noch würde er die verhängnißvolle Frage an sie richten, und indem sie daran dachte, zitterten ihr die Kniee, so daß sie sich niedersetzen mußte. Aller- hand abenteuerliche Entwürfe gingen durch ihren Kopf;

ob es nicht doch noch möglich war, im letzten Augenblick
abzusagen? Ob es nicht irgend ein Mittel gab, sich ihm
weniger anziehend erscheinen zu lassen? Sie dachte einen
Augenblick geradezu an Selbstverstümmelung. Alles das
zuckte in ihrem Gehirn auf und tauchte wieder unter und
wurde wieder verworfen und das einzige, was übrig blieb,
war die Thatsache, daß sie sich, als der verhängnißvolle
Sonntag gekommen war, in schwarze mailändische Seide
kleidete und mit dem Vater in den Wagen setzte, um nach
Hamburg hineinzufahren, wohin Moritz ihnen bereits am
Vormittage voraufgeeilt war. Ob es Absicht, ob es Zufall
war, daß sie die Farbe gewählt hatte? Jedenfalls, wenn
sie sich weniger anziehend dadurch machen wollte, hatte sie
ihre Absicht verfehlt. Beinah matronenhaft, bis an den
Hals war das Kleid geschlossen; keine Blume im Haare,
keine Blume am Gewande, als sollte Alles, was von
Jugend, Schönheit und Reiz an ihr war, erdrückt und be-
graben werden unter dem farblosen Schwarz. Aber ließ
die Gestalt sich unterschlagen und verleugnen, die unter
dem schwarzen Kleide emporstrebte, so blühend in ihrer
schlanken Fülle, als wollte sie die Unwahrheit zersprengen,
in der sie sich gefangen sah? Ließ das Antlitz sich ver-
hüllen, das schwermüthig bleich und in seiner Blässe an-
muthiger denn je aus dem schwarzen Gewande empor-
tauchte? Nein, sie hatte sich verrechnet; in dem schwarzen
Kleide war sie erst recht die „weiße" Dorothea! Das
sagte ihr die lautlose Stille der Bewunderung, die bei
ihrem Erscheinen im Brinkmannschen Salon eintrat, und
das sagten ihr noch unzweideutiger die Augen Herrn Fritz
Barkhofs, der ihr mit siegesbewußtem Blick entgegen-

getreten war und jetzt beinah ehrfürchtig ihr den Arm
bot, um sie zur Tafel zu führen.

Er saß neben ihr — natürlich; aber er getraute sich
nicht an sie heran. Obgleich er Frauen gegenüber durchaus
nicht verlegen war, gestand er sich im Stillen, daß ihm
diese da „koloffal imponirte." Er sagte sich, daß man hier
vorsichtig zu Werke gehen müßte, nicht zu rasch, wenn man
nicht Alles verderben wollte. Denn indem er das ruhig vor-
nehme Lächeln sah, mit dem sie seiner Unterhaltung lauschte
und seine Fragen beantwortete, bekam er ein Gefühl, daß
dieses stolze Gesicht unter Umständen auch im Stande sein
möchte, recht ernsthaft dreinzuschauen und daß ihn das
unter Umständen aus dem Konzepte bringen könnte. Er
war wirklich in der Absicht gekommen, die Sache heute
noch zur Entscheidung zu bringen und Dorotheen mit der
großen Frage auf den Leib zu rücken. Die Tischordnung
Mutter Brinkmanns sollte ihm dazu die Gelegenheit bieten.
Nach Beendigung der Mahlzeit wurde den Herren eine
Schale mit kleinen Blumensträußen angeboten, von denen
sie einen für ihre Dame zu entnehmen hatten. Indem er
Dorotheen das Bouquet überreichte, wollte er sich über
die Blumen zu ihr beugen und ihr die Frage ins Ohr
flüstern, die er sich sorgfältig zu Hause ausgedacht und
zurechtgedrechselt hatte. Nun aber, als der entscheidende
Augenblick gekommen war, versagte ihm der Muth.
Vielleicht hatte er Dorothea in dem Augenblick angesehen
und ihr Anblick hatte ihn eingeschüchtert. Dorothea mochte
die Gefahr ahnen, die hinter dem Blumenstrauß lauerte.
Das Lächeln war von ihrem Antlitz gewichen, ihre Augen
starrten vor sich hin; es war, als zöge ihre ganze Persönlichkeit

sich in sich selbst zusammen, wie ein gehetztes Wild, das sich
auf eine letzte Klippe gerettet hat und seine Verfolger, auf
die es mit entsetzten Augen niederblickt, durch den Schrecken
lähmt, der aus seinen Augen sprüht. Hatte sie bemerkt,
wie Mutter Brinkmann einen hastig forschenden Blick über
den Tisch herüber zu Fritz Barkhof schoß? War es Zufall
gewesen, daß Vater Brinkmann das Dessertmesser ergriffen
hatte, als wollte er im nächsten Augenblick an das Glas
schlagen, aufspringen und der Gesellschaft mit tönender
Stimme die soeben erfolgte Verlobung zwischen Herrn
Fritz Barkhof und Fräulein Dorothea Pfeiffenberg verkündigen? Jedenfalls hatte sie es gesehen und sie sah
auch jetzt, als Herr Fritz Barkhof ihr das Bouquet, ohne
etwas dazu zu sagen, anbot und sie es ebenso entgegennahm,
wie die Finger, die das Dessertmesser umspannt hielten,
sich langsam, wie enttäuscht, öffneten und jedenfalls war
es keine Täuschung, daß jetzt in der gesammten Tafelrunde
eine augenblickliche verlegene Stille eintrat. Es war offenbar: Alle hatten auf ein großes Ereigniß gewartet und
das Ereigniß war ausgeblieben.

Da war vorläufig nichts mehr zu machen. Frau
Brinkmann rückte mit dem Stuhle; Alles erhob sich und
das verhängnißvolle Mittagessen war vorüber.

Vorüber, aber nicht vorbei. Es war eine Pause in
der Hetzjagd, aber die Jagd war noch nicht aufgegeben.
Dessen war Dorothea sich bewußt. Der Fraueninstinkt in
ihr hatte den Mann an ihrer Seite ganz genau durchschaut.
Er hatte sich noch nicht an sie herangewagt, und sie
wußte auch, warum: wenn sie unnahbar sein wollte, war
es nicht so leicht, an sie heranzukommen. Eben so deutlich

aber hatte sie auch empfunden, wie der Mann an ihrer
Seite gelodert und gebrannt, wie das Blut in ihm zu ihr
hinüberverlangt hatte, wie seine Hände, so oft er ihr
irgend eine Schüssel reichen durfte, sich bemüht hatten, für
einen Augenblick mit ihren Händen sich zu berühren.
Darum wußte sie, daß er wiederkommen, daß er zum
Angriff zurückkehren würde, sobald er nur im Neben=
zimmer, wo er jetzt mit den anderen Herren bei Kognak
und Cigarren zusammen war, neuen Muth gesammelt
haben würde.

Dazu kam die Aufregung von Frau Brinkmann, die
mit Dorothea und den anderen Damen zusammensaß,
jeden Augenblick aber aufsprang und zu den Herren hin=
überging. Was that sie dort? Waren es nur Hausfrauen=
pflichten, die sie hinüberführten, oder ertheilte sie Rath=
schläge und Instruktionen? Dorotheens Instinkt sagte ihr,
daß diese Frau es vor Allen war, die es sich in den Kopf
gesetzt hatte, sie mit Herrn Fritz Barkhof zu verloben.
Mit fieberhafter Aufmerksamkeit verfolgte sie daher ihr
Hinundhergehen und während sie mit Jettchen und den
Springmuthschen Damen anscheinend in voller Seelenruhe
plauderte, saß sie wie auf Kohlen.

Und jetzt zuckte sie unwillkürlich auf; die Herren
kamen aus dem Rauchzimmer herüber; die Folter nahm
ihren Fortgang.

Man war da drüben offenbar sehr lustig gewesen;
die Stimmen waren sehr laut; eine Angelegenheit von
allgemeinem Interesse schien Alle zu beschäftigen.

Der Etatsrath selbst war es, der den Damen die
große Neuigkeit auftischte.

„Dorothea," sagte er, indem er, den Arm in Fritz
Barkhofs Arm geschlungen, mit diesem vor seine Tochter
trat, „hier stelle ich Dir Herrn Fritz Barkhof vor, glücklichen
Inhaber einer prachtvollen Dampfer-Nacht — Respekt,
wenn ich bitten darf."

Dorothea mühte sich ein Lächeln ab. Fritz Barkhof
stand vor ihr und überströmte sie mit einem Blick, daß sie
davor die Augen niederschlug.

„Ihr Herr Papa ist allzu gütig," sagte er, indem er
sich verneigte, „aber wenn ich denken könnte, daß Sie
einer Einladung von mir Folge geben und mir erlauben
würden, Sie ein wenig auf der Elbe spazieren zu fahren
— so würde mich das sehr, wirklich sehr glücklich machen."

Er hatte seine Worte ganz eigenthümlich betont und
das Letzte so leise gesagt, daß es wie ein vertrauliches
Flüstern zu ihr gedrungen war. Gesenkten Hauptes saß
Dorothea da. Der Vater übernahm die Antwort für sie.

„Aber das ist ja eine ganz famose Idee," rief er,
„oder wie man heutzutage sagt, schneidig! Natürlich
kommen wir, kommen sehr gern, lieber Barkhof. Wann
soll's denn losgeh'n?"

Fritz Barkhof bedauerte, daß noch einige Tage vergehen würden, bis die Nacht in präsentablem Stande sein
würde.

„Die Purpurvorhänge fehlen noch in der Staats-
kajüte," bemerkte Herr Wohlbrink, „man behauptet nämlich, daß Fritz Barkhof seine Nacht nach dem Muster
der Barke einrichten läßt, wie Kleopatra sie auf dem Nil
hatte."

Ein lautes Gelächter der Herren belohnte die scherzhafte Anspielung; die Damen kicherten mit; Dorotheens Stirn färbte sich mit einer tiefen Röthe.

Fritz Barkhof schüttelte mit abwehrendem Lächeln das Haupt und wandte sich, wie beruhigend, zu Dorotheen.

„Hören Sie nicht auf das, was die Lästerzungen sprechen, gnädiges Fräulein; es ist eine ganz einfache, komfortable Schiffseinrichtung. In vierzehn Tagen hoffe ich soweit im Stande damit zu sein, daß ich die Herrschaften unmittelbar am Fuße Ihrer Villa abholen kann."

„Soll ein Wort sein," sagte der Etatsrath, indem er schallend in Fritz Barkhofs Hand einschlug, „in vierzehn Tagen fahren wir mit Ihnen hinaus; aber mindestens bis Kurhaven!"

„Bis Helgoland!" fielen die Damen im Chore ein.

Fritz Barkhof verneigte sich nach allen Seiten und lächelte strahlend.

„Herr Etatsrath," sagte er, indem er beide Hände desselben ergriff und schüttelte, „wenn es nach mir geht, bis nach Amerika und um die ganze Welt!"

Damit war die Sache vorläufig zur allgemeinen Zufriedenheit erledigt und man brach auf. Als Dorothea auf den Treppenflur hinaustrat, stand Herr Fritz Barkhof plötzlich noch einmal neben ihr, den Hut in der Hand.

„Gnädiges Fräulein," sagte er, indem er ihre Hand ergriff und mit entschlossenem Ruck an die Lippen zog, „ich sage Ihnen noch einmal aufrichtigen Dank, daß Sie meine Einladung angenommen haben, warmen Dank, Sie — machen mich dadurch wirklich glücklich!"

Der Etatsrath trat lachend dazwischen.

„Den Rest für später," sagte er, „wenn wir auf dem

Waſſer ſind." Damit ergriff er den Arm ſeiner Tochter
und führte ſie die Treppe hinunter.

Vor der Thür ſtand die große, vierſitzige Kutſche des
Hauſes Pfeiffenberg, die jetzt, weil man durch die kühle
Nachtluft zu fahren hatte, zugedeckt worden war. Vater
und Tochter nahmen Platz; Moritz Pfeiffenberg ſaß ihnen
auf dem Rückſitz gegenüber. Nachdem man eine Viertel-
ſtunde gefahren war, lehnte ſich der Etatsrath in die
Wagenecke zurück, Moritz Pfeiffenberg that auf ſeiner
Seite daſſelbe und unmittelbar darauf waren Beide ein-
geſchlafen.

Dorothea ſchlief nicht. Ohne Laut und Regung ſaß
ſie auf ihrem Platze und nach einiger Zeit ließ ſie das
Wagenfenſter herunter; der Weindunſt, der von den beiden
Schläfern ausging, erfüllte den engen Raum mit einer
dicken, qualmigen Luft. Mit heißen, trocknen Augen
blickte ſie in die Nacht hinaus und mit wacher Seele fuhr
ſie dahin.

Alle Zweifel hatten nun ein Ende. Vierzehn Tage
noch, dann kam die Frage und mit der Frage das
Schickſal ihres zukünftigen Lebens.

Sie konnte nein ſagen — aber wenn ſie es that, dann
war ſie von nun an ein überflüſſiges Möbelſtück in dem
Hauſe, in dem ſie bisher als Gebieterin gewaltet hatte,
eine alte Jungfer, die neben einem ärgerlichen Vater
mürriſcher Griesgrämigkeit entgegenwelkte, ein Gegenſtand
der Verwunderung für ihren Bruder und deſſen junge
Frau, ein Räthſel für alle Hausbewohner, an dem man
ſich eine Zeit lang abmühte, bis man es gelangweilt bei
Seite liegen ließ.

Und wenn sie ja sagte, dann war nun dieser heutige
Tag und diese Fahrt in der stickigen, dumpfen Kutsche, in
diesem rollenden Käfig ein Vorgeschmack dessen, was künftig
ihr Leben hieß. Tage, Tage und Tage voll ödem grauem
Einerlei; ihre stolze Natur vernichtet, an die Interessen
eines Mannes geschmiedet, dessen Interessen für sie keine
waren; und für alle Qualen des Tages dadurch belohnt,
daß sie des Abends unter Menschen geführt wurde, die sie
nichts angingen, in Gesellschaften, die ihr zuwider waren,
zu Essen und Trinken wie ein Thier, das man aus dem
Stall auf die Weide treibt und von der Weide wieder in
den Stall zurück. Und hinter dem allen, in der Ferne
verdämmernd wie das Tageslicht am Ausgange eines
Schachtes, die Erinnerung an die eine Stunde, da sie
hinausgeblickt hatte in das Land voll Blumen und Bäumen,
in die Schönheit, in die Kunst. Verloren war ihr das
Land ja auch schon jetzt, aber jetzt gehörte ihr doch noch
die Phantasie, die um die Mauern des verlorenen Paradieses
schlich und ihr mit süßer Täuschung ins Herz flüsterte:
„Du kommst doch vielleicht noch einmal hinein; trotz Allem
und Allem begiebt sich vielleicht noch etwas Ungeahntes,
das Dich hineinführt" — und nun, wenn sie das „ja"
gesprochen hatte, dann war es wie das Fallbeil, das der
Phantasie den Kopf abschnitt, zu Ende war es dann mit
Hoffen und Träumen und Allem und Allem. In stummer
schrecklicher Verzweiflung preßte sie die Hände ineinander
und zwei schwere Thränen, die Niemand sah, flossen
lautlos über ihre Wangen.

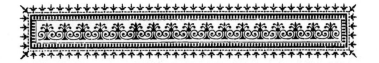

Dreizehntes Kapitel.

Ein Tag verging und noch ein Tag. Dorothea
begann die Minuten zu zählen. Ein Schauer überlief sie,
so oft sie den klingenden Schlag der Uhr vernahm. Wieder
eine Stunde dem Verhängniß näher, wieder eine Stunde
der letzten Frist weniger.

Am dritten Tage, als sie mit Vater und Bruder beim
Frühstück saß — jetzt nicht mehr auf der Terrasse, sondern
im Salon — richtete Moritz Pfeiffenberg, indem er die
Hamburger Nachrichten bei Seite legte, den Kopf auf.

„Ich habe gedacht," sagte er nörgelnden Tons, „er
wollte sein Bild in Berlin ausstellen? Und nun mit einem
Mal ist es in München."

„Wer?" fragte der Etatsrath.

„Na — der Maler, der —"

„Der Gothe?" fragte der Etatsrath, mit beiden Backen
kauend, „steht etwas über ihn in der Zeitung?"

Moritz Pfeiffenberg schob sich den Frühstücksteller
heran und schmierte sich Butter auf sein geröstetes Brod.

„Es scheint ja," erwiderte er, „sie sind in München rein wie verrückt mit seinem Bild."

Der Etatsrath langte über den Tisch und nahm die Zeitung auf. Er warf einen flüchtigen Blick auf die Stelle, die Moritz ihm bezeichnete, dann legte er das Blatt lachend wieder fort.

„Nun seh' Einer an," sagte er, „wird der Kerl am Ende doch noch ein berühmter Mann!"

Er nahm seine Tasse auf und stieß damit an Dorotheens Tasse an. „Meine Hochachtung, Herr Minister, Sie haben wieder einmal Recht behalten."

Dorothea hatte keinen Laut von sich gegeben, auch nicht nach der Zeitung gegriffen, nur die Gabel, die sie eben zum Munde führen wollte, legte sie auf den Teller zurück und wenn die beiden Männer Acht gegeben hätten, würden sie gesehen haben, wie eine tödtliche Blässe ihr Gesicht überflog. Sie schlürfte ihren Thee aus; zu essen, war ihr unmöglich. Alle ihre Gedanken waren nur auf eins gerichtet: daß das Frühstück bald zu Ende sein möchte, daß die Beiden nur erst gehen möchten!

Bis dahin saß sie wie angegossen an ihren Stuhl, heimlich mit den Augen die Zeitung bewachend, daß Niemand sie ihr fortnähme, Niemand!

Dann, als die Männer sich erhoben, nahm sie das Blatt auf, scheinbar ruhig, aber das Papier knisterte in ihrer Hand, weil ihre Finger es krampfhaft zerdrückten, und nun, sobald die Beiden hinaus waren, stürzte sie damit auf ihr Zimmer.

Nicht da unten — hier oben wollte sie lesen, hier, in ihrer eigenen Atmosphäre, bei sich, an dem Tische, auf

dem sein Brief gelegen hatte, der Brief, der in der Tasche
ihres Kleides gesteckt hatte, diese ganze, ganze Zeit, den
sie nun hervorzog und neben die Zeitung auf den Tisch
vor sich legte und mit flachen Händen glatt strich, weil er
ganz zerdrückt war und zerknittert, mißfarbig geworden
durch die fortwährende Berührung ihrer heißen Hand,
so daß er jetzt aussah wie ein welkes Blatt im Herbst.
Wie ein Blatt, ein verwelktes, das uns dennoch reizend
erscheint, weil es uns an die Stunde erinnert, die lachende,
glückselige, da wir es im Sommer gepflückt haben.

Sie legte die Arme auf den Brief und das Gesicht
auf die Arme, so daß ihre Lippen das Papier berührten,
und so verharrte sie eine geraume Zeit, als wollte sie es
noch hinausschieben, von ihm und seinem Werke und
seinem Ruhme zu lesen, als wollte sie diesen Augenblick
der Erinnerung ausdehnen zu einer langen, langen Ewigkeit.

Endlich richtete sie sich empor, strich sich das Haar
aus der Stirn und nahm die Zeitung auf.

Das, was sie fand, war ein Bericht über die Kunstausstellung im Glaspalaste zu München; aber der ganze
Bericht war eigentlich nur eine Abhandlung über Heinrich
Verheißers „Gothenschlacht" und diese Abhandlung war
ein Dithyrambus.

Satz für Satz, Wort für Wort las Dorothea, langsam,
als wollte sie nicht zu bald an das Ende des Aufsatzes
kommen, als wollte sie den Inhalt, der sie berauschte,
Tropfen nach Tropfen einschlürfen.

Mit sicherer und geschickter Hand war der Gegenstand
des Bildes beschrieben, so daß es aus den schwarz und
weiß gedruckten Zeilen vor ihr emporstieg, wie sie es

gesehen hatte, mit seinen kühnen Umrissen, seinen gewaltigen Menschengruppen, in seiner leuchtenden Farben-
herrlichkeit. Dann aber war es, als hätte der Verfasser
des Aufsatzes Athem schöpfen müssen, damit er Kraft fände
für das, was noch zu sagen blieb, für den Gipfel des
großen Werkes, das Gothenweib, das auf dem Hügel
über den Kämpfenden stand.

Dorotheens Wangen erglühten, als sie an diese Stelle
kam, ihr Busen hob und senkte sich. An der Begeisterung,
mit welcher die Gestalt des Weibes geschildert war, fühlte
sie, wie mächtig die Wirkung sein mußte, die von ihr auf
die Beschauer ausging. Und wenn sie es nicht gefühlt
hätte, so würde sie es aus dem Berichte erfahren haben,
wo gesagt war, daß die Besucher der Ausstellung in
Schaaren um das Bild drängten, wie von einem Magneten
angezogen, der sie beinah achtlos an den übrigen Bildern
vorübergehen ließ.

Nun hatte sie zu Ende gelesen, und wie betäubt saß
sie vor dem Zeitungsblatt.

Jetzt also wußte die Welt, was sie geahnt hatte, als
sie einsam, mit schauernder Seele in der Halle gestanden
und das Bild betrachtet hatte, daß hier ein großer Künstler
seine Seele vor den Menschen geoffenbart hatte. Und
noch etwas wußte sie, was die Welt nicht wußte, ein
Geheimniß, ein wonnevoll vernichtendes, das außer ihr
nur Einer kannte, Einer, der ferne von ihr war, Meilen,
Meilen und Meilen weit, von ihr getrennt, für immer
und alle Zeit.

Eine Gluthwelle überschauerte ihren Leib; Stolz und
Eitelkeit, Liebe und Sinnlichkeit wühlten ihr Seele und

Sinne zu einem Gefühle rasenden Entzückens auf, und
gleich darauf überfiel sie eine dumpfe zermalmende
Traurigkeit.

Da unten in der fernen Stadt stand das Bild des
Gothenweibes, an dessen Schönheit sich die Menschen, die
aus aller Herren Ländern herzugeströmt kamen, berauschten
— und hier oben in der einsamen Stube saß das Urbild
und wartete darauf, daß es an die Thür klopfen und
man kommen und sie davonführen würde, damit sie Frau
Fritz Barkhof würde. Damals, als sie erfuhr, daß ihr
Leib es gewesen war, der ihm zum Vorbilde gedient hatte
für sein Gothenweib, hatte sie geglaubt, daß ein unwider-
bringliches Unglück über sie hereingebrochen sei, daß sie
sterben und ersticken müßte vor Scham — jetzt war nur
ein Bewußtsein noch in ihr, daß ihre Gestalt unsterblich
geworden war für alle Zeit.

Und von dem Allen würde sie nun nie etwas sehen;
das ganze wunderbare Ereigniß würde an ihr vorübergehen wie eine Sache, die sie nichts anging; der Mann,
der wie ein Herold ihrer Schönheit vor die Menschen
hingetreten war und sie ihnen verkündigt hatte, war für
sie dahin, aus ihrem Leben verbannt — mit einem Ruck
erhob sie sich von ihrem Stuhle und mit hastiger Hand
riß sie den Kasten auf, in dem sie ihr Wirthschaftsgeld
verwahrte.

Ein Entschluß war in ihr aufgestanden, so plötzlich
und stark, daß sie sogleich empfand, daß es dagegen keinen
Widerstand gab: sie wollte nach München und das Bild
in der Ausstellung sehen. Sie wollte, denn sie mußte!
Ja — sie mußte. Mochte daraus werden, was da wollte

— sie fragte nicht danach. Mochte sie ihm begegnen oder
nicht — mochte man hier bei den Ihrigen später erfahren,
daß sie dort gewesen war — es war ihr gleichgültig; sie
wußte in diesem Augenblick nur eins, daß sie dahin mußte!
Sie wollte ja zurückkehren — natürlich; aber einmal noch,
bevor sie in das graue Gefängniß ging, das nun ihr
künftiges Leben sein würde, wollte sie hinaus in das
gelobte Land. Einmal noch die Sonne sehen, die dort
leuchtete, den Duft seiner Blumen athmen. Einen Trunk
noch, einen letzten aus dem Becher des Lebens — dann
mochte die Pforte des Paradieses hinter ihr zufallen, für
immer, für ewig — dann hatte sie eine Stunde wenigstens
gelebt.

In dem Kasten, den sie geöffnet hatte, fand sie eine
beträchtliche Summe; wenn der Vater noch etwas hinzu-
that, hatte sie zu reichlichem Auskommen für längere Zeit
genug. Heute noch wollte sie mit ihm sprechen,, denn die
Ungeduld in ihr war zum Fieber geworden.

Sie würde dem Vater nicht sagen, daß sie nach
München fuhr, denn was hatte sie in München zu suchen?
Berlin wollte sie als Ziel ihrer Reise angeben, und wenn
sie ihn glauben machte, daß sie in Berlin Kleider kaufen
wollte, so würde er das Geld bereitwillig hergeben; er
würde denken, daß sie sich für Fritz Barkhof schmücken
wollte, und was konnte ihm lieber sein?

So ordnete sie im Fluge ihren Plan, und indem sie
es that, ging ihr ein Stich durch das Herz; zum ersten
Male im Leben sollte sie planmäßig lügen und betrügen.

Aber es gab kein Halten mehr. Die Natur brach in

ihre Seele ein und schwemmte die Dämme der moralischen
Bedenken hinweg. Um ihr Gewissen zu beschwichtigen,
sagte sie sich, daß sie ja nur auf kurze Zeit, vielleicht nur
für einen Tag nach München reisen wollte, daß sie dann
über Berlin zurückkehren und dort wirklich Kleider kaufen
würde. Auf die Weise kam das Geld des Vaters doch
noch zu seiner Bestimmung und ihre Lüge war nur noch
eine halbe.

Der Etatsrath zeigte denn freilich ein ziemlich erstauntes
Gesicht, als Dorothea ihm beim Mittagessen ihren Plan
entwickelte. Aber er war in letzter Zeit daran gewöhnt
worden, an seiner sonst so gleichmäßigen Tochter Launen
und Sonderbarkeiten zu bemerken, und die Erklärung
dafür lag ja nah. Ein Mädchen, das in nächster Zeit
Braut werden sollte. — Was war es schließlich auch Besonderes, daß sie einmal allein von Hamburg nach Berlin
reiste? In Berlin war ja Minister Kügler, dem es ein
Vergnügen sein würde, sie zu beschützen.

„Ob ich Dich begleiten soll?" fragte er, und der
Ton seiner Frage ließ heraushören, daß es ihm unbequem
sein würde.

Dorothea lächelte; sie war heut überhaupt liebens-
würdiger denn je.

„Keine Idee," erwiderte sie, indem sie die Hand auf
des Vaters Hand legte, „Du weißt ja, bei solchen Ge-
schäften sind wir Frauen am liebsten für uns. Verirren
werde ich mich ja wohl nicht in Berlin."

„Und für alle Fälle," sagte der Etatsrath, „ist ja
Minister Kügler da."

Natürlich — für alle Fälle war Minister Kügler da. „Aber vergiß nicht," fuhr er fort, „in vierzehn Tagen, die Wasserpartie; daß Du pünktlich wieder zurück bist."

Dorothea lächelte auch jetzt. „Vierzehn Tage?" gab sie zur Antwort, „heut sind es nur noch elf."

„Warhaftig," rief der Etatsrath, „sie führt schon Kalender."

Er schenkte sich ein großes Glas Wein ein; sein störrisches Töchterchen begann, Vernunft anzunehmen; Alles machte sich; er war seelenvergnügt.

Unter solchen Umständen bereitete die Geldfrage natürlich keine weiteren Schwierigkeiten; Dorothea wurde ausgestattet, reichlicher als sie verlangt und erwartet hatte.

„Wann soll's denn losgehen?" fragte der Etatsrath.

„Morgen," erwiderte sie.

Der Etatsrath stutzte unwillkürlich. „So eilig?" meinte er.

Dorothea lächelte gleichmüthig. „Um so eher kann ich ja wieder hier sein."

„Hast auch recht," gab er zurück. Er lachte und schüttelte den Kopf. Es war doch ein sonderbares Käuzchen, diese Dorothea; erst das verzweifelte Sträuben, und jetzt konnte sie es nicht eilig genug haben, sich Herrn Fritz Barkhof annehmbar erscheinen zu lassen.

„Ich dachte, morgen mit dem Mittags-Courierzuge von Hamburg abzufahren," setzte sie ihre Worte fort, „dann bin ich Nachmittags zu guter Stunde in Berlin."

Im Stillen berechnete sie, daß sie alsdann den Nacht-Courierzug nach München benutzen und übermorgen früh in München sein konnte.

„Dann bringen wir Dich morgen auf den Bahnhof,"
erklärte Moritz Pfeiffenberg.

„Natürlich," bestätigte der Etatsrath, „wir bringen
sie auf den Bahnhof. Wie sie sich das Alles wieder aus-
gerechnet und zurechtgelegt hat! Die braucht wahrhaftig
keinen Reisemarschall."

Den Abend des Tages füllte Moritz Pfeiffenberg
damit aus, daß er ihr Rathschläge darüber machte, wo
sie am besten in Berlin absteigen würde. Er führte ihr
so ziemlich alle Berliner Hôtels mit ihren Vorzügen und
Nachtheilen auf. Dorothea, über eine Stickerei gebeugt,
hörte ihm mit äußerlicher Aufmerksamkeit und innerlichem
Lachen zu. Während Moritz Pfeiffenberg ihr die Küche
des Monopol-Hôtels rühmte, gleichzeitig aber seinen
Bedenken über den Lärm in der Friedrichstraße Ausdruck
verlieh, war ein Jauchzen, Spotten und Triumphiren in
ihrem Inneren: „Rede Du nur! Morgen werde ich
nicht in Dein Monopol-Hôtel, nicht in Deine Friedrichstraße und Dein kahles, nüchternes Berlin, sondern ganz
wo anders hingehen! Und übermorgen werde ich sein —"
sie warf die Stickerei fort — wo würde sie übermorgen
sein? Ein Schauer jagte über ihr Herz, ein Wonneschauer,
und so erhob sie sich, den Ihrigen Gutenacht wünschend;
denn sie mußte allein mit sich sein, mit ihren Gedanken,
ihren Phantasien und mit dem Bewußtsein der Freiheit.

Früh am andern Morgen war sie aus dem Bette und
auf den Beinen. Der Koffer wurde rasch gepackt, und
als die Herren zum Frühstück erschienen, fanden sie Dorotheen
bereits vor, das graue Reisekleid angethan, den Hut mit

der schwarzen, wallenden Feder auf dem Haupte, und unter dem breiten Rande des Hutes das Antlitz hervorleuchtend mit einem Ausdrucke stiller, seliger Verklärung.

Wie ein Traum vergingen ihr die letzten Stunden; sie aß und trank, aber ihre Gedanken waren so weit davon, daß sie Speise und Trank wie mechanisch zum Munde führte, und wie ein Traum war es ihr, als sie im Wagen Platz genommen hatte und das Pflaster des Hofes unter den Rädern des abrollenden Wagens erklang.

Das letzte was sie sah, war der alte Brenz, der den Wagenschlag ins Schloß drückte, und als sie seinen Rücken gewahrte, der auch heute nicht um eine Zehntellinie von der üblichen Beugung abwich, mußte sie an sich halten, um nicht laut herauszulachen. „Wenn Du wüßtest, wohin ich gehe!"

Auf dem Bahnhofe in Hamburg war Alles bald erledigt. Moritz Pfeiffenberg besorgte ihr Billet und Gepäckschein, der Etatsrath suchte ein Coupé erster Klasse für sie aus und wenige Minuten später saß sie, von den Händen des Vaters wohl eingepackt, in ihrer Ecke am Fenster.

Moritz kam zurück und überreichte ihr noch einen Blumenstrauß, den er für sie vom Gärtner hatte schneiden lassen. Dann blieb er mit dem Vater auf dem Bahnsteig unten stehen.

„Vergiß nicht, Minister Kügler zu grüßen," sagte der Etatsrath zu ihr hinauf. Dorothea nickte stumm.

„Und Du schreibst uns, wenn Du zurückkommst? Oder telegraphirst?" Ja, ja — sie würde telegraphiren. Dann lehnte sie sich wieder zurück und blickte schweigend

auf Vater und Bruder, die sich lebhaft plaudernd unterhielten. Was sollte sie mit ihnen sprechen? Beinah kam
es ihr vor, als gehörte sie nicht mehr zu ihnen.

Im Eifer der Unterhaltung hatte der Etatsrath den
Hut abgenommen und strich sich mit dem Taschentuche
über den Kopf. Dorothea sah sein graues Haar, und indem er ihr das Profil zuwendete, sah sie, wie alt sein
Gesicht doch eigentlich schon war — und plötzlich fuhr sie
aus ihrer Ecke auf und trat an das geöffnete Fenster. Ihr
Gesicht war leichenblaß.

„Adieu, Papa!" rief sie, indem sie den Arm nach ihm
ausstreckte.

Im Augenblick aber, als der Etatsrath ihre dargebotene Hand ergreifen wollte, rückte der Zug; Dorothea
wurde durch die plötzliche Bewegung in ihre Ecke zurück-
geschleudert, er hatte ihr die Hand nicht mehr geben
können. So rasch sie konnte, erhob sie sich wieder und
trat an das Fenster zurück; aber der Zug war schon im
Rollen. Sie blickte hinaus und sah den Vater und den
Bruder, die lachend auf dem Bahnsteige standen und ihr
mit schwingenden Hüten Lebewohl zuwinkten. Langsam
verließ sie das Fenster und nahm ihren Platz wieder ein.
Es kam ihr zum Bewußtsein, daß sie diesen ganzen Morgen
eigentlich wie im Taumel gewesen war; jetzt war es, als
wenn das Schicksal sie fortgerissen und ihr verwehrt hätte,
einmal noch zum Abschiede die Hand des Vaters zu ergreifen. Ob das eine Strafe dafür sein sollte, daß sie so
leichten Herzens das Vaterhaus verlassen, so keinen Blick
mehr für die Räume übrig gehabt hatte, in denen sie

achtundzwanzig Jahre lang gelebt und die sie heute zum letzten Male gesehen hatte?

Sie versank in Gedanken, bald aber raffte sie sich wieder auf. Zum letzten Male? Was war denn das für eine thörichte Sentimentalität! Wer dachte denn daran? Einen Ausflug nach München wollte sie machen und dann zurückkommen, und weiter nichts — ein rechter Anlaß zu weichmüthigen Trennungsideen, nicht wahr? Engländerinnen und Amerikanerinnen fahren mutterseelenallein über das Weltmeer und durch ganz Europa, und sie wollte sich Gewissensbisse machen, weil sie allein von Hamburg nach München fuhr? Deutsche Sentimentalität und Binnenländerei! Ja doch, ja — es war, als sprächen unsichtbare Stimmen zu ihr und als müßte sie dieselben widerlegen — sie würde ja wiederkommen, würde zeitig genug wiederkommen, um Herrn Fritz Barkhofs berühmte Wasserpartie mitzumachen — und indem sie dieses Mannes gedachte und alles dessen, was an ihn sich knüpfte, sank das warme Gefühl, das soeben ihr Gemüth durchströmt hatte, in ihre Brust zurück, wie eine Flamme, die unter der Asche erstickt.

Thörichte! Wenn er kommen und Dich abholen wird aus dem Vaterhause, dann wird es Zeit sein, schmerzlich dahin zurückzublicken, denn dann wird es ein Abschied sein für immer und alle Zeit. Jetzt bedenke, daß es die letzte Stunde der Freiheit, des Lebens ist, die Du genießest; verzettle und verthu' sie nicht mit thörichten Gefühlen, sie wird schneller um sein, als Du denkst und kommt nicht wieder, niemals.

Die Sonne, die bisher hinter Wolken gestanden hatte, brach hervor, das weite flachland leuchtete auf; von den umgeackerten feldern stieg würziger Duft zu ihr empor, und indem der Courierzug brausend mit ihr hinauszog in die weite Welt, überkam sie die Stimmung des Kindes, das zum ersten Male auf Reisen geht und Geheimnisse, Märchen und Wunder vor seinen Augen aufsteigen sieht.

In Berlin, wo sie am Nachmittage ankam und noch mehrere Stunden bis zum Abgange des Münchener Zuges für sich hatte, vertrieb sie sich die Zeit, so gut es gehen wollte.

Der Etatsrath hatte sie telegraphisch bei Minister Kügler zum Mittagessen anmelden wollen — aus guten Gründen hatte sie das abgelehnt. Nun mußte sie also doch von Moritzens Empfehlung Gebrauch machen und im Monopol-Hôtel ihre Mahlzeit einnehmen. Sie that es mit heimlichem Lachen. Um den Abend hindurch irgendwo zu sein, ging sie in ein Theater — wenn man sie aber später gefragt hätte, was sie gesehen, sie hätte es kaum sagen können.

Und nun war die Stunde zur Abfahrt da. Sie hatte sich ein Schlafwagen-Billet genommen; der Koffer war expedirt; sie brauchte sich nur in eine Droschke zu setzen und nach dem Anhalter Bahnhof hinauszufahren.

Das Gesicht unter einem dichten, dunklen Schleier versteckt, durchmaß sie mit raschen Schritten die große Bahnhofshalle. Dort vorn stand der Zug und mitten in dem Zuge, wie ein gläsernes, erleuchtetes Haus, der Schlafwagen. Gruppen von Männern und Frauen drängten sich an den Wagenthüren; Abschiedsworte gingen hin und her, Umarmungen wurden getauscht; sie schritt an ihnen vorbei — ihrer wartete Niemand. Ob es das kalte, grelle Licht der elektrischen Lampen war, die den Bahnhof erhellten? Es fröstelte sie. So hinausfahren zu müssen in die finster gähnende Nacht, ohne einen Händedruck, ohne ein tröstliches „auf Wiederseh'n". Unwillkürlich zauderte sie einen Augenblick, bevor sie den Schlafwagen bestieg. Ganz vorn stand die Lokomotive, leise pfauchend, wie ein mächtiges Roß, das ungeduldig darauf wartet, daß es losgelassen wird. Und wenn es losgelassen war — wohin würde es sie reißen?

Sie empfand die Seelenlosigkeit der Maschine, die ihre Menschenfracht hinter sich herschleppt, gleichgültig, was sie geladen hat, ob Freude und Erwartung, ob Kummer und Hoffnungslosigkeit.

Das letzte Glockenzeichen ertönte; kein Zögern war mehr erlaubt. Sie setzte den Fuß auf den Wagentritt, im nächsten Augenblick fiel die Thür hinter ihr zu — nun war sie darin. Der Zug setzte sich in Bewegung — nun war sie auf dem Wege dahin, wohin sie gewollt, nach dem gelobten Lande.

Vorläufig freilich war davon nicht viel zu sehen. Die Lichter Berlins tanzten an ihr vorüber und dann kam unwirthliche, rabenschwarze Nacht. Dorothea hatte sich auf ihr Lager gestreckt, ungewöhnt aber an nächtliche Eisenbahnfahrten, wie sie war, fand sie keinen Schlummer. Durch den Dämmer des Halbschlafs hindurch vernahm sie das Poltern und Stoßen der Räder, fühlte sie das Schwanken

des Wagens und die jähen Bewegungen, wenn der Zug
in eine Weiche überging und eine neue Richtung
einschlug.

Wenn es eine Lage giebt, wo der Mensch sich hülflos
in den Fängen einer übermächtigen Gewalt fühlt, so ist
es die, wenn man schlaflos zu nächtlicher Zeit auf den
Kissen des Eisenbahnwagens liegt. Das Auftauchen der
Stationslichter, die für einen Augenblick zu uns herein-
leuchten, dann wieder die endlose Nacht und unaufhörlich
und ohne Ende das stürmende Rasen des eisernen Giganten,
der uns in seinem Schooße dahinträgt. Machtlos gegenüber dem Hereinbrechen etwaiger Ereignisse, nur das
dumpfe Vertrauen als Rückhalt, daß ja wohl nichts geschehen wird, losgelöst von dem, was der Mensch braucht,
um auf seinem ruhelos schwingenden Planeten Ruhe zu
finden, von Frieden und Behagen der Häuslichkeit — es
giebt nichts, was uns die Zerbrechlichkeit des organischen
Lebens stärker zum Bewußtsein bringt, nichts, was uns
das Verhältniß des Menschen zu der furchtbaren Macht,
die wir das Schicksal nennen, in lebendigerem Bilde ver-
körpert.

Und nun gar, wenn das Schicksal so dunkel und geheimnißvoll über dem Haupte des Menschen hängt, wie
über dem des einsamen Weibes, das jetzt die weite Strecke
von Berlin nach München durchmaß!

In allen Nerven durchrüttelt und durchschüttelt erhob
sie sich, als das Tageslicht ihr verkündigte, daß die böse
Nacht vorüber sei. In der Thür, die ihr Kämmerchen
von der Nebenkammer trennte, war ein großer Spiegel

angebracht, und indem sie vor demselben Haar und
Kleidung ordnete und das blasse, übernächtige Antlitz
betrachtete, das ihr daraus entgegensah, schüttelte sie unwillkürlich das Haupt. War das Dorothea Pfeiffenberg?
Dieses Weib, das wie eine Abenteurerin nächtlicher Weile
durch das Land floh, war das dieselbe, die bisher, von
Sorgfalt und Bequemlichkeit häuslichen Wohlstands wie
auf Händen getragen, ohne Anstoß, ohne Zweifel und
ohne Fragen makellos durch das Leben gegangen war?
Die stolze, unfehlbare, weiße Dorothea — war sie das?

Sie trat auf den Flur des Schlafwagens, damit der
Aufwärter ihre Schlafkammer in Ordnung brachte; indem
sie aber zum Fenster hinausblickte, zuckte es plötzlich wie
neues Leben durch ihre Adern: die Thürme Regensburgs
leuchteten im Strahle der Morgensonne vor ihr auf, die
Donau blinkte zu ihren Füßen. In der nervösen Erregung, in der sie sich befand, wirkte der herrliche Anblick
wunderbar auf sie ein; Thränen stiegen ihr in die Augen
und unter dem Schleier flüsterte sie ein leises „Gott sei
Dank."

Gott sei Dank — sie war doch auf dem richtigen
Wege! Die Schönheit kam, es kam das ersehnte Land,
und hier, vor seiner Schwelle, war ihr, als tönte ihr
ein „Willkommen" entgegen.

Die Schauer und Bedrängnisse der Nacht fielen wie
eine dumpfe Wahnvorstellung von ihr ab; sie ließ sich
ein Frühstück geben, senkte das Fenster und mit neu ge-
stärkten Sinnen fuhr sie in den sonnigen Herbstmorgen
hinaus, der seine erweckende Luft zu ihr hineinschickte und
ihr kosend die erhitzten Nerven umspielte.

Landshut wurde erreicht; eifrige Menschen drängten sich auf dem Bahnsteig; schäumendes bayrisches Bier wurde angeboten; die liebenswürdigen Töne der süd= deutschen Mundart drangen ihr zum Ohre — ihr war zu Muthe, als hätte sie die Hände hinausstrecken und den Menschen zurufen mögen: „Seid gut zu mir! Ich bin Euch auch gut; ich gehöre von nun an zu Euch."

Und nun noch eine kleine Stunde Fahrt, dann erschien der Schaffner in ihrer Thür und meldete ihr mit einer Verbeugung, daß das Ziel erreicht sei.

Dorothea sprang auf. Aus der Ebene, die sich vor ihren Augen ausbreitete, stiegen die Wahrzeichen der Stadt München, die Frauenthürme auf; wenige Minuten später rollte der Zug in die breite Bahnhofshalle ein — sie war in München, sie war da.

Vierzehntes Kapitel.

Sobald Dorothea sich in ihrem Gasthofe eingerichtet und den Reisestaub abgespült hatte, machte sie sich auf den Weg, um die Kunstausstellung aufzusuchen. München war ihr vollständig neu; sie nahm eine Droschke, um sich zurechtzufinden, und während sie durch die Straßen der fremden Stadt, die im Sonnenlicht brannten, dahinfuhr, spähte sie unter ihrem Schleier nach rechts und nach links. Würde unter den Menschen, die sich zu beiden Seiten an ihr vorüberdrängten, die Gestalt auftauchen, das Gesicht, das sie zu finden suchte und das zu finden, sie zitterte? Sie sah ihn nicht. Fremde Häuser, fremde Menschen, eine fremde Welt — und mitten darin sie selbst, auch wie verwandelt und sich selber fremd.

Eine Reihe hochragender Maste, von denen Fahnen aller Nationen herniederflatterten, deutete ihr an, daß sie vor dem Ausstellungsgebäude war. Ueber die Stufen des Glaspalastes wogten die Menschen heraus und hinein; ein Gewirr von Stimmen erfüllte den Eingangsflur; ihren überreizten Nerven erschien es wie ein Getöse. Sie eilte

weiterzukommen und gelangte in die große, von Palmen
und Blattpflanzen durchrauschte Halle, wo Skulpturen aufgestellt waren und große Malereien die Wände schmückten.

Hier war Stille, hier war Ruhe, die Besucher sprachen
hier nur leise miteinander. Aufathmend sank sie auf eine
Bank und schloß für einige Sekunden die Augen; jetzt erst
fühlte sie, wie zermalmt sie an Leib und Seele war.

Das leise Plätschern eines Springbrunnens, der sein
Wasser in der Mitte des Raumes emporwarf, that ihr
unsäglich wohl. Sie öffnete die Augen und von ihrem
Sitze aus überschaute sie den weiten Raum. Wie das
groß, wie das feierlich, wie das schön war! Wirklich
eine andere Welt, als die, in welcher sie bisher gelebt.
Die Kunst, die sie bisher nur als etwas Geduldetes kennen
gelernt hatte, hier war sie Gebieterin; draußen in der
Welt ein Gast, den man auf Stunden zuläßt, war sie hier
Herrin des Hauses und dieses hier war ihr Palast.

Sie stand von ihrem Platze auf; ein tiefes, süßes
Bangen legte sich auf ihr Herz, und ihre Füße setzten sich
in Bewegung.

Beinah mechanisch schritt sie vorwärts, in den an-
grenzenden Saal, langsam, Schritt für Schritt. Sie hatte
keinen Katalog genommen, sie fragte nicht, sie würde das
Bild schon von selbst finden. Huschend gingen ihre Augen
über die Bilder hinweg, die an den Wänden hingen,
nicht um sie anzusehen, nur um festzustellen, daß es hier
nicht war. Eine Menschenwelle, die ihr entgegenströmte
und aus der sie ein Flüstern und aufgeregtes Verhandeln
hörte, verrieth ihr, daß sie auf dem richtigen Wege war;
alle diese Menschen, sie fühlte es, kamen von der „Gothen-

schlacht". Nachdem sie zwei oder drei Säle durchmessen
hatte, gelangte sie in einen großen, mit einer Glaskuppel
überdeckten Raum, aus dem Stufen zu den dahinter-
liegenden Sälen führten. Indem sie die Treppe zu ersteigen
begann, erzitterten ihr die Kniee — und als sie bis zur
Hälfte hinaufgekommen war, versagte ihr plötzlich der
Athem. Von der gegenüberliegenden Wand blickte ihr
eigenes Gesicht ihr entgegen.

Der untere Theil des Bildes war noch nicht zu sehen,
nur das Haupt des Gothenweibes schaute herüber, das
blonde, goldene, wunderbare Haupt.

Das Erste, was sie unwillkürlich that, war, daß sie
nach ihrem Schleier griff, als wollte sie sich vergewissern,
daß ihr Gesicht verdeckt und versteckt sei, denn das ver-
nichtende Gefühl, das sie damals bei ihrem Besuche in
der Halle empfunden hatte, loderte wieder in ihr auf und
färbte ihre Wangen mit rother Gluth. Der Schleier war
dicht und fest; auch waren die Menschen, die da vor ihr
standen, viel zu sehr mit dem Bilde beschäftigt, um auf
sie zu achten.

Sie erholte sich von ihrem Schreck, erstieg vollends
die Stufen und schritt langsam näher.

Das Bild war an der Hinterwand eines besonderen
Raumes angebracht, der durch ein in der Mitte offenes
Geländer von dem Vorraume getrennt war.

Dorothea trat in den abgegrenzten Raum hinein; an
der Innenseite des Geländers waren Ruhebänke aufgestellt;
auf eine von diesen ging sie zu, setzte sich darauf nieder
und nun saß sie — und da war das Bild. —

Als sie es zum letzten Male in der Halle gesehen

hatte, war das Gesicht der Gothin noch nicht voll ausgeführt, auch an der Gestalt noch dies und jenes nur angedeutet gewesen — jetzt sah sie, daß in der Zwischenzeit
an dem Bilde gearbeitet und wie daran gearbeitet worden
war! Jetzt drängte sich die Gestalt aus der Leinwand
heraus, daß man meinte, den Arm um sie herschlingen zu
können, wie ein Schneegewölk des Nordens sich abhebend
vom dunklen italienischen Vesuv, der drohend hinter ihr
emporstieg. Noch tiefer als bisher war das Purpurgewand
von ihren Schultern gerissen, aber nicht die Faust des
Byzantiners hatte das gethan, der erschlagen zu ihren
Füßen lag, die Hand des Malers war es gewesen, dessen
wilde Seele mit ihr gespielt hatte, mit dieser Gestalt, die
sein Werk war, sein Eigenthum, seine Göttin und zugleich
sein Geschöpf.

Und das Alles war sie, das leibhaftig lebendige, wirk-
liche Weib, das mit versteinerten Gliedern dort drüben saß,
Dorothea Pfeiffenberg, die weiße Dorothea.

So also hatte ihr Bild sich ihm in die Seele geprägt!
So hatte er sie mit sich getragen in seiner Erinnerung!
Und so war sie auferstanden aus dem Feuerbade seiner
Phantasie, in das er sie getaucht, in solcher Herrlichkeit,
solcher Größe und majestätischen Schönheit!

Sie fühlte, daß sie bei ihm und mit ihm gewesen war
diese ganze Zeit hindurch, daß für ihn keine Trennung
bestanden hatte und kein Raum zwischen ihm und ihr; eine
Ahnung kam ihr von der Unersättlichkeit des künstlerischen
Genius, der der Welt das Blut austrinkt, um ihr nachher im
trunkenen Rausche ihr eigenes Geheimniß zu verkündigen,
dem unentrinnbar zugehörig bleibt, was sich einmal in den

Bannkreis seiner Atmosphäre verloren hat. Wie ein
Nebel war es vor ihren Sinnen, aus dem nur zwei Ge=
stalten hervortraten, das Gothenweib und der kämpfende
Tejas.

Auch in dessen Antlitz war ein Zug gekommen, der
früher nicht darin gewesen war, ein todessüchtiges, ge=
heimnißvolles Lächeln, das über die finsteren Züge dahin=
spielte.

Das Haupt der Gothin, das früher emporgeworfen
gewesen, war jetzt gesenkt; zu Tejas blickte sie herab, er
schaute zu ihr auf, und so, wie in einem langen,
schweigenden Kusse begegneten sich die Augen der Beiden.
Schweigend aber nicht — denn aus dem Lächeln des Tejas
sprach eine Frage, ein Wort, das keiner verstand von
allen Menschen auf der weiten Welt, niemand, als nur
jene dort oben auf dem Hügel, auf dem Bilde, und diese
hier unten auf der Bank, vor dem Bilde.

Und unter dem Schleier, der das Gesicht dieser hier
unten verbarg, regten sich jetzt zwei bleiche Lippen, aber
der Laut, den sie hervorbrachten, drang nicht hinaus,
sondern zurück, so daß nur das Herz da drinnen vernahm,
was die Lippen flüsterten: „Was willst Du denn noch?
Ich gehöre Dir ja."

In diesem Augenblick hatte Dorothea ein merkwürdiges
Gefühl: es war ihr, als senkte sich eine Last auf sie herab,
die sie schwer auf ihren Sitz niederdrückte, beinah wie eine
Hand, die sich ihr auf das Haupt legte. Sie war sich
ganz klar bewußt, daß niemand und nichts sie berührte
und dennoch fühlte sie die Last. So schwer war die

Wucht, daß sie an die Rücklehne der Bank, und ihr Haupt hintenüber sank. Und indem sie nun emporschaute, blickte sie in das Gesicht Heinrich Verheißers, der mit gekreuzten Armen auf der anderen Seite des Geländers regungslos hinter ihr stand und stumm in ihr Gesicht herabsah.

Dorothea empfand keinen Schreck, kaum eine Verwunderung, es erschien ihr wie natürlich, daß er da war und hinter ihr stand. Darum wandte sie das Haupt nicht ab, senkte nicht die Augen und ihre Blicke hingen an seinem Gesichte, das finster, schweigend und räthselvoll über ihrem Gesichte war.

Nachdem die beiden Menschen so eine Zeit lang verharrt, erhob Dorothea sich von ihrem Platze. Ihre Bewegungen waren schwer; sie gab keinen Laut von sich, trat durch das Geländer hinaus und auf ihn zu. Heinrich Verheißer wandte sich ihr entgegen, bot ihr den Arm und sie hing sich hinein. Alles das geschah, ohne daß ein Wort zwischen ihnen gewechselt, ohne daß ein Gruß ausgetauscht wurde, als wären sie immer zusammen gewesen, als verstände sich alles von selbst.

Durch die Schaaren der Besucher führte er sie langsam dem Ausgange zu. Indem sie an seiner Seite dahinging, bemerkte Dorothea, wie die Menschen aufmerksam wurden und auf Heinrich Verheißer hindeuteten. Sein Name von wispernden Stimmen genannt, schlug an ihr Ohr; er war erkannt worden; sie ging neben einem berühmten Manne. Unwillkürlich blickte sie zu ihm hin; sein Gesicht war bleich; keine Miene zuckte darin, die

Augen blickten starr vor sich hin. Offenbar war es ihm
völlig gleichgültig, was die Leute dachten und redeten.
Die Erinnerung kam ihr zurück, wie sie an dem Tische
in seinem leeren Zimmer gesessen und wie ihre Seele sich
vor seiner stolzen Seele gebeugt hatte.

Als sie den Ausgang erreicht hatten, winkte Heinrich
Verheißer eine Droschke heran; er öffnete den Schlag,
Dorothea stieg ein, er setzte sich an ihre Seite und ertheilte dem Kutscher eine Weisung. Dorothea verstand
nicht, was er sagte, aber sie fragte auch nicht, sie ließ ihn
gewähren, that, was er ihr durch Zeichen gebot, ohne
zu erwidern, ohne zu fragen, wie etwas Selbstverständliches,
als hätte sie alles eigene Denken verloren und als wäre
sein Wille zum ihrigen geworden. Wenn ein Dritter, der
sie nicht kannte, den beiden Menschen zugesehen hätte, so
würde er geglaubt haben, ein Ehepaar vor sich zu sehen,
das sich in langjähriger Gewohnheit nebeneinander her-
bewegte und wo der Mann die kleinen Geschäfte des
Alltags besorgte.

Nun fuhren die Beiden ihren Weg dahin und in
der Droschke, in der sie saßen, herrschte eine lautlose
Stille; sie sprachen kein Wort, ihre Augen suchten sich
nicht, sondern blickten stumm vor sich hin.

Nach längerer Fahrt lenkte der Wagen aus den
Straßen der Stadt ins Freie hinaus, weite Wiesen, von
dichten Baumgruppen umrahmt, von einem smaragdgrünen
Bergwasser durchströmt, thaten sich vor Dorotheens Augen
auf — sie waren im englischen Garten.

Nachdem sie eine kurze Strecke hineingefahren waren,

gebot Heinrich Verheißer dem Kutscher, zu halten, er
stieg aus, und stumm gehorchend, wie sie eingestiegen
war, verließ Dorothea nach ihm den Wagen. Er lohnte
den Kutscher ab und schickte ihn zurück, dann bot er
Dorotheen den Arm und nun wandelten sie, schweigend
wie zuvor, die schattige Allee entlang, die sich vor ihnen
öffnete.

Kein Mensch war weit und breit zu sehen; sie waren
ganz allein mit sich. Nach einiger Zeit blieb Heinrich
Verheißer plötzlich stehen, machte sich von ihrem Arme
los und trat einen Schritt zur Seite.

„Aber was soll nun aus all' dem werden?"
fragte er.

Das war das erste Wort, das sie von ihm vernahm,
und das Wort kam hart und rauh aus ihm heraus.

Auch wenn ihr Geist in diesem Augenblick weniger
dumpf gewesen wäre, als er es war, hätte sie nicht zu
antworten vermocht. Sie wandte langsam das Gesicht zu
ihm und unter dem Schleier blickten ihn zwei große, klagende
Augen mit stummem Flehen an.

Heinrich Verheißer aber rührte sich nicht. In
seinen Zügen war etwas, wie ein lauernder, drohender
Zorn.

„Warum sind Sie hergekommen?" fragte er weiter
und er sah, wie sie bei dem „Sie", mit dem er sie anredete, zusammenzuckte.

Er trat näher auf sie zu.

„Soll's wieder so kommen," flüsterte er, und die
Worte schossen grimmvoll zwischen den halbgeöffneten
Lippen hervor, „wie es schon einmal gekommen ist? Daß

ich toll und verrückt gemacht werde und dann nach Hause geschickt und abgefunden werde?"

Dorothea senkte jählings das Haupt; er sah, wie ihre Lippen sich bewegten, aber er hörte nicht, was sie sagte, wollte es auch nicht hören; eine böse, grausame Begier war in ihm, sie zu martern und zu quälen.

„Oder vielleicht," fuhr er fort, „kommen Sie, um Ihr Geld wieder zurückzuholen? Sie können's haben; ich habe mein Bild verkauft, ich habe genug, Sie können's wiederbekommen."

Bei diesen Worten stieß Dorothea einen dumpfen Laut, beinah einen Schrei aus, wandte sich mit ganzem Leibe von ihm ab und drückte beide Hände vor das Gesicht.

In demselben Augenblick aber war er neben ihr, den Arm um ihren Leib geschlungen. Das Haupt schüttelnd, mit abgewandtem Gesichte, sträubte sie sich gegen ihn, aber sein Mund lag schon an ihrem Gesichte, an ihrem Ohre. „Dorothea, Dorothea, Dorothea!" flüsterte er mit tiefer, zärtlicher, leidenschaftlicher Stimme.

Ihr Körper zitterte und bebte in seinem Arme, aber plötzlich fühlte sie sich herumgeworfen, in seine Arme, an seine Brust gestürzt, der Schleier, der ihr Gesicht bedeckte, wurde emporgerissen und im nächsten Augenblick war es, als müßte ihr bleiches, kaltes Antlitz zerschmelzen und zergehen unter den Küssen, die wie eine stürmende Flammen-wuth über sie hereinbrachen.

Halb erstickt lag sie an ihm, so daß er sie halten und beinah tragen mußte, indem er sie zu einer Bank führte,

die unter den Bäumen in ihrer Nähe stand. Dort setzte
er sich, und von seinem Arme umschlungen, fiel sie ihm
zur Seite nieder, den Arm um seine Schulter gelegt, das
Haupt an ihm niedersinkend, bis es über seinem Herzen
lag. Vergangenheit und Zukunft loschen in ihr aus, und
in ihrer taumelnden Seele war nichts mehr vorhanden,
als dieser einzige Augenblick, dieser Erdenfleck und er, an
den sie sich anpreßte, er, und er!

Nach einiger Zeit hob sie die Augen zu ihm auf.

"Hat es denn so weh gethan, das böse Geld?"
fragte sie leise.

Aber sie erschrak vor der Wirkung ihrer Worte, denn
der finstere Ausdruck kehrte in seine Züge zurück, und statt
aller Antwort begann er mit der Spitze des rechten Fußes
den Kies aufzuwühlen, der den Weg bedeckte, und die
Steine fortzustoßen, so daß vor der Stelle, wo er saß, ein
Loch im Erdboden entstand.

"Daß Ihr es mir geschickt habt," — sagte er murren-
den Tones; dann brach er mitten im Satze ab, wandte
die Augen von ihr und starrte vor sich nieder. "Aber was
mich am wüthendsten gemacht hat," fuhr er fort, "ist, daß
ich solch ein Hund gewesen bin und es genommen habe!
Und daß Ihr so richtig darauf spekulirt habt, zu was für
Niederträchtigkeiten die Hundearmuth Einen bringt!"

Er hatte die Faust geballt und schlug auf die Bank
neben sich.

"Ich hab's genommen, ja! Denn wenn ich das Geld
nicht nahm, konnte ich mein Bild nicht fertig machen und
mein Bild mußte ich fertig machen, mußte ich! Und wenn
ich das Geld nicht nahm, dann hatte ich nicht mehr so

viel, um mir eine Taffe Kaffee zu kaufen, und effen und trinken muß die infame Mafchine nun einmal, an der die Hände dran fitzen, mit denen man malt!"

Sein Körper zuckte. Mit beiden Händen ergriff Dorothea feine Hand.

„Sei doch nicht böfe mehr," flüfterte fie flehend, „fei nicht fo böfe."

Er blickte zu ihr um; Thränen ftanden in ihren Augen. Der tiefe Schmerz in dem edlen Antlitz fchien ihn befänftigen und rühren zu wollen. Aber die finftere Fluth in feinem Gemüth war zum Kochen gebracht und wallte wieder auf.

„Du denkft darüber anders," fagte er, „meinetwegen, ich will's glauben; aber Dein Vater und Dein Bruder, für die bin ich ein Hungerleider, das weiß ich."

Befchwichtigend drückte fie ihm die Hand, aber er wollte fich nicht befchwichtigen laffen.

„Das weiß ich," fuhr er fort, „fie werden's mir nach= rechnen wie ein Trinkgeld, das man einem Handwerks= burfchen zuwirft, an der Landftraße, und fie haben auch ganz recht, fie haben mir das Geld gefchenkt! Ich habe ja für Deinen Vater gar nichts fertig gekriegt und wo ich nichts fertig gekriegt habe, will ich auch nichts bezahlt bekommen! Für meine Bilder will ich mich bezahlen laffen, und zwar gehörig, aber gefchenkt will ich nichts! Und darum will ich's ihnen zurückgeben! Und Du follft mir nicht dazwifchen kommen! Ich brauche Dein Mitleid nicht, ich bin kein Bettler mehr, ich will Dein Mitleid nicht!"

Mit rauher Gewalt hatte er seine Hand aus ihren Händen gerissen, jetzt aber schob Dorothea sich dicht an ihn heran und warf beide Arme um ihn her.

„Heinrich," sagte sie, „denkst Du denn, daß ich aus Mitleid zu Dir spreche?"

Zum ersten Male hatte sie ihn beim Namen genannt und der Ton war so gewesen, daß es ihn jählings durchzuckte. Er saß ganz starr; Dorothea legte den Mund dicht an sein Ohr.

„Du kannst es ja wiedergeben," flüsterte sie, „sollst es ja wiedergeben, mir sollst Du es wiedergeben; verstehst Du denn nicht —"

Sie verstummte, und er fühlte, wie ihre Wange, die an seiner Wange lag, erglühte.

Er erwiderte nichts, gab keinen Laut von sich, unwillkürlich aber neigte er das Haupt zu ihr nieder, als wollte er deutlicher verstehen.

In ihrer Kehle war es wie ein Keuchen, Gurgeln und Schluchzen; er schlang den Arm um sie; er fühlte, wie sie in seinen Armen warm wurde.

„Wenn Dein Geld meins wird," flüsterte sie ihm ins Ohr, „und mein Geld Deines."

Sie hatte das kaum gesagt, als sie sich von zwei Händen mit Riesenkraft an beiden Armen gefaßt, von ihrem Platze emporgehoben fühlte, und im nächsten Augenblicke saß sie auf seinen Knieen.

„Um Gotteswillen," stammelte sie, „wenn Jemand käme!"

Er hörte nicht auf sie. Mit beiden Armen hielt er sie umschlungen, daß sie in der Umarmung stöhnte und ächzte; dann warf er ihr Haupt zurück und drückte die Lippen auf ihren weißen Hals.

Mit letzter Anstrengung richtete sie sich empor.

„Denke doch nur — wenn Jemand käme!"

Er lachte laut auf und tauchte die wilden übermüthigen Augen in ihre Augen.

„Laß sie doch kommen," rief er, „was schadet es denn? Niemand kennt Dich hier, und wenn sie Dich kennten, wär's eine Schande, dem Tejas zu gehören?"

„Nein — nein, nein," gab sie angstvoll zur Antwort, und er bemerkte ihr Bestreben, von seinem Schooße herunter zu gelangen.

Er ließ sie niedergleiten und zog sie wieder an seine Seite auf die Bank.

„Du hast ja Recht," sagte er leise, und zärtlich drückte er sie an·sich, „und ich will Dich ja nicht ängstigen, und darum siehst Du — hier kennt man mich nun einmal und vielleicht, man kann ja nicht wissen, sind auch Leute hier, die Dich kennen, darum wollen wir von hier fort und in ein Land, wo uns niemand kennt, über die Berge, nach Italien — wo wohnst Du?"

Sie nannte ihm ihren Gasthof.

„Gut," sagte er, „heute ist's zu spät, wir kommen nicht mehr fort. Jetzt wollen wir noch spazieren geh'n, damit Du zur Ruhe kommst, denn, so lange wir in München sind, kennen wir uns nicht, morgen früh aber treffen wir

auf dem Bahnhof zusammen und nehmen uns Billets nach
Verona. Da kommen wir morgen Abend an und dann —
willst Du? willst Du? willst Du?"

Die letzten Worte erstarben in einem Flüstern, das wie
ein heißer Wind ihr zum Ohre brauste. Sie lag an seiner
Brust, sie konnte nicht sprechen, aber ihr Haupt bewegte
sich leise nickend zu einem „ja".

Mit einem Jubelruf sprang er auf und zog sie
empor.

„Ach, Du Göttin! Einzige! Geliebte! Alles!"

Er warf den rechten Arm um sie und zog ihren
linken Arm hinter seinem Rücken um sich her, so daß er
mit der Linken ihre Linke gefaßt hielt.

„Daß Du so neben mir gehen mußt," sagte er, indem
er mit ihr die Allee entlang schritt, „während ich Dich
auf meinen Händen, an meinem Herzen tragen möchte,
wie ein Kind, wie einen Engel, wie einen göttlichen,
himmlischen Schatz — liebst Du mich denn? liebst Du
mich denn wirklich?"

Dorothea blickte zu ihm auf, und ihr schwimmendes
Auge sagte ihm Alles.

Wie ein toller wilder Junge riß er sich von ihr los,
machte einen Sprung durch die Luft, stürzte auf einen
Baum zu, schlang beide Arme um den Stamm, kehrte
dann zu ihr zurück und fing sie von neuem in seiner
Umarmung.

„Aber Heinrich," mahnte sie leise.

„Aber Heinrich," spottete er ihr zärtlich nach. „Wie
sie das sagt! Wie sie dazu die Lippen zieht."

Er hatte ihren Kopf in seinen linken Arm rücküber gebeugt, mit den Fingern der rechten Hand umspannte er ihre Wangen.

„Diese Lippen," fuhr er fort, „diese himmlischen, verteufelten, hochmüthigen, hochfahrenden, göttlichen Lippen, vor denen ich gestanden und gebettelt habe wie ein Bettler vor der Thür einer Königin! Und die ich jetzt strafen will dafür, strafen! strafen!"

Und er preßte seine Lippen auf die ihrigen wieder und immer wieder.

„Du erstickst mich," seufzte Dorothea.

„Das will ich ja," jauchzte er, „ersticken will ich Dich, erwürgen, auffressen und verschlingen, bis sie in mir drin steckt und nicht wieder herauskann aus mir, die ganze unmenschliche Herrlichkeit, das ganze Weib mit all' seinen Gliedern, seinen schneeweißen —"

Plötzlich brach er ab, schaute ihr mit lachenden Augen aus nächster Nähe in die Augen: „Weißt Du, was ich möchte?"

Sie blickte ihn fragend an.

Er beugte sich zu ihrem Ohre.

„Die Kleider Dir vom Leibe reißen und dann ein Bild von Dir malen, als Eva im Paradies."

Sie drückte ihm die Hand auf den Mund, er faßte scherzend die schlanken Finger zwischen seine Zähne und schüttelte sie hin und her.

„Jetzt freß' ich Dich auf," murmelte er, „jetzt freß' ich Dich auf."

Dann nahm er ihre Hand in die seine.

„Ist aber mein voller Ernst," sagte er, „von jetzt an male ich nichts Anderes mehr als das."

„Als was?" fragte Dorothea.

„Als Eva im Paradies," erwiderte er. „Eva in allen Stadien und Situationen; wie sie von dem Herrgott auf die Füße gestellt wird; wie sie dem Adam zum ersten Mal erscheint, als er vom Schlafe erwacht; dann, wie sie ihren ersten Spaziergang durch das Paradies macht und die Kreatur vor ihrer Schönheit huldigt; Eva im tête-à-tête mit der Schlange, und der Schlange gebe ich das Gesicht von irgend so einem verfluchten Berliner Coupon-Schneider, der meine Bilder nicht gekauft hat; dann wie sie de- und wehmüthig neben Adam aus dem Paradiese trippelt, kurz Eva, Eva und immer wieder Eva! Aber das beste wird das zweite, wo sie dem Adam erscheint; was der Schlaraffe für Augen machen wird, paß einmal auf, wenn ihm die weiße Taube zugeflogen kommt! Augen sag' ich Dir, in denen geschrieben stehen soll: Vive la femme! Es giebt nur eins auf der Welt, wofür sich das sogenannte Leben lohnt: das ist das Weib!"

Dorothea blieb plötzlich stehen.

„Heinrich —," sagte sie.

„Was befehlen Eure Himmlischkeit?" gab er zur Antwort.

Sie sah ihn mit ernsten Augen an.

„So etwas solltest Du doch auch im Scherz nicht sagen."

„Im Scherz?" versetzte er, „wenn ich Dir sage, daß
es mein voller Ernst ist."

Dorothea schüttelte langsam das Haupt.

„Es kann doch nicht Dein Ernst sein, daß Du solche
Bilder malen wolltest?"

„Was denn für andere also?" fragte er.

„Was für welche? Nun — das wirst Du wohl
besser wissen als ich, aber ich meine — große, so wie den
Tejas und seine Gothen."

„Aber Stern meiner Seele," erwiderte er, „das Alles
war ja in der Zeit, als ich in der Hölle war; weißt Du
denn nicht, daß ich jetzt in der ewigen Seligkeit bin?"

Sie stand noch immer, nachdenklich gesenkten Hauptes,
plötzlich aber hatte er sie wieder in seinen Arm gefaßt
und brach in ein schmetterndes Lachen aus.

„O Weisheit," rief er, „Du sprichst wieder einmal
wie eine schöne junge Dame zwischen Nienstedten und
Blankenese und zerbrichst Dir Heinrich Verheißers
Kopf!"

Sein lachendes Antlitz war dicht über ihrem Gesicht
und aus seinen Augen brach solch ein Strom von Wonne,
Glück und siegstrahlender Zuversicht, daß der Glanz davon
zu Dorotheen hinüberflammte und ihr Gesicht in seligem
Lächeln aufleuchten ließ. Sie legte die Arme um seinen
Hals und ihr Mund sank in trunkenem Kuß auf seinen
Mund.

Plaudernd, kichernd, aneinander geschmiegt wie zwei
selige Kinder, die sich im Märchenlande verlaufen haben
und nicht mehr wissen, daß es draußen noch eine Welt

giebt, wandelten sie Stunden lang in dem weiten Garten
umher, setzten sich in einer der freundlichen Restaurationen
im Freien nieder, tranken Eins aus des Anderen Glase,
indem sie die Lippen an der Stelle ansetzten, wo des
Anderen Lippen geruht hatten und trieben all' die thörichten
Spiele, die Mutter Natur ihren Geschöpfen in das Herz
giebt, um daraus ihr großes, ernstes Gebäude zu erbauen
und zu erhalten.

Erst die Schatten der Bäume, die sich wie lange,
mahnende Finger über die Wiesen streckten, erinnerten sie
daran, daß es Nachmittag geworden war und bald Abend
sein würde.

„Wir müssen nach Haus," sagte Heinrich Verheißer,
„damit Madonna früh ins Bett kommt und sich aus-
schlafen kann bis morgen; denn morgen müssen wir mit
dem frühesten hinaus und Madonna muß klare Augen
haben, denn morgen giebt's Dinge für sie zu sehen, schöne,
schöne und immer schönere, je weiter wir kommen, bis
wir da sind, wo Romeo und Julie vor uns gewesen sind;
und da wird es dann so wunderschön — so wunderschön —"

Sie fühlte das tiefe, heiße Beben, das in ihm aufstieg und die Glieder seines Leibes erzittern machte, wie
die Aeste des Baumes in der Frühlingsnacht. Wie der
elektrische Strom ging der Schauer von ihm zu ihr hinüber und durchströmte ihre Sinne; enger schmiegte sie sich
an ihn an.

„Wird Madonna gut schlafen?" fragte er kosend zu
ihr nieder.

„Wird gut schlafen," erwiderte sie, wie ein Kind.

„Wird fie träumen?" fragte er weiter.

„Wird träumen," verfetzte fie.

„Von wem wird fie träumen?"

Sie grub die Finger ihrer Hand in feinen Arm.
„Von Dir," flüfterte fie, „von Dir."

Er führte Dorotheen in die Stadt zurück. Auf dem
Platze vor den Arkaden packte er fie in eine Drofchke,
forgfältig, wie wenn er ein zerbrechliches Gefäß einpackte.
Am Wagenfchlage blieb er ftehen, während fie zu ihm
herabfah; durch die Schatten der einbrechenden Nacht
flimmerten die Augen der beiden Menfchen wie fehnfüchtige
Sterne.

„Nun bift Du wieder die Königin des Nordens,"
fagte er zu ihr hinein, „und Heinrich Verheißer taucht in
die Nacht zurück. Aber morgen kommt er wieder — wird
die Königin auch kommen?"

Sie beugte fich herab, fo daß ihr Arm auf feiner
Schulter ruhte.

„Ja," hauchte fie. „Aber wirft Du artig fein?"

„O, fo artig," erwiderte er kichernd, „daß Du fagen
follft, nicht fo artig, denn fo artig ift langweilig. Aber
kennft Du die Sage von der Fee vom Wolfsbrunnen?
Die liebte einen Hirten; aber wenn fie zu ihm gekommen
wäre in all' ihrer Herrlichkeit, im Sternenmantel und mit
den goldenen Sandalen, dann hätte er umkommen müffen
in ihrem Glanz, der arme Teufel. Darum, wenn fie zu
ihm kam, legte fie den Sternenmantel ab und band die
goldenen Sandalen von den weißen Füßen, und dann war
fie ein Menfch, wie er — wirft Du auch fo thun? Wirft

Du so zu mir kommen, morgen, wenn wir bei Romeo und Julie sind?"

Sie legte den Finger auf seinen Mund.

„Nicht fragen," sagte sie, „nicht fragen," und ihre Worte drangen wie das tiefe Gemurmel einer Quelle in sein Ohr.

Dann richtete sie sich auf, und nun gab er dem Kutscher, der auf seinem Bocke das lange Zwiegespräch geduldig abgewartet hatte, das Zeichen zur Abfahrt.

Indem der Wagen sich in Bewegung setzte, wandte sie sich um; er war an seinem Platze stehen geblieben und schaute ihr nach. Und jetzt sah sie, wie er den Hut herabriß und wirbelnd um den Kopf schwang — dann bog ihr Gefährt um eine Straßenecke und sie konnten sich nicht mehr sehen.

Fünfzehntes Kapitel.

Ob Dorothea ihr Versprechen hielt und die Nacht gut schlief — wer weiß es? Ihr Aussehen aber, als sie früh am nächsten Morgen auf der Südseite des Central-bahnhofes erschien, schien es zu bestätigen; unter dem Schleier, der es heut wieder verbarg, leuchtete ihr Antlitz in rosigen Farben.

Heinrich Verheißer kam ihr entgegen; er hatte bereits Fahrkarten für sie Beide besorgt.

„Geraden Wegs bis durch nach Verona," sagte er, indem er ihr das Billet einhändigte. „Auf dem Telegraphen-amt bin ich auch schon gewesen."

Sie blickte fragend auf.

„Um uns Zimmer zu bestellen," flüsterte er, „im Gasthofe, in einem alten, ehemaligen Palazzo. O, Du wirst sehen —"

Hastig senkte sie das Haupt; er ergriff ihren Arm, und von ihm geführt, erreichte sie den Zug und das Coupé, wo er bereits einen Eckplatz für sie gesichert hatte.

Seinem Versprechen treu, daß er „artig“ sein wollte, hatte er sich nicht zu ihr gesetzt, sondern einen Platz in einer anderen Abtheilung des Wagens gesucht; an jeder Station aber, wo die Zeit es erlaubte, erschien er vor ihrer Thür und blickte schweigend zu ihr hinauf.

„Ist es schön?“ fragten seine stummen Augen. Und „es ist herrlich,“ gaben ihre leuchtenden Blicke zur Antwort. Wie in einem Rausche fuhr sie dahin. Nur an die Tief-ebene gewöhnt und das flache Land, ging ihr die Seele auf, indem sie in die Majestät der Berge hineinkam, und Er war es, der ihr die ganze Herrlichkeit erschloß und wie ein Geschenk entgegenbrachte. Er, der daneben für Alles bedacht war, was ihr leiblicher Mensch brauchte, der dafür sorgte, daß sie in Innsbruck etwas zu essen und in Franzensveste eine Tasse Kaffee bekam, Er, der wie ein Wunder in ihr Leben gekommen war und ihr das Leben zum Traum machte, an dem so Vieles ihr räthselhaft war und von dem sie nur eins wußte, daß sie ihn liebte.

Als der Abend eingebrochen, das Licht in den Wagen angezündet und Trient erreicht war, öffnete sich die Thür an Dorotheens Coupé und Heinrich Verheißer stieg ein.

„Jetzt haben wir es nicht mehr weit,“ sagte er leise, indem er sich ihr gegenüber setzte. Sie waren nicht allein; in einer Ecke des Coupés lehnte ein Fahrgast, anscheinend freilich im Schlafe, dessen Anwesenheit ihm aber dennoch Zurückhaltung auferlegte. Und das war gut, denn Dorothea sah, wie seine Augen brannten und wie seine Brust sich hob und senkte.

„Bald sind wir bei Romeo und Julie," flüsterte er, indem er sich zu ihr hinüberbeugte und ihre Hände ergriff.

„Bleib' ruhig!" gab sie leise bittend zurück.

Er zog ihr die Handschuhe ab und drückte sein Gesicht in ihre bloßen Hände. Dann lehnte er sich zurück und ließ das Fenster herab, das geschlossen gewesen war. Eine warme, köstliche Luft drang herein.

„Fühlst Du das?" sagte er, indem er ihre Hände mit heißem Drucke wieder in die seinigen schloß, „spürst Du das? Das ist die Luft Italiens, die Luft, wo die Schönheit wächst und die Wonne und die Liebe."

Dorothea blickte hinaus. Hinter ihr verschwanden in dunklen, gewaltigen Umrissen die Berge und vor ihr, von Lichtern durchhüpft, that sich eine unermeßliche Ebene auf. Hinter ihr, durch den Riesenwall der Alpen von ihr geschieden, die Heimath und das bisherige Leben — vor ihr, wie ein schweigendes, lauerndes Geheimniß, die Zukunft — und hüben und drüben war Dunkel und Nacht.

Kurze Zeit darauf verlangsamte sich die Fahrt, dann ruckte und zuckte der Wagen, der Zug hielt, und im nämlichen Augenblick wurde die Coupéthür aufgerissen, während ein ohrenbetäubendes Geschrei „Verona! Verona!" hereindrang.

Dorothea erhob sich; Heinrich Verheißer bot ihr die Hand; sie stiegen aus.

Ungewohnt des Lärms, der auf italienischen Bahnhöfen herrscht, der italienischen Sprache nicht mächtig, von unverstandenen Lauten umgellt, von fremdartigen Menschen zudringlich angeglotzt, fühlte sich Dorothea wie verlassen

18*

in einer neuen Welt. Sie stützte sich schwerer auf Heinrich
Verheißers Arm. Jetzt war er ihr einziger Schutz. Sie
suchte nach seinem Gesicht und sah, daß es in freudevoller
Erregung strahlte. Er sprach fließend italienisch und fand
sich mit den Leuten und ihrer Art auf das Leichteste
zurecht; Alles, was sie so neu, beinah unheimlich anmuthete,
war ihm geläufig und vertraut — sie kam in die Fremde
und er, so schien es, in die Heimath.

Bald darauf saßen sie im Hotelwagen und fuhren in
die Stadt. Es war schon spät, nach Dorotheens Begriffen
Schlafenszeit — nach italienischen Anschauungen aber noch
keineswegs. Schaaren von Menschen wandelten schwatzend,
lachend und rauchend in den Straßen umher und saßen
vor den glänzend erleuchteten Kaffees. Gesang ertönte
und Guitarrenmusik; heute früh noch war sie im Norden
gewesen und jetzt umrauschte sie der Süden. Der Süden,
mit Allem, was ihn zum Gegensatz, beinah zum Feinde des
Nordens und des Nordländers macht, und mit Allem,
was an ihm berauscht und entzückt.

In den geöffneten Pforten der Gastwirthschaften
hingen Vorhänge von buntfarbiger Seide, die im weichen,
warmen Nachtwinde flatterten und wehten, und über dem
Flimmer der elektrischen Lampen, die an Drahtseilen quer
über die Straßen gespannt, ihre Lichtmassen nach unten
schickten, wuchsen Palastfassaden, Kirchenfronten und
Thürme in den schwarzdunklen Himmel hinauf, wie Dorothea
sie so mächtig und phantastisch niemals gesehen hatte.

Heinrich Verheißer gewahrte ihren Blick, der staunend,
fragend auf all' das Niegesehene gerichtet war; er rückte
dicht zu ihr.

„So sieht das bei Nacht aus," sagte er, ihre Hand ergreifend, die in ihrem Schooße lag, „nun denke, wie das sein wird, wenn morgen die Sonne darüber stehen und all' die uralte Herrlichkeit neugeboren auferstehen wird vor Deinen Augen! Merkst Du's nun, daß Du im Lande der Schönheit bist?"

Im Lande der Schönheit — es fiel ihr ein, wie sie sich dort oben an der Elbe nach diesem Lande gesehnt hatte; und nun war es da. Sie drückte seine Hand und ihr Blick floß in den seinigen.

„Ja," flüsterte sie, „ja, ja, ja."

Aus dem weitgeöffneten Portale des Gasthofes, vor dem sie jetzt vorfuhren, strahlte Licht und im Flure stand der Wirth, von einer Kellnerschaar umgeben, die das junge Ehepaar, denn als ein solches erschienen sie ihnen, mit höflichem Gruße empfingen.

Ueber die weitgeschwungene, mit dickem Teppich belegte Treppe, wurden sie hinaufgeleitet in den ersten Stock; eine Thür that sich auf; der begleitende Kellner rückte an der elektrischen Kurbel, und von dem Kronleuchter, der mitten von der Decke herniederhing, ergoß sich ein stilles goldiges Glühlicht über den Raum. Es war ein großes, saalartiges Gemach, offenbar noch aus der Zeit herstammend, als der Gasthof ein Palast gewesen war, die Wände mit verblichenen Gobelins bekleidet.

Unter dem Kronleuchter war der Tisch mit einem kalten Abendessen angerichtet, daneben stand im Eiskübel eine Flasche Champagner — an Alles hatte Er gedacht, für Alles hatte Er voraus gesorgt — die Fensterläden, die

offen gestanden hatten, um die kühle Luft hereinzulassen,
wurden geschlossen; der Lärm der Stadt drang jetzt nur
noch wie das gedämpfte Brausen eines fernen Meeres zu
ihrer Stille hinauf; dann verabschiedete er den Kellner,
wandte sich zurück und breitete lautlos, mit leuchtenden
Augen, beide Arme nach Dorotheen aus. Sie sah ihn an,
that einen Schritt und dann, wie von einem Schwindel
gepackt, taumelte sie auf ihn zu, in seine Arme, an seine
Brust. Ihre Arme schlangen sich, die einen um des anderen
Leib, Brust drängte sich an Brust und die stöhnenden
Herzen pochten gegeneinander. Endlich ließen sie sich aus
den Armen.

„Thu' Deinen Mantel ab und Deinen Hut," sagte
er, „Du mußt etwas essen und trinken," und während sie
seinen Worten folgte, entkorkte er die Flasche und füllte
zwei Gläser mit schäumendem Wein.

„Julia," rief er, indem er ihr das eine der Gläser
einhändigte und mit dem seinen daran stieß, „dies trink'
ich Dir!"

Er stürzte sein Glas hinunter und Dorothea, durstig
wie sie war, that ihm nach. Dann setzten sie sich an den
Tisch. Indem sie den Hut abnahm, war ihr das Haar
in Unordnung gerathen; sie legte beide Hände daran, um
es zu ordnen, plötzlich aber war er aufgesprungen und
hinter sie getreten; er nahm ihre Hände gefangen, und
nun fühlte sie, wie er die Nadeln aus ihrem Haare zog
und es aufzulösen begann.

„O — was thust Du?" wollte sie einwenden, aber
schon war sein Werk vollbracht, und mit jauchzendem
Lachen faßte er in die wallende Fluth, schlang ihr das

eigene Haar um den Hals, warf es ihr wie einen Schleier
vor das Gesicht, küßte sie zwischen den goldenen Strähnen
hindurch auf die Augen, raffte es dann wieder zusammen
und drückte Mund und Gesicht hinein.

„Du Wilder," sagte sie, schamhaft lächelnd, „so kann
ich doch nicht bei Tische sitzen," und sie versuchte, ihr
Haar wieder aufzustecken.

„Bei meiner ewigen Ungnade," erklärte er, indem er
sich niedersetzte, „so sollst Du bei Tische sitzen!"

Er schenkte ihr das Glas wieder voll. Dorothea
schüttelte lächelnd das Haupt.

„Kindern muß man ihren Willen thun."

Sie stießen wieder die Gläser zusammen.

„Jetzt muß Julia auf Romeo trinken," sagte er.
„Thut sie's?"

Zärtlich blickte sie ihm in die Augen. „Sie thut's,"
und Beide leerten von neuem ihre Gläser.

Dann aßen sie und tranken.

„Morgen also," sagte Heinrich Verheißer, „wenn es
Tag sein wird, gehen wir aus, und wenn wir draußen
sind, werde ich Dir sagen ‚wende Dich um' und dann
wirst Du auf den Hügeln jenseits der Etsch die Ruinen
des Palastes sehen, in dem vor Zeiten Dein Ahnherr ge=
wohnt hat."

„Mein — Ahnherr?" fragte Dorothea.

„Theodorich, der große Gothenkönig," erklärte er.
„Ist er denn etwa Dein Ahnherr nicht? Hast Du nie
gehört von Amalasuntha, seiner Tochter, die so wunderbar
schön war in ihrem blonden Gothenhaar, daß sogar der
Kaiser Justinian, der eiskalte Byzantiner, Feuer an ihr

fing? Soll ich Dir sagen, wie sie ausgesehen hat, die Amalasuntha? Wie Dorothea, vom Ufer der Elbe, wie Du!"

Er war aufgesprungen und ihr zu Füßen gefallen. „Meine Gothin," stammelte er, „meine Göttin, Gewaltige meiner Seele!"

Seine Hand streifte an ihr herab, über ihre Füße.

„Aber Du hast ja noch immer die schweren Reise= schuhe an?" sagte er; „geh doch, geh und thu' sie ab. Denk' an die Fee vom Wolfsbrunnen," fuhr er fort, als er sie zögern sah, „von der ich Dir erzählt habe, und denke, was Du mir versprochen hast, daß Du thun wolltest wie sie und die Sandalen von den Füßen binden."

Dorothea erhob sich und ging an die Thür des Nebenzimmers. Heinrich Verheißer folgte ihr mit den Augen. Sie öffnete die Thür, im nämlichen Augenblick aber blieb sie, wie erschreckt, stehen und sah sich mit blassem Gesicht zu ihm um. Rasch war er an ihrer Seite.

„Was giebt's denn?" fragte er.

Dorothea blickte schweigend in das Gemach. Es war der Schlafraum, der zu ihrer Wohnung gehörte, und in dem Zimmer stand, wie es in italienischen Gasthöfen Sitte ist, ein einziges breites Bett.

Sie verbarg das Gesicht an seinem Halse.

„Wo ist Dein Zimmer?" fragte sie.

Er lachte. „Aber Närrchen," erwiderte er, und er drückte sie an sich. Ihr Leib erbebte.

Er führte sie in den Saal zurück, zu dem Stuhle, auf dem sie gesessen hatte; dort sank sie nieder, beide

Hände vor das Gesicht pressend; ihr Busen stürmte, wie im Wellenschlage, herauf und herab.

Er kniete wieder zu ihren Füßen nieder.

„Dorothea," sagte er leise, süß und zärtlich, „Dorothea, Einziggeliebte —" er ergriff ihre Hände und zog sie ihr vom Gesichte; sie wandte das Haupt zur Seite, um ihn nicht anzusehen.

Er sprang auf die Füße und legte den Arm um ihre Hüften, als wollte er sie vom Stuhle emporziehen. Sie senkte das Haupt und leistete schweigend Widerstand. Nun war es, als verdunkelte sich sein Gesicht, seine Zähne bissen aufeinander, er spannte seine Kraft an, und nun half ihr kein Widerstreben mehr, er riß sie empor.

Eng, als fürchtete er, daß sie ihm entfliehen könnte, hielt er sie an sich und so ging er mit ihr zu dem Sopha, das im Hintergrunde des Saales an der Wand stand, und setzte sich nieder und ließ sie auf seinen Schooß sinken.

„Thörin," flüsterte er ihr zu, während er sein Gesicht unter ihrem Haare verbarg und den Mund an ihr Ohr schmiegte, „Thörin, süße Thörin."

Der Athem seiner Brust ging wilder und wilder, die Worte kamen aus ihm hervor, als stiegen sie aus einer brodelnden Gluth — „ängstige Dich nicht, fürchte Dich nicht — ich will Dir erzählen — hör' zu, was ich Dir erzähle: morgen früh, siehst Du, wenn Du mit mir durch die Stadt gehst, werden wir durch eine Straße kommen — und in der Straße steht ein uraltes Haus — und über dem Thore

iſt in Stein gehauen, ein Hut — das iſt das Haus, wo
einſtmals die Cappelleti gewohnt haben, oder wie wir ſie
nennen, die Capulets. Und in dem Hauſe war ein Mädchen,
ein wunderbar ſchönes. Und die liebte einen Jüngling.
Aber ſie ſollte ihn nicht lieben; Vater und Mutter wollten
es nicht haben. Aber der alte Herrgott da oben, der die
Menſchen und die Liebe gemacht hat, wollte es haben,
darum liebte ſie ihn doch, und er liebte ſie auch — o ſo
— ſo — ſo —"

Und er riß ſie an ſeine Bruſt und von ihren ſtöhnenden
Lippen trank er in Küſſen die Seufzer hinweg.

„Und weil ihre Liebe vor den Menſchen verboten
war, mußten ſie ſich vor den Menſchen flüchten, dahin,
wo keines Menſchen Gewalt mehr hinreicht, in das Grab.
Aber nach Jahrhunderten, ſiehſt Du, als andere Menſchen
auf Erden waren, die nichts mehr wußten von den
Beiden, da kam ein Mann, einer von denen, denen der
alte Herrgott da oben die Macht verliehen hat, daß ſie
durch Fleiſch und Bein der Menſchen bis ins Herz, und
durch die Rinde aller Dinge bis in das innerſte Innere
ſehen, ſo daß ſie ſehen können, wo das Herzblut der
Dinge fließt und wie Alles daraus wächſt, das Große
und das Kleine, das Gute und das Böſe, und das war
ein Dichter, ſiehſt Du, ein großer. Und der trat an das
Grab, in dem ſie lagen, die Beiden, und da ſah er, daß
ſie nicht todt waren, ſondern daß ihre Herzen da unten
immer noch lebten und glühten in der alten, göttlichen
Liebe zu einander. Und da klopfte er an ihr Grab und
ſagte: ‚ſtehe auf, Julia, ſtehe auf, Romeo, Ihr ſollt nicht
da unten liegen, ſondern wandeln, ſo lange es Liebe giebt.'

Und da standen sie auf, siehst Du, und nun leben sie und
werden ewig leben, denn die Liebe, siehst Du, die ist ewig,
ewig, ewig!"

An seine Schulter gelehnt, mit halb geschlossenen
Augen, hatte Dorothea ihm gelauscht. Jetzt warf sie
beide Arme um seinen Hals.

„Ach Du — Herrlicher — Mächtiger — Göttlicher —"
stammelte sie.

Sein Arm umschlang sie und zog sie empor; an ihn
geworfen in wüthender Umstrickung, mehr getragen als
geführt, erreichte sie die Thür, die zum Nebenzimmer
führte — an der Schwelle stemmte sich noch einmal ihr
Fuß — es war ihr, als käme ein Brausen über sie her,
ein nie vernommenes, ungeheures, wie wenn das Weltmeer über sie hereinbräche und sie begrübe in endloser
Tiefe — über die Schwelle jedoch riß sein Arm sie
hinweg — die Thür fiel hinter ihnen zu — und die
Nacht, die einst auf Romeo und Julien geblickt hatte,
sank über Heinrich Verheißer und die weiße Dorothea. —

Sechszehntes Kapitel.

Als am nächsten Morgen die Sonne durch die Spalten
der Fensterläden hereinlugte, wachte Heinrich Verheißer auf
und blickte umher — er war allein. Wo war Dorothea?
War sie fort? Er sprang auf und warf sich in die
Kleider.

Die Thür zum Saale nebenan war nur angelehnt;
er stieß sie geräuschlos auf und blickte hinein; er war
beruhigt: Dorothea war da. An einem kleinen Tische,
den sie sich an eins der Fenster gerückt hatte, saß sie, die
Stirn in die Hände gestützt. Sie hatte ihn nicht bemerkt.

Er trat zurück und vollendete seinen Anzug in aller
Gemächlichkeit und voller Sorgfalt.

Endlich war er fertig und absichtlich geräuschvoll trat
er wieder in die Thür. Dorothea saß noch immer, wie
sie vorhin gesessen hatte, und obschon sie ihn jetzt gehört
haben mußte, richtete sie das Haupt nicht auf. Schweigend
betrachtete er sie. Man sah ihr an, daß sie hastig aufgestanden war und sich nur nothdürftig angezogen hatte;
die Kleidung hing ungeordnet um ihre Glieder, das Haar

war nicht gemacht, nur einfach aufgesteckt. Das alles
stach seltsam gegen ihre gewohnte peinliche Sauberkeit ab.
Auf dem Tische inmitten des Zimmers standen noch die
Ueberreste vom gestrigen Abendessen — halb gefüllte Gläser,
verschobene Stühle umher — der ganze Raum, der gestern
Abend so traulich und behaglich gewesen war, bekam dadurch etwas Unwirthliches und Wüstes.

Er hatte sie mit einem vergnügten „guten Morgen"
begrüßen wollen; aber als er sie so versunken sah, ver-
schluckte er seine Worte und sagte nichts. Er fühlte sich
beinah befangen und trat näher. Nun sah er, daß sie vor
sich ein Blatt Papier liegen und in den Händen einen
Bleistift hatte, mit dem sie darauf schrieb.

Papierfetzen lagen auf dem Fußboden um sie her-
gestreut; es sah aus, als wenn sie mit dem, was sie schreiben
wollte, nicht hätte fertig werden können.

Um sie nicht zu stören, trat er wieder bei Seite, öffnete
die Fenster und zündete sich eine Cigarrette an. Ein herrlicher, sonniger Tag war angebrochen, in den Straßen
lärmte und tobte das italienische Leben. Er lehnte sich
zum Fenster hinaus, blickte in das fröhliche Treiben, dann
wandte er sich zurück — und sah sie noch immer sitzen,
wie vorhin.

Nun ging er auf den Fußspitzen hinter sie, machte den
Hals lang und blickte auf ihre Schreiberei. Sie schien
endlich fertig geworden zu sein; das, was sie geschrieben
hatte, sah aus wie eine Depesche. Er las: „Etatsrath
Pfeiffenberg, Villa Pfeiffenberg bei Blankenese. Ich habe
mich mit Herrn Heinrich Verheißer verlobt, schicke uns
Deinen Segen. Dorothea."

Ob sie bemerkt hatte, daß er hinter ihr stand? Es
war schwer zu sagen; aufgeblickt hatte sie nicht. Jetzt
vernahm sie, wie er leise über ihre Schulter lachte. Sie
fuhr auf und zwei verstörte Augen sahen ihm ins Gesicht.

„Warum lachst Du?"

Ihre Stimme klang heiser und rauh, indem sie das
fragte.

Er strich begütigend über ihr Haar.

„Aber Herzens-Närrchen —"

Mit krampfhaftem Griff erfaßte sie seine beiden Hände
und mit ganzem Leibe drehte sie sich zu ihm herum.

„Hast Du gelesen, was ich geschrieben habe? Hast
Du darüber gelacht?"

„Kein Gedanke," erwiderte er, „kein Gedanke, ich
mußte nur lachen, siehst Du, — — Du hast das mit
Deiner schönen deutschen Schrift geschrieben; denkst Du
denn, diese Italiener können das lesen?"

Sie ließ langsam seine Hände fahren und blickte auf
ihr Papier.

„Also werde ich es mit lateinischen Buchstaben schreiben,"
sagte sie. Er küßte sie auf das Haupt, dann begann er
im Zimmer auf und abzugehen.

„Na ja," sagte er, „aber so eine Depesche, siehst Du,
das wird so leicht verstümmelt, wenn Leute sie aufnehmen,
die kein Wort in der Sprache verstehen; ich meine — ist
es denn überhaupt nöthig, daß Du telegraphirst?"

Sie hatte die Augen wieder niedergesenkt, jetzt richtete
sie sie auf und nach ihm hin, und es war, als wenn ihr
Blick ihn bannte, so daß er stehen blieb.

„Aber — was denn sonst?" fragte sie langsam und schwer.

„Na — ich meine — wenn Du lieber schriebst? Einen Brief?"

Mit einem Ruck stand sie vom Stuhle auf.

„Das ist ja ganz unmöglich," sagte sie, „das dauert ja vier Tage mindestens, bis ich Antwort habe, so lange warten kann ich doch nicht! Das mußt Du doch fühlen und begreifen, das kann ich doch nicht!"

Sie war blaß geworden bis in die Lippen und ihre Stimme wurde beinah gellend bei den letzten Worten.

Er nahm sie in seine Arme.

„Halloh — halloh —" sagte er beschwichtigend, „rege Dich doch nicht so furchtbar auf."

Sie stand mit hängendem Haupte.

„Und — ihm schreiben," sprach sie vor sich hin, „was soll ich ihm denn schreiben? Wie kann ich ihm denn schreiben?"

Ein trockenes Schluchzen durchschütterte ihren Körper; plötzlich schlug sie die Hände vor das Gesicht und ein Thränenstrom brach aus ihren Augen.

„Aber Liebe, Geliebte, Einzige," redete er ihr zu, „hör' doch auf zu weinen, es ist ja gut. Wir wollen Deine Depesche gleich umschreiben und dann trage ich selber sie auf das Telegraphenamt."

Er setzte sich an den Tisch, nahm ein weißes Blatt Papier und schrieb mit fester klarer Schrift den Inhalt ihrer Depesche in lateinischen Buchstaben ab.

„Ist es gut so? Bist Du nun beruhigt?" fragte er, indem er ihr das Blatt vor die Augen hielt.

Sie trocknete sich das Gesicht.

„Und das wirst Du gleich besorgen?"

„Gleich hier vom Fleck aus, und während ich gehe, ziehst Du Dich an, und wenn ich wiederkomme, gehen wir aus und frühstücken ordentlich und wenn wir das besorgt haben, gehen wir in die Stadt, und ich zeige Dir Verona, und Du steckst die Thränen ein und zeigst dem schönen Verona Dein schönes Gesicht, und bist wieder meine Dorothea, meine Gothin, meine Göttin, meine Amalasuntha, Julia und wie sie Alle heißen, die schönsten Weiber, die auf Erden gewandelt sind — nicht wahr? nicht wahr?"

Wie zerbrochen lag sie in seinen Armen und ließ sich von ihm küssen, wie ein krankes Kind. Dann, als sie seine kecken, lebensprühenden Augen sah, die nach ihren Augen suchten, kehrte ein leises Lächeln in ihr Gesicht zurück.

„Und ich denke," sagte sie leise, „wir können heut Abend schon Antwort haben? Wie?"

„Freilich," entgegnete er, „und dann ist Alles wieder gut! Kopf hoch! Ist dann Alles wieder gut?"

Sein zuversichtlicher Ton, die helle Freudigkeit seines Gesichts, das Alles wirkte zu ihr hinüber und weckte das Leben wieder in ihr auf. Sie schüttelte den Kopf, als wollte sie aus ihrem Gehirn hinauswerfen, was da drinnen lastete und bohrte, sie legte die Arme um seinen Hals.

„Geh nur," sagte sie, „dann ist Alles wieder gut."

„Auf Wiedersehen in einer halben Stunde!" rief er. „Jetzt geht's aufs Telegraphenamt, dann zum Parucchiere, um Kinn und Wangen in den Zustand der Unschuld zurückzuversetzen. Eviva l'Italia!"

Das Depeſchenblatt über dem Kopfe ſchwingend, verließ er das Zimmer; gleich darauf ſah ihn Dorothea, die ans Fenſter gegangen war, aus dem Portale des Gaſthofes treten. Er hatte ſich wieder eine Cigarrette angezündet, ſein Schritt war elaſtiſch, als hätte er Federn unter den Füßen. Wie ein Vogel, der in die Sommerluft hinausſchießt — das war der einſt ſo finſtere Heinrich Verheißer. Und hier oben ſie. Ein Bild kam vor ihre Seele, von zwei Eimern im Ziehbrunnen, der eine leicht aufflatternd in die Höhe, der andere niederſinkend zur Tiefe mit ſeiner Laſt.

Aber ſie raffte ſich auf. Heut Abend, wenn die Depeſche komme würde — die Depeſche! An Alles, was nachher noch kommen mußte, daß nach der „Verlobung“ doch auch noch Verheirathung ſein mußte, daran dachte ſie jetzt nicht; ob er, mit dem ſie ſich „verlobt“ hatte, überhaupt an Heirath dachte, danach fragte ſie jetzt nicht. Die Depeſche! Wie Jemand einen Talisman, an den er glaubt, in den Händen wälzt, ſo drückte, preßte, malmte und zermalmte ſie im Geiſte das Papier, das ihr der Telegraphenbote bringen und in dem ſie die Zuſtimmung, den Segen ihres Vaters finden würde. Es war ja ein Abgrund entſtanden zwiſchen ihr und ihrem Vater, zwiſchen ihr und der Heimath und denen, die in der Heimath arglos ihrer gedachten, ein Abgrund, tief wie die Hölle, in deſſen Tiefe ein Strom dahinging, donnernd wie der Donner des jüngſten Gerichts — die Depeſche würde die Hand ſein, die ſich von drüben zu ihr herüberſtreckte — und ſie würde kommen, die Depeſche — ganz gewiß — heut Abend noch — ja, ja, ja — und nun wollte ſie ſich anziehen und nun zog ſie ſich an.

Als Heinrich Verheißer zurückkam, fand er sie schon am offenen Fenster sitzend vor, seiner wartend, zum Ausgehen fertig, die schöne, elegante Dorothea früherer Tage. Mit einem Ausrufe des Entzückens schloß er sie in die Arme. Welch ein Geschenk hatte das Schicksal ihm bescheert! Welch ein Strom von Schönheit floß neben seinem Lebenswege dahin!

Mit einem kräftigen Frühstück wurde die Grundlage zu einem neuen Lebenstage gelegt und dann ging es Arm in Arm in die Stadt Verona hinein, die vom Sonnenlicht durchfluthet, sich vor ihnen hinbreitete, wie eine Matrone, die in der Umarmung des Liebegottes täglich wieder zur blühenden Frau wird.

Von Heinrich Verheißer geführt, brauchte Dorothea keinen Cicerone; es war, als wenn der Geist der alten Stadt, lebendig geworden, an ihrer Seite ging und ihr die Spuren deutete, wo die Weltgeschichte ihren granitenen Fuß eingedrückt hatte. Am Grabmal der Skala's vorbei ging es nach dem Platze der Signori, und vom Platze der Signori, durch den vom Blute Mastino della Skala's getränkten Volto barbaro zur Piazza delle Erbe, wo Markt war und wo das moderne italienische Leben an den umgebenden Häusern und Palästen aufbrandete, wie das nie alternde Meer an tausendjährigen Klippen und Felsen.

Das Haus der Capulets wurde besehen, die Arena aus der Römerzeit besucht und dann kam das Schönste von Allem ein Gang durch enge, stille, versteckte Gassen und Gäßchen, wo man das Sonnenlicht nur in verstreuten goldenen Funken liegen sah und wo rechts und links sich

Pforten öffneten zu alten, stummen Palästen, in grün um-
sponnene, verträumte Höfe hinein, in denen ein Schweigen
herrschte, ein so tiefes, geheimnißvolles, daß die Besuche
unwillkürlich die Stimme dämpften, als scheueten sie sich,
die heilige Stille zu unterbrechen.

In einen dieser Höfe traten sie ein; kein Mensch begegnete ihnen; eine alte schwarze Katze lag in der Sonne,
hob den Kopf und blinzelte sie an und schlief weiter —
wenn man sich hier verstecken könnte, dachte Dorothea,
wenn man untertauchen könnte in diese Weltabgeschiedenheit!
Hier würde Niemand einen suchen, Niemand einen finden!
Wie die Sehnsucht in ihr aufstand, sich zu verbergen, vor
den Ihrigen, vor den Menschen, vor sich selbst — aber
der Mann an ihrer Seite, der ins Leben zurückverlangte,
weckte sie und führte sie hinaus.

Im Gasthofe wurde Mittagspause gemacht und ein
zweites Frühstück eingenommen, dann, in den kühleren
Stunden des Nachmittags, führte er sie über die Etsch
hinüber in den Giardino Giusti.

Indem sie den Garten verließen, zeigte er ihr den
Hügel, auf dem Theodorichs Palast gestanden hatte.

„Nicht wahr?" sagte er, „wenn man das Land sieht,
begreift man's, daß die alten deutschen Bären nicht wieder
hinausgewollt haben, wenn sie erst einmal drin waren?
Ist ihnen aber schlecht bekommen," fügte er lachend hinzu,
„wer im Feuer leben will, muß die Natur des Salamanders
haben."

Dorothea erwiderte nichts — die Natur des
Salamanders — und wer die nicht hatte, mußte ver-
brennen? Seine Worte gingen ihr im Kopfe umher. Die

19*

Fülle dessen, was sie gesehen, war aber so gewaltig, daß der große Eindruck für eine Zeit alle anderen Empfindungen in ihr niederdrückte und zur Ruhe brachte.

Erst als sie mit sinkender Dunkelheit in den Gasthof zurückkehrten, erwachte ihre Unruhe von Neuem.

„Etwas für mich angekommen?" fragte sie hastig den Schweizer Portier, der in der Thür stand. Geschäftig eilte er an seinen Briefschalter. „Nein, Madame — nichts gekommen."

Heinrich Verheißer fühlte, wie ihr Arm in seinem Arme zuckte.

„Kann ja noch gar nicht da sein," flüsterte er ihr zu und damit führte er sie in den Speisesaal.

Der Abend verging, ohne daß die Depesche kam, und auch der nächste Morgen brachte sie nicht.

Dorothea schlug sich vor die Stirn.

„Mein Gott," sagte sie, „daß man auch so einfältig sein kann; ich habe ja gestern vergessen, den Namen unseres Hôtels anzugeben; vielleicht liegt die Depesche auf dem Telegraphenamt und hat nicht bestellt werden können!"

„Na siehst Du," sagte er lachend, „so kommt es 'raus. Ich will gleich hingehen und zusehen."

„Wart' einen Augenblick," erwiderte sie, „ich gehe mit."

In Eile kleidete sie sich an und wenige Minuten später war sie mit ihm auf der Straße.

„Wollen wir nicht erst frühstücken?" fragte er.

„Nein, nein, nein, nachher!" Und sie riß ihn fort.

Auf dem Telegraphenamt wurde gesucht und gesucht. „Fräu — lein Pfeiffen — berg? No, Signora — nix da."

Nix da — sie stand einen Augenblick wie gelähmt, dann ergriff sie ein Depeschen-Formular und schrieb mit fliegender Hast ein neues Telegramm: „Schicke mir Deinen Segen! Bitte! Bitte! Bitte!" Diesmal setzte sie den Namen des Gasthofes mit großen, deutlichen Buchstaben darunter.

„Besorge das," flüsterte sie Heinrich Verheißer zu, indem sie ihm die Depesche in die Hand drückte, „besorge das gleich!"

Er besorgte es; dann nahm er sie unter den Arm und führte sie fort. „Aber nun thu' mir den Gefallen, liebste Geliebte, und werde ruhig."

Sie erwiderte nichts; stumm ging sie neben ihm her; dann raffte sie sich zusammen: „Ja, ja, ja — ich will ruhig werden."

Sie ließ sich von ihm führen, wohin er wollte; wie am Tage vorher durchmaßen sie Verona und heute be-suchten sie einige der Kirchen. Im kühlen Dämmer von Santa Anastasia wurde ihr wohl.

„Laß mich noch hier," sagte sie leise, als er sie wieder hinausführen wollte, „in einem Weilchen kannst Du kommen, mich abholen."

Verdutzt sah er sie an, aber ihre Stimme hatte so flehend geklungen, daß er nachgab. „Gut, gut," sagte er; „ich gehe draußen ein wenig auf und ab."

Nun war sie allein. Mit ganzem Leibe lehnte sie sich an eine Säule. Rechts und links an den Wänden der Kirche sah sie Beichtstühle, und ein wüthendes Ver-langen stand in ihr auf: daß sie doch Katholikin gewesen wäre, daß sie doch hätte niederknieen können in einem

der Stühle, daß ein Priester darinnen gesessen hätte, ein
milder, weiser, verstehender Mann, dem sie hätte sagen
können, was ihr das Herz erdrückte, dem sie hätte beichten
können, beichten, beichten — als Heinrich Verheißer nach
einiger Zeit zurückkam, sah er sie nicht mehr. Hastig ging
er weiter in die Kirche hinein — ein merkwürdiger Anblick
zeigte sich ihm: an einer Säule, die Stirn gegen die Säule
gedrückt, die Hände im Schooße verkrampft, lag Dorothea
knieend auf den Marmorfliesen des Bodens. Betroffen
blieb er stehen; ein tiefes Mitgefühl bemächtigte sich seiner,
er wollte auf sie zustürzen — aber er that es nicht, er
blieb, wo er war und starrte auf die knieende Gestalt.
Der Mensch hatte ihr helfen wollen, aber es war, als
hätte der Künstler den Menschen an der Hand gefaßt und
gesagt: „Bleib! sieh das Bild Dir an, das siehst Du nie
wieder! Magdalena!" Ja wirklich, eine Magdalena,
eine büßende! Nicht ausstaffirt mit theatralischer Geberde,
nicht hingelagert in eine malerisch romantische Einsamkeit,
sondern zu Boden geschleudert, hingeworfen vor die Füße
der Menschen, die mit dem rothen Bädeker in der Hand
die Kirche durchstöberten und sich in Acht nehmen mußten,
daß sie nicht auf sie traten, erstickt und erdrückt unter der
furchtbaren, unwiderruflichen, brutalen Wirklichkeit.

Mit vorgebeugtem Oberleibe stand Heinrich Verheißer
und sah und schaute und blickte. Welch eine Gestalt!
Welch eine Schönheit! Welch ein Bild!

Er hörte, wie der Athem keuchend aus ihrer Brust
stieg, es war etwas, das ihn wie mit Händen packte und
knieend zu ihren Knieen hinwerfen wollte — aber noch
etwas Anderes war, das ihm zuflüsterte: „Bewahre das!

behalte das!" Und er blieb stehen und behielt und bewahrte und zeichnete im Geiste, wie in die Windungen
seines Hirns hinein, die Umrisse dieser Gestalt, — dieser
zusammengebrochenen, diesen Nacken, der sich wie die
Linie der Verzweiflung zum Rücken hinunterkrümmte, diese
Arme, die wie todt in den Schultergelenken hingen und
unten erst, in den ringenden Händen, zum wahnsinnigen
Lebensschmerze wieder lebendig wurden, diese steinernen
Wangen, an denen das blonde Haar in langen ver-
einzelten Strähnen anklebte — endlich machte sie eine
Bewegung, und nun war er an ihrer Seite. Ohne ein
Wort zu sagen, reichte er ihr die Hand und half ihr auf-
stehen; ohne einen Laut verließen sie die Kirche und
wortlos gingen sie draußen lange Zeit durch lange, lange
Straßen.

Endlich räusperte er sich. „Hast Du denn überhaupt
geglaubt," fing er an, „daß er Dir seinen Segen schicken
wird?"

Wie angewurzelt blieb sie stehen, dann machte sie
sich von seinem Arme los, ihre Gestalt schwankte und mit
geschlossenen Augen lehnte sie sich an die Mauer des
Hauses, bei dem sie vorübergingen. „Mein Gott," stöhnte
sie, „mein Gott — mein Gott."

Ihre Verzweiflung machte sie blind und taub gegen
die Menschen, die auf der Straße vorübergingen. Er
wußte kaum mehr, was er mit ihr beginnen sollte.

„Komm doch nur," mahnte er, „die Leute bleiben
ja stehen."

Sie ließ sich von ihm weiterführen. Nach einiger
Zeit nahm sie das Wort.

„Ob hier in Verona ein deutsches Konsulat sein mag?‘ fragte sie.

„Wieso? Warum?“ erwiderte er verdutzt.

„Mir ist doch,“ fuhr sie fort, „als hätt' ich gehört, daß man sich im Ausland vor dem deutschen Konsul trauen lassen kann.“

Er gab keine Antwort; es war, als müßte er sich in ihren Gedankengang hineinfinden.

„Ja, ja,“ sagte er nach einiger Zeit, „ich weiß wirklich nicht, ob hier eins ist, aber das können wir im Hôtel erfahren.“

„Also komm,“ — und auf dem kürzesten Wege kehrten sie zum Gasthofe zurück.

Nein, in Verona wäre kein deutsches Konsulat, wurde ihnen zum Bescheid ertheilt, wohl aber in Mailand.

In Mailand — „wann geht der nächste Zug nach Mailand?“ fragte sie den Portier.

„Heute Nachmittag.“

„Also wollen wir unsere Sachen packen,“ und ohne abzuwarten, was Heinrich Verheißer sagen würde, ging sie die Treppe zu ihren Zimmern hinauf.

Langsam kam er hinter ihr drein; als er den Saal betrat, stand sie schon über ihrem Koffer.

„Wollen wir denn wirklich heut schon fort?“ fragte er zögernd.

Sie richtete sich auf, sah ihm in die Augen, dann trat sie auf ihn zu, legte beide Hände auf seine Schultern und schüttelte ihn.

„Fühlst Du denn nicht, daß wir das müssen? Daß wir heirathen müssen? Gleich? Auf der Stelle? Gleich?“

Es war wie eine Naturgewalt in ihr, gegen die es keinen Widerstand gab. Er beugte sich.

„Also wollen wir heut Nachmittag fahren," sagte er.

Im Gasthofe unten gaben sie ihre Adresse in Mailand an, „für den Fall, daß ein Brief oder eine Depesche für mich kommen sollte" — eine halbe Stunde darauf saßen sie in der Eisenbahn.

Als sie am Garda-See vorüberkamen, machte er sie auf die paradiesische Landschaft aufmerksam, die sich vor ihnen aufthat — mit stumpfen Augen blickte sie hinaus; vor ihrer Seele stand das Konsulats-Büreau in Mailand, von allen Tönen der Welt hörte sie nur einen, das Wort des Konsuls: „Ihr seid verheirathet."

Abends kamen sie in Mailand an; früh am nächsten Vormittage waren sie im Büreau des deutschen Konsulats. Sie hatten jetzt die Rollen getauscht, Heinrich Verheißer verhielt sich schweigend, Dorothea handelte und sprach.

„Wir — wir kommen zu fragen —" die Worte wollten ihr nicht recht aus dem Munde — dann aber nahm sie sich zusammen; „kommen zu fragen, ob man sich hier im Konsulat — trauen lassen kann?"

Der Beamte, der sie empfangen hatte, sah etwas über-rascht auf.

„O, das ginge wohl, denn der Konsul in Mailand hätte die Befugniß, Ehen zu schließen —"

„Nun — dann also —?"

„Ja — aber der Konsul wäre nicht da, auf Urlaub, käme erst in einigen Wochen wieder."

„Aber — er hat doch einen Vertreter?" meinte Dorothea, „kann der Vertreter es nicht machen?"

„Nein, die Befugniß wäre an die Person geknüpft; dem Vertreter stände das Recht nicht zu."

Dorothea stöhnte unwillkürlich auf.

„Und erst — in einigen Wochen —?"

„Erst in einigen Wochen käme er zurück."

Sie wollte kurz kehrt machen, besann sich aber.

„Wo ist das nächste deutsche Konsulat?" fragte sie.

Der Beamte nannte ihr einen Ort. „Aber ich muß bemerken," fügte er hinzu, „nicht jeder Konsul hat die Befugniß, Ehen zu schließen."

„Also welche? welche?" forschte sie voll Ungeduld.

Der Beamte schlug ein Buch auf.

„Der Konsul in Genua," sagte er.

„Also in Genua?"

Jetzt zum ersten Male that Heinrich Verheißer den Mund auf.

„Genua," sagte er, „liegt aber nicht auf unserer Tour."

Sie warf den Kopf herum und sah ihn mit einem kurzen, grellen Blick an.

Der Beamte hatte weiter gelesen.

„Dann wäre auch noch der Konsul in Rom und der in Neapel."

„Neapel," sagte Heinrich Verheißer laut und bestimmt, „dahin wollten wir ja so wie so."

Er nahm Dorothea unter den Arm, so daß es dem Beamten aussah, als wollte er das Gespräch abbrechen.

„Dank für Ihre Bemühung," wandte er sich zu diesem, dann zog er Dorotheen hinaus.

In seinem Gesichte war ein mißmuthiger Zug; die

Falte zwischen den Augenbrauen tauchte wieder auf. Er schwieg, und sein Schweigen sah wie Verdrossenheit aus.

„Nach Neapel wollen wir?" sagte sie nach einiger Zeit.

„Freilich," entgegnete er, „hast Du denn gar keine Lust, den Vesuv zu sehen? Und die Stelle, wo Tejas gekämpft? Ist denn das Bild gar nicht mehr für Dich da? Alles vergessen und zum Teufel? Alles?"

Ein dumpfer Groll tönte aus seinen Worten; mit finsteren Augen sah er sie an. Sie fühlte, daß sie ihn besänftigen müßte.

„Es ist ja gut," sagte sie leise, „wir können es ja also auch in Neapel besorgen — reisen wir bald?"

Ungeduldig zuckte er mit dem Arme.

„Heut noch nicht!" stieß er hervor, „und morgen auch noch nicht! Weißt Du denn nicht, daß wir in Mailand sind? Hast Du denn keine Ahnung, was hier Alles zu sehen ist? Das Abendmahl von Leonardo? Sollen wir daran vorbeilaufen, wie kalbslederne Touristen? Und die Brera, mit ihrer Gemälde-Sammlung, wo ein Maler überhaupt gar nicht wieder 'raus kann, wenn er einmal 'reingekommen ist?"

„Sei doch gut," bat sie beschwichtigend, „Du weißt ja doch, warum ich es wollte."

„Ja, aber weißt Du," fuhr er wieder auf, „dieses von Konsulat zu Konsulat laufen und sich vor die Leute hinstellen mit dem ewigen ‚bitte — wollen Sie nicht so gut sein, uns zu Ehekrüppeln zu machen', das — das macht uns schließlich lächerlich!"

Dorothea näherte ihr Gesicht dem seinigen.

„Wie sagtest Du? Ehe — Krüppel —?"

Er drückte ihren Arm und lachte etwas verlegen.

„Das ist so'n Ausdruck, nimm's nicht tragisch. Aber siehst Du, wenn wir immer durch die Welt reisen, holt uns am Ende die Depesche von Deinem Vater gar nicht ein? Es ist doch viel vernünftiger, wir warten sie hier ein paar Tage ab?"

Das leuchtete ihr ein.

„Ja, ja," sagte sie, „Du hast ja Recht, und so wollen wir von der Sache jetzt nicht mehr sprechen, es macht Dich ungeduldig."

In der Gasse, durch die sie dahin schritten, that sich zur Seite ein großer Thorweg auf; mit einer raschen Wendung zog er sie hinein, hob ihr den Schleier vom Gesicht und küßte sie.

„Ach, Du Schatz," sagte er, „Du bist doch ein liebes, einziges Ding." War es der Ton seiner Worte — war es, daß er sie so ohne Weiteres auf der Straße küßte — sie hatte ein Gefühl, als hätte sie eine Entwürdigung erlitten. — Aber sie verschlang ihre Empfindung und sagte nichts.

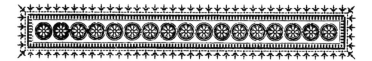

Siebzehntes Kapitel.

Zwei Tage vergingen, und in den zwei Tagen keine Zeile, kein Wort, kein Laut.

Mitten in dem rasselnden Lärm der Stadt war es Dorotheen, als umgäbe sie eine dumpfe, erdrückende Stille. Wie das verhängnißvolle Schweigen einer großen Menschenmenge, die mit starren Augen auf einen in ihrer Mitte blickt, den sie bisher für ihres gleichen, für mehr als das, für etwas besonderes gehalten hat und den sie plötzlich in seiner wahren Gestalt erkennt. Solchem Schweigen folgt dann ein plötzlicher allgemeiner Ausbruch und ein einziger, vernichtender Schrei „hinaus!" Sie wußte, daß es kommen würde, kommen mußte, dieses schreckliche „hinaus" und das war es, worauf sie wartete, worauf sie lauschte, worüber sie alles Andere vergaß.

Sie konnte zur Nacht nicht mehr schlafen und daher kam es, daß sie wie in einem wüsten Traume umherging. In diesem Zustande hatte sie ein Gefühl, als wäre sie doppelt, als wäre die, welche hier wie ein abenteuerndes Weib durch die Straßen der fremden Stadt irrte, gar nicht

Dorothea Pfeiffenberg, sondern als säße die da oben,
zwischen Nienstedten und Blankenese auf der Terrasse,
zwischen Vater und Bruder, in ihrem reinen, weißen, un-
befleckten Kleide.

Mechanisch ging sie neben Heinrich Verheißer her,
der sie durch die Galerien Mailands führte. Sie wußte
kaum, was sie sah. Die Farben der Bilder verschwammen
ihr zu einförmigem Grau, und wenn sie auf eins derselben
ihre Aufmerksamkeit richten wollte, war es, als würde der
Rahmen leer, der es umschloß und durch das leere Loch
sah sie in eine weite Ferne hinaus und sah ihren Vater
am Tische sitzen und Moritz ihm gegenüber, und sah, wie
er ihre Depesche las und immer noch einmal las und sie
dann schweigend Moritz hinüberreichte und wie auch dieser
sie las. Und dann legte dieser das Blatt auf den Tisch
und Beide senkten die Köpfe, bis daß sie sich aufrichteten
und sich mit einem stummen, schrecklichen Blick über den
Tisch ansahen. Was bedeutete der Blick? Daß sie sich
verstanden hatten? Daß sie wußten, was es bedeutete,
daß sie sich „verlobt" hätte? Und indem sie das dachte,
krampfte sich ihr das Herz zusammen, der kalte Schweiß
brach ihr aus und taumelnd, weil sie eine Ohnmacht nahen
fühlte, sank sie auf die nächste Bank, die sich ihr bot.

Für Heinrich Verheißer war es unter solchen Umständen
ein geringes Vergnügen, Mailand mit ihr zu durchstreifen.
Wenn sie ihm nicht leid gethan hätte, würde er sie am
liebsten im Gasthofe gelassen und seine Galerien allein
durchmustert haben. Er war denn auch ganz damit einverstanden, daß sie am dritten Tage sich auf die Reise
nach Neapel begaben.

Nach langer Fahrt kamen sie an, und in dem großen, am Ende der Chiaja, unmittelbar am Meere gelegenen Gasthofe stiegen sie ab. Aus ihren Fenstern hatten sie eine wunderbare Aussicht: ihnen gegenüber lag der Vesuv, zu ihrer Rechten breitete sich die unermeßliche See. Fischerboote mit spitzen eckigen Segeln kreuzten darauf umher und fern im Hintergrunde, in bläulichen Umrissen, wie ein träumender Gedanke, schwamm die Insel Capri auf den Fluthen.

Wohl eine halbe Stunde lang hatte Heinrich Verheißer im offenen Fenster gelegen, das herrliche Bild mit allen Sinnen genießend, endlich richtete er sich auf, um nach Dorotheen zu sehen. Sie saß auf einem Stuhle an der Hinterwand des Zimmers, in ihr Reisekleid eingeknöpft, den Hut auf dem Kopfe, den Schleier vor dem Gesicht.

Er stand ganz verblüfft. Sie hielt den Kopf gesenkt, die Augen auf den Fußboden vor sich hin gerichtet und rückte und rührte sich nicht.

„Na, aber sag' mir," fing er laut lachend an, „da hört doch Alles auf! Da guckt ihr der Vesuv ins Zimmer und das Meer und Capri und Alles überhaupt, was der Herrgott da oben an göttlicher Schönheit erfunden und zusammengebastelt hat, und unterdessen sitzt sie in der Ecke wie eine englische Gouvernante, die ihre Baby's unter Verschluß hält, und hört und sieht von nichts!"

Die Muskeln in Dorotheens Gesicht zuckten, ihre eingekniffenen Lippen thaten sich auf; es sah aus, als wären sie zusammengewachsen gewesen.

„Ich kann jetzt die Landschaft nicht ansehen," sagte sie,

ohne den Kopf zu erheben, „später." Ihre Stimme klang
rostig heiser.

Ein Schatten ging über sein Gesicht.

„Später? ach so — das heißt, erst soll's wieder aufs
Konsulat geh'n?"

„Ja," erwiderte sie trocken und hart.

Er machte auf dem Absatze kehrt, setzte sich wieder
auf das Fensterbrett und schlenkerte mit den Beinen. Dann,
nachdem er ein Weilchen hinausgesehen hatte, sprang er
herab, ergriff seinen Hut, der auf dem Tische vor dem
Sopha lag und stülpte ihn auf.

„Also los dafür!" sagte er. „Aufs Konsulat!"

Ohne ein Wort zu erwidern, erhob sie sich; indem sie
aufstand, sah es aus, als wäre ihre Gestalt länger und
magerer geworden, als sie früher war.

Eine Droschke brachte sie zum deutschen Konsulat.
Diesmal war der Konsul anwesend, ein Mann mit ver-
bindlichen Manieren, der ihr Anliegen persönlich in
Empfang nahm.

Da er in Dorotheen eine Dame aus der Gesellschaft
erkannte und die Peinlichkeit ihrer Lage empfand, kam er
ihr auf halbem Wege entgegen und hatte bald festgestellt,
um was es sich handelte.

„Die Herrschaften sind Beide Deutsche?"

Sie waren Beide Deutsche.

„Sie haben jedenfalls Legitimationspapiere bei sich?
Darf ich darum bitten?"

„Legitimationspapiere —?" Dorothea und Heinrich
Verheißer sahen sich schweigend an.

„Ich meine, Geburtsscheine?"

Weder er noch sie hatten ihre Geburtsscheine bei sich.

„Vielleicht Pässe? Oder Paßkarten?"

Sie hatten weder Pässe noch Paßkarten.

„Also — gar nichts, wodurch sie sich ausweisen konnten?"

Dorothea verstummte. Der Konsul räusperte sich. Dorotheens Wangen färbten sich blutroth vor Scham. Wie eine Landstreicherin stand sie da.

„Ihre Eltern — leben noch?" fragte der Konsul mit einem gewissen Zögern.

„Mein Vater," gab sie kaum hörbar zur Antwort.

„Und — Ihr Herr Vater ist einverstanden?"

Der Konsul hatte die Frage kaum gethan, als er rasch hinzuspringen und Dorotheen einen Stuhl unter= schieben mußte; sie hatte gewankt, als ob sie umfallen würde.

Schwer ließ sie sich nieder; ihre Augen senkten sich zu Boden; der Konsul wußte genug. Ein beklommenes Stillschweigen trat ein; der Konsul fing an zu merken, daß hier in Italien eine Ehe geschlossen werden sollte, die offenbar in Deutschland nicht gewünscht wurde. Seine Stellung machte ihm Vorsicht zur Pflicht. Möglicherweise bestanden Hindernisse gegen die Ehe, die ihm verheimlicht wurden und die er nicht zu übersehen vermochte. Seine Haltung wurde merklich kühler.

„Darf ich fragen," sagte er, „ob die Herrschaften hier in Neapel oder in der Umgegend von Neapel wohnen?"

Heinrich Verheißer sah ihn mit offenem Munde an.

„Ob wir hier wohnen? Heut Morgen sind wir an= gekommen."

„Und gedenken auch nicht, in Zukunft Wohnung hier zu nehmen?" forschte der Konsul weiter.

„Kein Gedanke, wir bleiben ein paar Tage hier und ich denke, auf Capri, und dann geht's nach Deutschland zurück."

Der Konsul richtete sich auf.

„Dann bedauere ich," sagte er in kühl geschäftsmäßigem Tone, „dann bin ich überhaupt nicht befugt, die Ehe zu schließen."

Dorothea zuckte auf und sah ihn sprachlos, mit weit aufgerissenen Augen an.

„Weil ich Ehen zwischen Reichsangehörigen nur schließen darf," erläuterte der Konsul, „wenn diese in meinem Amtsbezirk wohnen."

„Aber — was sollen wir denn dann —?" fuhr Dorothea wie in Verzweiflung heraus.

Der Konsul zuckte die Achseln.

„Ich kann den Herrschaften nur anheimstellen, nach Deutschland zurückzukehren und die Trauung dort vornehmen zu lassen, vor dem Standesamte Ihrer Heimath."

Nach Deutschland zurückkehren — vor das Standesamt in der Heimath — Dorotheens Hand krallte sich in die Decke des Tisches, neben dem sie saß; ihre Lippen bewegten sich.

„Aber das ist ja nicht möglich!" wollte sie herausschreien, aber es kam kein Laut von ihrem Munde.

Der Konsul deutete schweigend an, daß er nichts mehr zu sagen hatte. Heinrich Verheißer trat zu ihr heran. „Komm doch nur," flüsterte er, „Du siehst doch, daß hier nichts zu machen ist."

Alles Willens und Denkens beraubt, ließ sie sich von ihm vom Sitze emporziehen und hinausgeleiten und in diesem Zustande wacher Besinnungslosigkeit saß sie nach= her neben ihm im Wagen, ohne zu fragen, wohin der Wagen fuhr. Heinrich Verheißer gerieth allmählich selbst in Verzweiflung; das lebendig=todte Weib an seiner Seite wurde ihm zu einer furchtbaren Last, mit der er gar nichts mehr anzufangen wußte. Als einziges und letztes Rettungs= mittel erschien es ihm, sie nach Capri hinüberzuführen, ob sie vielleicht auf der stillen, weltentrückten Insel zu sich selbst zurückkommen würde.

Ihre Koffer im Gasthofe waren noch gepackt; fertig wie sie waren, wurden sie wieder aufgeladen und eine Stunde später saßen Beide auf dem Schiffe, das sie nach Capri hinübertragen sollte.

Seine Hoffnung schien sich zu bestätigen; der frische Wind, der vom Meere herüberblies, weckte Dorotheen aus ihrer Erstarrung auf; sie fing wieder an, zu leben.

Auf der Insel waren bereits die Lichter angezündet, als das Schiff Anker warf; im Hafen drängte sich eine dunkle Menschenmenge; hülfsbereite Arme streckten sich den Landenden entgegen: „Hôtel Pagano? Hôtel Pagano?" schwirrten fragende Stimmen durcheinander.

Nein, nicht Hôtel Pagano. Heinrich Verheißer wußte, daß dies das Absteigequartier der deutschen Künstler war; seine Laune stand durchaus nicht danach, mit ihnen zusammen= zutreffen und sich zum Gegenstande ihrer Beobachtungen zu machen. Er hatte von einem anderen Gasthofe gehört.

„Hôtel Quisisana!" rief er laut.

„Hôtel Quisisana,“ ertönte es sofort zurück; im nächsten
Augenblick stand der Portier des Gasthofes am Boote und
war Dorotheen beim Aussteigen behülflich.

Durch das Dunkel der Nacht fuhren sie die Zickzack-
Wege zur Stadt empor, während unter ihnen das Geräusch
des brandenden Meeres verhallte.

Zwei behaglich eingerichtete, schöne Zimmer empfingen
sie in dem wohnlichen Hause; für Menschen in ruhiger
Gemüthsstimmung wäre es ein köstlicher Aufenthalt
gewesen.

Eine strahlende Sonne leuchtete vom Himmel, als der
nächste Tag anbrach und ließ sie das Paradies erkennen,
in das sie gestern Abend eingetreten waren.

„Komm,“ sagte Heinrich Verheißer, „wir wollen zur
Villa des Tiberius.“

Als sie auf dem Wege dorthin die Straßen der Stadt
verließen, kamen sie an einem Hause vorüber, wo ein
Maler, wie sich deren manche auf Capri niederlassen,
um dort in künstlerischem Halbschlafe weiter zu vegetiren,
Wohnung genommen hatte. An dem Hause war ein
Plakat angebracht und auf diesem stand zu lesen, daß
man hier Bilder erwerben, Mal-Unterricht nehmen und
Mal-Utensilien kaufen könne.

Heinrich Verheißer war einige Schritte vor Dorotheen
voraus. Plötzlich hörte er hinter sich rufen: „Heinrich!“

Beinah erschreckt wandte er sich um; es war wie
eine fremde Stimme gewesen.

Mitten auf der Straße im vollen Sonnenbrande stand
Dorothea und sah zu ihm hin. Ihre Augen waren weit

offen und in ihren Augen war etwas fremdartig Starres,
Schreckliches.

Er stand; auch sie that keinen Schritt, nur ihre Arme
erhoben sich, als wollte sie ihn heranziehen. Er trat
langsam zu ihr.

„Heinrich," sagte sie, und in ihrer Stimme war ein
Lallen, „Heinrich, male ein Bild!"

Er wußte nicht, was er auf die sonderbare Aufforderung erwidern sollte, und schwieg.

Jetzt legte sie die Hände auf seine Schultern, ihre
Augen bohrten sich in die seinigen.

„Male ein Bild!" wiederholte sie. „Rette mich! Rette
mich!"

Sie hatte die Hände hinter seinem Nacken vereinigt;
er fühlte sich wie in einer Schlinge.

„Was denn — für ein Bild?" fragte er, indem er
sich bemühte, sich von ihr los zu machen.

„Ein großes Bild, ein mächtiges Bild! Damit ich
sehe, daß Du ein Künstler bist, ein großer, ein mächtiger
Künstler bist! Damit ich sehe, daß ich mich nicht umsonst
weggeworfen habe! Hörst Du? Hörst Du? Hörst Du?!"

Sie hatte ganz laut gesprochen und zuletzt war ihre
Stimme beinah schreiend geworden. Ihm wurde unheimlich
zu Muthe.

„Nimm doch Vernunft an," sagte er, „wie soll ich
denn jetzt hier ein Bild malen? Dazu braucht man doch
schließlich Geräthschaften, wo soll ich die bekommen hier?"

Sie zeigte auf das Plakat am Hause des Malers.
„Da," rief sie.

Er hatte die Ankündigung noch gar nicht gelesen.

Jetzt bemerkte er, daß sie Augen und Gedanken beisammen gehabt hatte, daß sie noch ganz bei Verstande war. Ein Gedanke durchblitzte ihn: auf diesem Wege also wäre vielleicht Heilung noch möglich?

„Na," sagte er, indem er sich zu harmlosem Tone zwang, „gut, ich will ein Bild malen."

Die Starrheit ihrer Glieder löste sich, sie sank an eine Brust, er fühlte wieder, was er schon lange entbehrt hatte, die süße Wärme der schönen Gestalt an seinem Herzen; er selber wurde warm und mit einem Male wußte er auch, was er malen wollte: sie selbst, als Magdalena, wie er sie neulich in der Kirche zu Verona gesehen hatte. Das aber behielt er vorläufig für sich.

Zärtlich schlang er den Arm um sie. „Komm," sagte er, „jetzt wollen wir zunächst dem alten Tiberius unseren Besuch abstatten."

Als sie auf dem Rückwege bei dem Hause des Malers wieder vorüberkamen, blieb sie stehen.

„Holst Du Dir gleich eine Leinwand?" fragte sie.

Das Bild war wie zu einer fixen Idee für sie geworden.

Er sah, daß er ihr den Gefallen thun mußte: zudem hatte er jetzt selber Lust bekommen.

„Will's mir gleich bestellen," erwiderte er, „wart' einen Augenblick."

Er verschwand im Hause und kam gleich darauf zurück.

„Heute Nachmittag wird mir Alles geschickt," sagte er, „und dann kann's losgehen."

Sie schien nun wirklich einigermaßen beruhigt zu sein,

so daß sie an der Gasthaustafel etwas Speise und Trank
genoß. Er betrachtete sie von der Seite; wie schön sie
wieder war, sobald das Leben in sie zurückkehrte! Wie
der Gram ihr Gesicht geadelt hatte! Welch eine wunderbare Magdalena sie ihm werden würde!

Nachmittags machte er mit ihr einen Spaziergang
nach der Punta Tragara und zeigte ihr die Felsen der
Faraglioni, die von der untergehenden Sonne roth angestrahlt waren. Tief unter ihnen schlug das Meer mit
dumpfem Anprall an die Klippen des Gestades, weit
hinaus aber dehnte es sich in spiegelglatter Unermeßlichkeit
— ein Anblick schweigender Erhabenheit, in dem jedes
einzelne Menschenleid zu versinken und zu ertrinken schien.

Sie verlor sich so tief im Anschauen, daß er sie aus
ihrem Brüten wecken mußte.

„Komm," sagte er, „man muß sich hier zu Lande vor
der Abendluft in Acht nehmen."

Sie kam wie aus einem Traume zu sich und wandte
ihm das Gesicht zu; in ihrem Blick war ein strahlendes
Licht, aber es sah aus, als würde das Licht von unsicheren
Händen gehalten; es flackerte und flimmerte.

Mit beiden Armen hing sie sich in seinen Arm.

„So etwas male mir," sagte sie mit heißem Flüstern,
„so etwas male mir."

„So etwas?" fragte er, „was meinst Du denn damit?"

„So etwas, wie das hier eben war," erwiderte sie,
„so etwas Großes, Göttliches, Erhabenes, Wunder —
Wunder — Wundervolles, wo man drin untergehen, versinken, ertrinken und vergessen, vergessen, vergessen kann!"

Die Worte sprudelten ihr in seltsamer Hast, sich überstürzend, von den Lippen, eine nervöse Röthe bedeckte ihre Wangen; man hätte glauben können, sie befinde sich im Fieber.

Er drückte ihren Arm. „Wir werden ja sehen," erwiderte er, „werden ja sehen."

Dann setzte er mit ihr den Rückweg fort.

Nach einigen Schritten hielt sie wieder an.

„Fängst Du gleich an mit dem Bilde?" fragte sie.

„Aber Närrchen," versetzte er, „Du siehst doch, daß es dunkel wird. Bei Nacht kann man doch nicht malen?"

Sie gingen weiter.

„Kannst Du mir nicht sagen, was es sein wird, was Du malen wirst?" begann sie von neuem.

Sie waren in diesem Augenblick zu einer der kleinen Steintreppen gelangt, die von dem erhöhten Punkte, wo sie gestanden hatten, zur Stadt hinunterführen. Er war zwei Stufen voraus, Dorothea stand noch über ihm, und indem er sie jetzt dort droben, vom scheidenden Tageslichte umspielt, gewahrte, die edle, herrliche Gestalt, erschien es ihm wie ein letztes Aufleuchten des geliebten Weibes, das wie ein Stern über seinem Leben aufgegangen und herniedergestiegen war aus seiner reinen Höhe in seine heiße, wilde Atmosphäre, um darin zu zerschmelzen und zu vergehen. Mit einem Satze war er die Stufen hinauf und neben ihr, er schloß sie in die Arme und küßte sie, wie er sie in der Nacht geküßt hatte, die ihn zu einem Gotte und sie zu einem verzweifelnden Weibe gemacht hatte.

„Frage nicht," murmelte er unter seinen Küssen, „frage nicht."

Seine Phantasie wurde wie durch einen Zauberschlag

lebendig, indem er ihren Leib an seinem Leibe fühlte, den
Athem von ihren Lippen trank; es war ihm, als wäre sie
ihm neu geschenkt, wie am ersten Tage; eine Fülle von
Bildern blitzte vor seinem Geiste auf und eins davon ganz
fertig in greifbarer Deutlichkeit: Magdalena, am Boden
knieend, und hinter ihr, von ihr nicht gesehen, nicht geahnt, ein Mann im härenen Büßergewande, der gesenkten
Hauptes stand und auf das Weib niederblickte, das solche
Qual um seinetwegen erlitt. Wie er das malen, wie er
seine ganze Seele da hineinlegen wollte! Wie ihrer Beider
Schicksal und Leben aus dem Bilde heraussprechen sollte,
Jedem verständlich, der es sah, Jeden versöhnend, der es
verstand.

„Komm, komm," sagte er hastig, indem er sie mit sich
fortzog, und in seine Phantasie verloren, hatte er nicht
bemerkt, daß sie sich hatte küssen lassen, ohne seine Küsse
zu erwidern, daß ihre Augen ihn angeblickt hatten, als
verständen sie ihn nicht.

Im Gasthofe, zu dem sie zurückkehrten, war inzwischen
die bestellte Leinwand bereits angelangt. Dem Umfange
des Bildes entsprechend, das er im Geiste entworfen hatte,
war sie nicht groß.

Dorothea blieb davor stehen.

„Das ist doch aber viel zu klein?"

Heinrich Verheißer lachte. „So groß wie die Gothenschlacht kann ich's doch nicht gleich machen."

Sie versank in brütendes Nachdenken. „Das ist aber
schade," sagte sie dann.

„Aber Kind," versetzte er, „es kommt doch nicht drauf
an, wieviel Quadratmeter man voll malt, sondern was in

dem Bilde drinsteckt! Wart' ab, was ich hineinthue und
was herauskommt; man kann mit zwei Gestalten ebenso
gut eine Lebensgeschichte beschreiben, wie mit hundert."

Dorothea hatte sich an den Tisch gesetzt und blickte
vor sich hin.

"Ja" — sagte sie — "aber sich drin verlieren — kann
man das?"

"Wenn man sich in einem Kunstwerk ganz wieder-
findet," gab er zur Antwort, "verliert man sich am aller-
tiefsten darin."

Aus seinen Augen sprühte die Lebenskraft, die ihn
durchglühte, wenn die Schaffenslust sich in ihm regte.
Dorothea hob den Kopf und blickte ihn an; ihre Augen
hingen an ihm, als wollte ihre ermüdete Seele neues Leben
aus der seinigen saugen. Sie neigte das Haupt.

"Jetzt siehst Du wieder aus, wie der Königsadler,"
sagte sie langsam.

"Wie — was?" fragte er. "Wie der Königsadler?"

Sie erhob sich von ihrem Sitze, mit der Schwerfällig-
keit, die ihr seit einiger Zeit zu eigen geworden war.
So trat sie auf ihn zu, und die Arme um seinen Hals
legend, schmiegte sie sich an ihn.

"Weißt Du denn nicht," sagte sie, "wie er hier hinein-
geschlagen hat mit seinen Fängen?"

Sie hatte seine Hand ergriffen und drückte sie flach,
mit ausgespreiteten Fingern auf ihr Herz. Unter seiner
Hand fühlte er, wie zuckend das Herz in ihrer Brust schlug.

"Das wird ja Alles wieder gut werden," flüsterte er.

Sie richtete das Gesicht zu ihm auf und sah ihn mit
einem wundersamen, aus Hoffnung und Hoffnungslosigkeit,

Lächeln und Weinen gemischten Ausdruck an. Dann ließ sie ihn schweigend los und ordnete ihre Kleidung zur Mahlzeit, zu der eben die Gasthofsglocke rief.

Stumm und mit einer beinah feierlichen Gemessenheit bewegte sie sich, nachdem die Tafel aufgehoben war und sie ihre Zimmer wieder aufgesucht hatten, den weiteren Abend hindurch, nur von Zeit zu Zeit die Augen auf Heinrich Verheißer richtend, und jedesmal mit dem seltsamen prüfenden Blick von vorhin. Frühzeitig begab sie sich in das Schlafzimmer, um sich zur Nachtruhe zu entkleiden.

Er hatte sie mit keiner Frage gestört; jetzt sah er, am Tische sitzend, wie sie im Nebenzimmer vor dem Spiegel stand, das Kleid abgestreift, Schultern und Brust nur noch mit dem Hemde bedeckt, das blonde Haar auflösend, das im goldenen Strome über ihren Rücken herabfloß.

Ohne Laut und Regung saß er dort. Der Tag kam ihm zurück, da er sie zum ersten Male, dem Bade entsteigend, in ihrer Schönheit gesehen hatte. Plötzlich stand er auf und trat in die Thür. Sie wandte den Kopf nach ihm, wich einen Schritt zurück und sah ihn mit entsetzten Augen an.

„Ich thu' Dir nichts," flüsterte er, „ich thu' Dir nichts — aber hier —" er hatte ein Kissen ergriffen und legte es auf den Fußboden vor sie hin, „thu' mir den Gefallen und kniee einmal darauf hin."

Sie starrte ihn an; sie verstand nicht, was er wollte.

„Nur einen einzigen Augenblick," sprach er bittend, „thu' mir den einzigen Gefallen!"

Eine unüberwindliche Lust hatte ihn gepackt, sie heut Abend schon in der Stellung zu sehen, die er ihr morgen

auf dem Bilde geben wollte. Noch einen Augenblick.
zögerte sie, dann ließ sie sich schweigend, mit hoheitsvoller
Anmuth auf das Kissen niedersinken.

Sobald sie aber auf den Knieen lag, war es, als ver=
schöben sich die Gedanken in ihrem Kopfe; sie vergaß, daß
er es war, der sie hatte niederknieen lassen und glaubte,
daß man ihr die Stellung angewiesen hätte, die sie, ihrem
Schuldbewußtsein nach, verdiente. Darum verschränkte sie
die nackten Arme vor dem Gesicht, und die Arme auf den
Stuhl aufstützend, der neben ihr stand, blieb sie mit vor=
gebeugtem Oberleibe am Boden liegen.

Was ihm ein Bild werden sollte, war für sie Wirklich=
keit. Er aber stand und sah, was für ein Bild es werden
würde! Endlich hob er sie empor, und die ganze Nacht
hindurch arbeitete sein rastloser Geist an dem kommenden
Gemälde.

Früh am nächsten Morgen war er auf, und während
Dorothea noch ruhte, begab er sich in das Nebenzimmer,
um Stifte und Staffelei zu rüsten, damit Alles fertig wäre,
sobald sie käme. Eine halbe Stunde später erschien sie,
nur mit einem leichten Morgenrock bekleidet. Ihr Gang
war schleppend, ihr Antlitz blaß und in ihren Augen schwamm
es, wie ein dunkler Traum.

Er ging ihr entgegen, nahm ihre herabhängende
Hand und küßte sie, er drückte sie an sich — sie ließ Alles
schweigend geschehen. Er wollte sie anreden, ihr guten
Morgen wünschen, aber er schwieg; ein unerklärlicher Druck
verschloß ihm den Mund und dennoch bebten ihm die
Glieder beim Anblick ihrer trauervollen Schönheit.

Rasch hatte er das Kissen wieder vor sie hingeschoben,

dann legte er die Hand auf ihre Schulter und deutete auf das Kissen.

„Komm," sagte er leise, „bitte noch einmal — wie gestern."

Sie richtete langsam das gesenkte Haupt auf, drückte die Hände an die Schläfen, als müßte sie ihre Gedanken sammeln. Dann schien sie zu begreifen, was man von ihr verlangte: sie sollte noch einmal Buße thun. Mit einem schweren Seufzer sank sie langsam in die Kniee.

Rasch war er hinter sie getreten und hatte mit einem Griffe die Nadel aus ihrem leicht geknoteten Haare gezogen, so daß es, wie gestern Abend, über den Rücken niederfiel. Sie schien es nicht gefühlt zu haben, theilnahmlos kniete sie an der Erde. Er nestelte das Morgengewand auf, das locker um sie her hing, streifte es nieder, bis daß Nacken, Schultern und Arme frei wurden, wie sie gestern Abend gewesen waren, dann war er vor seiner Staffelei, den Stift in der Hand, und Strich für Strich wuchs die Gestalt des knieenden Weibes aus der Leinwand heraus.

Ihr Haupt war von ihm abgewandt, sie schien kaum zu wissen, daß er im Zimmer anwesend war, denn von seiner Seite kam nicht ein Laut zu ihr hinüber. Eine tiefe Stille herrschte in dem Raume.

Endlich, nach geraumer Zeit, richtete sie sich auf und sah sich um. Heinrich Verheißer, in seine Arbeit vertieft, hatte ihre Bewegung nicht gleich bemerkt. Sie sah ihm zu und sah, daß er zeichnete.

Jetzt blickte er auf und zu ihr hinüber und bemerkte, daß sie die Stellung geändert hatte.

„Nein, bitte," sagte er, „bleib so wie vorhin."

Sie schien nicht zu begreifen und statt seinem Worte zu folgen, drehte sie sich noch weiter zu ihm herum, indem sie das eine Knie anzog und den Fuß aufsetzte. Die Stellung verschob sich immer mehr.

„Nicht doch, nicht doch," sagte er, ungeduldig den Kopf schüttelnd, und als sie noch immer nicht that, wie er wollte, trat er heran, um sie in die Lage zurückzubringen, die er zu seinem Bilde brauchte. Er drückte das aufgerichtete Knie wieder zur Erde, legte seine Hände auf ihre Schultern und drehte ihr den Oberleib in die vorige Richtung. Sie hob das Gesicht.

„Was soll ich denn?" fragte sie.

„So wie neulich, in der Kirche, in Verona," erwiderte er, „denk' doch ein bischen."

In dem Augenblick aber fühlte er, wie der weiche Leib, auf dem seine Hände lagen, plötzlich hart wurde, als strafften sich alle Muskeln darin an; der gebeugte Rücken des Weibes schnellte empor, ihre Hände griffen nach den seinigen, ihre Augen bohrten sich von unten herauf in seine, und in ihren Augen war ein plötzliches Verstehen.

„Was machst Du mit mir?"

„Sei doch nicht so laut," erwiderte er, „ich bitte Dich."

„Was machst Du mit mir?" Und diesmal war ihre Stimme gellend geworden. Mit einer jähen Bewegung glitt sie ihm aus den Händen; er konnte sie nicht halten; sie sprang auf die Füße, mitten in das Zimmer. Sie stürzte auf die Staffelei zu, mit einem Blick hatte sie erkannt, was dort geschah, daß sie selbst dort zum Bilde wurde, sie selbst in ihrem Jammer, ihrer Verzweiflung, ihrer Schande und Schmach.

Das war das Bild, das er ihr versprochen hatte? Ihre Hände reckten sich, es sah aus, als würde sie die Leinwand ergreifen und herunterreißen. Mit einem Sprunge war er zwischen ihr und seinem Bilde, erfaßte ihre Hände, warf die Arme um ihren Leib, es entstand ein Ringen zwischen ihm und ihr.

„Du darfst nicht," ächzte sie, „ich will nicht! Ich ge= höre Dir nicht."

Es war ein wüthendes Bestreben in ihr, an die Staffelei und das Bild zu gelangen, und eine ebenso verzweifelte Entschlossenheit in ihm, sie nicht heranzulassen, sein Bild vor ihr zu bewahren. Er wußte nicht, faßte und begriff nicht, was in ihr vorging, ihr Widerstand erschien ihm ganz unberechtigt, ganz thöricht.

„Was willst Du denn?" keuchte er, „siehst Du denn nicht, daß es gut wird? Daß es schön und groß wird? Das thut Dir doch keine Schande?"

Nur der Künstler war in ihm lebendig, der nicht ver= stehen konnte, daß sie sich nicht befreit und erlöst und ge= adelt fühlte in dem Bilde, das er nach ihr schuf.

„Du sollst ja nicht allein auf das Bild," redete er weiter auf sie ein, „nachher male ich mich selbst, versteh' doch und laß mich doch nur machen, als Büßer, hinter Dir!"

Sie warf den Kopf nach rechts und links.

„Aber das heilt mich nicht!" rief sie, „das rettet mich nicht! Du hast mir versprochen, daß ich vergessen soll! Wie soll ich mich vergessen, wenn ich mich immer vor

Augen habe? Und so! So! Andere sollst Du malen, aber nicht mich! Mich nie mehr! Mich nie mehr!"

Er stürzte vor ihr nieder, auf die Kniee, wie in Verzweiflung schlang er die Arme um sie her.

„Wie soll ich Dich denn nicht malen?" flehte er, „wie kann ich denn etwas Anderes malen, als Dich, wenn ich Dich immer neben mir sehe, wenn ich Dich immer bei mir habe in Deiner Schönheit? Hast Du mir Deine Schönheit denn nicht geschenkt? Hast Du mich denn nicht geliebt? Hast Du das Alles denn vergessen?"

Seine Augen suchten nach ihren Augen, aber sie blickte über ihn hinweg.

„Nein! Nein! Nein!" erwiderte sie, indem sie die Hände auf seine Schultern aufstützte und sich von ihm los-zumachen versuchte.

Nun aber sprang er auf. Seine Zähne bissen auf-einander, die alte düstere Wildheit kehrte in sein Gesicht zurück. Er faßte sie um den Leib, riß sie zu dem Kissen zurück und drückte sie mit Gewalt in die Kniee hinunter.

Sie hatte nicht zu widerstehen vermocht, sie war in die Kniee gesunken, statt aber kniend zu verharren, warf sie sich mit ganzem Leibe auf den Boden.

„Du thust mir Gewalt," kreischte sie, „Du schändest mich! Du schändest mich!"

Und bevor er noch zur Besinnung gekommen war, eh' er noch begriff, was sie vorhatte, raffte sie sich vom Boden auf, sprang auf und flüchtete in das Neben-zimmer, dessen Thür sie hinter sich ins Schloß warf. Er war so erschüttert von dem, was er soeben erlebt hatte, daß er ihr nicht nachging, sondern sich auf einen Stuhl warf und wie gebrochen sitzen blieb.

Wohl eine halbe Stunde dauerte es, bis er einiger= maßen zu sich selbst gekommen war. Endlich erhob er sich und öffnete die Thür, um nach ihr zu sehen. Das Zimmer war leer. Die gegenüber befindliche Glasthür, die auf eine Terrasse und von der Terrasse in den Garten führte, stand offen; dort war sie offenbar hinaus= gegangen.

Er kleidete sich an; inzwischen, hoffte er, würde sie zurückkommen. Sie kam nicht zurück.

Nun ging er in den Garten hinab, um sie zu suchen. Im Garten war sie nicht und ebensowenig im Gasthofe überhaupt. Er stand rathlos. Also war sie hinaus= gegangen — aber wohin?

Sie hatte bisher nur zwei Wege auf Capri kennen gelernt, den zur Villa des Tiber und den nach Punta Tragara. Auf welchem sollte er sie suchen?

Eine Erinnerung kam ihm, wie sie gestern Abend die Aussicht von Punta Tragara genossen hatte — wahr= scheinlich war sie dorthin geeilt — er machte sich auf den Weg. Als er anlangte, fand er auf der kleinen Terrasse, die dort an der Aussichtsstelle angebracht ist, zwei Männer vor, deutsche Künstler aus dem Pagano.

„Ob die Herren eine Dame gesehen hätten?" fragte er.

„Nein — sie hatten Niemanden bemerkt."

Er wandte sich um und schlug den Weg zur Villa des Tiber ein.

Inzwischen war Dorothea, nachdem sie das Haar

mit einem seidenen Tuche umbunden hatte, hinausgestürmt. Mechanisch war sie weiter gegangen, in der Umnachtung ihrer Sinne kaum gewahrend, wohin, und so war sie auf den Weg von gestern Abend, nach Punta Tragara gelangt.

Kaum daß sie dort angelangt war, sah sie zwei Männer, die langsam im Gespräche den Weg daher schlenderten, den sie eben gekommen war.

Der Weg war so schmal, daß sie unbemerkt nicht bei ihnen vorbei konnte; sie wollte nicht bemerkt sein; in ihrer Noth gewahrte sie einige Stufen, die von der Terrasse zu einem Fußsteige hinunterführten, der sich an der Felsenwand entlang zu den Faraglioni und weiter schlängelte. Rasch, bevor die Beiden sie noch gewahrt hatten, eilte sie die Stufen hinab.

Die beiden Männer hatten mittlerweile die Terrasse erreicht; der Eine setzte sich auf die Brüstung, der Andere blieb stehen. Sie blickten auf das Meer hinaus und richteten ihre Aufmerksamkeit einem Schiffe zu, das mit geblähten Segeln über die blaue Meeresfläche daher-gezogen kam.

So kam es, daß sie der Frauengestalt nicht gewahr wurden, die auf dem Fußpfade, an den Felsen entlang dahinschritt, erst langsam, dann schneller, immer schneller, endlich laufend. Wer sie beobachtet hätte, würde gesehen haben, wie sie wankte und schwankte, wer sie gehört hätte, würde vernommen haben, wie sie dumpfe, unzusammen-hängende, sinnlose Töne von sich gab. Sie verschwand hinter einem Felsenvorsprunge.

Nach einiger Zeit richtete der eine von den beiden Malern den Kopf auf und horchte.

„Haſt Du das gehört?" fragte er, „das klang ja beinah wie ein Schrei?"

Beide blickten umher; es war nichts zu ſehen; der Ton wiederholte ſich nicht. Aus den Klippen, die den Fuß der Faraglioni umgürten, ſtiegen einige Möven wie aufgeſchreckt empor.

„Wird wohl eine Möve geweſen ſein," meinte der Andere, „die haben manchmal ganz ſonderbare Töne."

———•———

Mittags war Heinrich Verheißer erhitzt und verſtört zurückgekommen — er hatte Dorotheen nicht gefunden. Rathlos, ohne Speiſe und Trank zu ſich zu nehmen, war er wieder hinausgeeilt.

Im Laufe des Nachmittags ging eine Anfrage von der Polizei im Gaſthofe ein, ob einer der Gäſte vermißt würde.

Allerdings wurde Jemand vermißt.

„Eine Dame?"

Allerdings, eine Dame.

Fiſcher, die von der kleinen Marine zum Fiſchfang ausgefahren, hatten in den Klippen am Fuße der Faraglioni etwas liegen ſehen, das von ferne wie eine menſchliche Geſtalt ausſah. Sie waren herangerudert — es war der Körper einer Frau, die offenbar von dem Fußſteig, der an der Felſenwand entlang führt, hinuntergeſtürzt war. Sie

war mit dem Kopfe auf die Klippen aufgeschlagen, sie
war todt.

Auf dem steilen Pfade, der vom Gestade zur Stadt
emporführt, wurde der Leichnam hinaufgetragen. Es war
ein mühseliger Weg; als die Männer mit ihrer Bürde an-
langten, war es bereits dunkel.

Auf dem Platze inmitten des Städtchens wurde die
Bahre niedergestellt; die Bevölkerung drängte sich in lautlosen Gruppen umher; Pechfackeln waren angezündet und
beleuchteten die Bahre und die leblose Gestalt, die auf der
Bahre lag.

Plötzlich ertönte ein verzweifelnder Schrei; das Haar
mit beiden Händen zerraufend, stürzte sich ein Mann über
die Todte her — es war Heinrich Verheißer. Er hatte
gefunden, die, welche er gesucht.

Die Fluth des Italischen Meeres hatte ihr blondes,
deutsches Haar durchnetzt und das Blut aus ihren Wunden
gespült. Ohne Makel lag sie da, jetzt wieder das geworden,
was sie einst gewesen war, die reine, die weiße Dorothea.

⫷ Ende. ⫸